LE TEMPS DES VÉRITÉS

© 2025 Julien Sabidussi
Édition : BoD · Books on Demand,
31 avenue Saint-Rémy, 57600 Forbach,
bod@bod.fr
Impression : Libri Plureos GmbH,
Friedensallee 273, 22763 Hamburg
(Allemagne)
ISBN : 978-2-3224-9810-9
Dépôt légal : Avril 2025

INTRODUCTION

Ce roman est la suite d'un précédent ouvrage intitulé « Le temps de l'espérance », qui avait pour thématique le combat contre le traumatisme à l'enfance, à travers trois pôles, chacun symbolisé par l'un des trois personnages principaux (Damien, Hassan et Maelys), le tout à travers un environnement imaginaire faisant office d'idéal que j'ai créé pour l'occasion.
Damien symbolisait dans ce livre les violences scolaires ; Hassan les violences familiales ; et Maelys l'inceste. Les trois personnages avaient onze ans et s'étaient rencontrés dans un centre dédié au traitement et au rétablissement face à des traumas durant l'enfance et l'adolescence, intitulé Centre Alves. Cette expérience aura fait office de véritable chamboulement dans l'existence des trois personnages. Renfermé, solitaire et marqué par des années de harcèlement à l'école l'ayant mené à une grave hospitalisation des suites d'une très violente agression ; Damien avait

vécu son expérience au sein de ce centre comme l'occasion de se libérer et de s'exprimer à travers l'art.

Battu par son père et témoin récurrent de violences conjugales, Hassan était un enfant énergique et attachant, mais turbulent et colérique, canalisant cette rage et cette souffrance sur les terrains de football, où il s'avérait être un prodige.

Violée et abusée à de nombreuses reprises par son père ainsi que son oncle, ne trouvant aucun soutien auprès de sa mère biologique délaissant ses responsabilités et souffrant de toxicomanie ; Maelys était une jeune fille pleine de vie mais terrorisée par les hommes et en proie aux cauchemars et diverses crises émotionnelles déchirantes. Au Centre Alves, elle avait rencontré Hapsatou, une éducatrice passionnée et d'une grande bienveillance, qui fut si touchée par la jeune fille qu'elle eut fait sa petite protégée.

Dans cette histoire, Cantus Silvae est un Etat secret et indépendant offrant une alternative au système général de la France, que ce soit son économie, son éducation, son action sociale, sa justice, sa sécurité, son rapport à l'art, à la nature ainsi qu'aux animaux (entre autres), une volonté d'idéal née de mes rêves les plus fous que j'ai voulu mettre en scène et proposer aux lecteurs et lectrices. Pour les personnes intéressées par « Le temps de l'espérance » et découvrant la suite avant d'avoir lu le premier roman, je vous suggère d'y remédier afin de mieux vous imprégner de l'environnement, de l'évolution des personnages, et être davantage en compréhension face aux références présentes ci et là. Si ce n'est pas le cas, j'espère que ces explications vous permettront d'y pallier et que vous apprécierez la lecture de ce deuxième volume autant que j'en ai savouré sa rédaction.

Merci pour votre soutien.

Julien Sabidussi

CHAPITRE 1

Au monde des rêves appartiennent les lois faisant naitre d'un songe une réalité lorgnée d'accomplissements et de merveilles inespérées. C'est en cet édifice que fut conçu le Quartier des Artistes. Situé en plein cœur de Somnium, la capitale de l'état indépendant nommé Cantus Silvae, qu'évoluaient de multiples hommes et femmes offrant leur vie à l'amour de l'art, quel qu'en soit leur discipline, à travers une conception de l'existence se voulant la plus libre, la plus intense et la plus vivifiante que leur temps sur Terre puisse leur accorder. En ces lieux, l'art et la création siégeaient au trône, et les artistes avaient pour mission d'offrir aux cantusiens suffisamment de matière afin de les évader de leur vie terre-à-terre, routinière et matérialiste, oublier tracas et compromis, et ainsi voyager à travers les chemins de la sublimation. C'était cette mission qu'embrassait avec passion un certain Damien Leugnat depuis trois ans désormais. Il déambulait, ce jour-là, à travers la Place de l'Homme Libre, où se tenait une haute statue faite de marbre dévoilant un homme au regard déterminé, le menton haut, fixant l'horizon, portant de ses deux mains un livre brandi tel le rempart face aux maux de ce monde. De nombreuses personnes traversaient la Place, où déjà se présentaient à eux comiques, danseuses de ballet, mimes et musiciens, sous les flocons de neige arpentant de son blanc limpide le sol de pavé emplissant l'espace, en ce mois de janvier 2034. Damien s'arrêta un instant, observant ce spectacle qui ne cessait de l'émerveiller.

Au sortir de la Place, le jeune homme de vingt-et-un ans prit le premier virage à la rue Mélanie Santos, grande comédienne et autrice de théâtre, où se tenait, à l'angle menant à une ruelle commerçante, l'imposant *Théâtre des Rêves*, solide bâtisse resplendissante d'élégance, de finesse et de clarté, dans lequel l'élite de l'art dramatique s'y épanouissait depuis plusieurs décennies. Damien se tint devant la façade où était écrit en de grandes lettres d'un rouge éclatant, la pièce du moment, à savoir « *L'Escapade Romantique* », écrite par Pierre-Yves Salmon, dont le nom brillait du même rouge, en bas de l'affiche prenant la largeur de tout l'avant du bâtiment. Le jeune homme fixa ces lettres d'un œil peuplé d'étoiles. Aspirant comédien depuis sa sortie du Centre Alves dix ans plus tôt, en intégrant d'abord une école combinant le théâtre et les études traditionnelles à l'établissement Comedia au sud de la ville de Lumius, Damien y eut approfondi sa culture, appris le métier d'acteur sous tous ses angles, toutes ses facettes et ses registres, développé son goût pour l'écriture et la mise en scène, rencontrer des professionnels faisant depuis de nombreuses années les beaux jours des théâtres de tout l'Etat, avant d'obtenir son diplôme avec mention Très Bien à l'âge de dix-huit ans. Comme le système cantusien oblige le milieu artistique à embaucher au moins trente pour cents de leurs effectifs à la sortie des écoles et des concours de jeunes talents, ceci afin de permettre à tous et à toutes de posséder une chance véritable de vivre de leur passion (lorsqu'en France ou ailleurs, le piston est roi, les portes du milieu fermées à quintuple tour, le tout en faisant miroiter aux rêveurs un discours de grande tolérance, d'ouverture et de bienveillance), Damien fut approché par une troupe de théâtre cherchant un second rôle en vue de nombreuses représentations. L'expérience dura environ un an, avant d'être dirigé vers la sortie dû à des divergences artistiques avec l'un des cadres de la troupe, ce dernier n'appréciant guère sa volonté d'écrire à défaut de se contenter de son rôle d'interprète. Au chômage durant plusieurs mois, le jeune comédien fut finalement recruté au sein d'un petit café-théâtre ne tenant qu'une petite vingtaine de places en son antre, dans l'optique d'y jouer des sketchs, en groupe ou seul sur scène, partageant la programmation des soirées avec de nombreux autres jeunes talents, une à deux fois par semaine. Damien y exerçait toujours depuis lors. Le salaire était maigre, les perspectives plutôt brumeuses, mais comme le système cantusien lui offrait une bourse d'Aspirant-Artiste depuis son diplôme, prenant en charge les frais de logement, de nourriture et la moitié des coûts en lien à son activité artistique et ce durant cinq ans, cela lui permettait de garder une certaine sérénité et se consacrer corps et âme en son projet. A l'affut de toutes les auditions qui se présentaient, il ne comptait plus les refus qui lui furent adressés. Il eut toutefois décroché un rôle dans lequel il eut posé sa voix sur le visage d'un personnage de dessin animé pour enfants, programme qui fut stoppé après seulement cinq épisodes. Il eut également intégré la troupe d'une pièce de théâtre écumant les clubs de la capitale, rapidement évincé par le producteur des suites, dans la version officielle, d'une mauvaise prestation, et, dans la version officieuse, d'une mésentente totale entre les deux hommes. Ne lui restait plus que ce minuscule café-théâtre qui, de l'extérieur, ne démontrait rien d'attrayant - les néons luttant incessamment contre leur fin de vie programmée, la devanture sombre et mal entretenue, les poubelles des voisins de l'immeuble décorant l'allée à deux pas de la porte d'entrée -, pour se prétendre encore comédien de métier. Pourtant, la comédie vivait dans chaque globule de son sang. Il arpentait les planches avec une telle joie, un tel amour, une fusion si enivrante, qu'il y vivrait et y dormirait en chaque jour et chaque nuit s'il le pouvait. Il n'était point dénué de talent. Depuis sa prestation dans la pièce « Le Temps de l'Espérance » à la fin de son séjour au Centre Alves (qui lui fut office de véritable révélation), il n'eut cessé d'entendre les compliments nourris provenant de l'ensemble des gens ayant assisté à l'expression de son jeu. A l'école Comedia, son professeur d'improvisation en cinquième année eut même affirmé avec conviction que se tenait devant lui un des futurs grands pour les décennies qui allaient suivre. Hélas, l'école n'est point la vie. Le talent ne suffit guère. Malgré un système permettant à un ancien villageois de classe moyenne à l'expérience scolaire française traumatisante, ayant grandi à mille lieux du monde des artistes, de poser un pied dans le cercle très fermé de ceux ayant transformé une passion en profession, Damien butait face à une muraille semblant beaucoup trop grande pour lui. Ce jour-là, sous cette pluie de flocons colorant de blanc son bonnet grisâtre et son anorak d'un noir profond, le jeune homme fixa le *Théâtre des Rêves* comme un croyant devant son prophète. Les yeux humides, il interrogea ce lieu, figure de tous ses désirs, demandant dans le silence au sein duquel séjournait sa souffrance : « Pourquoi ne veux-tu pas de moi ? »

Il entama le chemin retour l'esprit mélancolique, en traversant la rue Inspirations Nocturnes, à l'est du Quartier des Artistes, une rue parsemée de petits immeubles peints de couleurs harmonieuses, tous encerclés de verdure et d'arbustes impeccablement taillés. Damien s'arrêta au troisième bâtiment sur sa droite, haut de quatre étages, coloré d'un bleu ciel évoquant l'océan, le voyage, l'aventure en des contrées aussi éloignées que méconnues. Il franchit la petite allée jonchée de pierres blanches puis pénétra l'entrée de l'immeuble où, dès les premiers pas, l'atmosphère égaya le cœur du jeune comédien. Le long couloir du hall était couvert de tableaux de peinture, dévoilant de somptueux paysages, l'expression d'émotions allant de la gaieté au sentiment amoureux interprétés à travers des jeux de couleurs, de nuances et symboliques subtiles, sans oublier quelques portraits d'animaux. Une magnifique sculpture se tenait à la bordure de la première marche des escaliers. Taillée dans la pierre, peinte d'un blanc étincelant, montrant une femme assise jouant du violon, le regard tendre et le visage épanoui, semblant ne faire qu'un avec son instrument. Cette œuvre ne cessait de captiver l'attention du jeune homme. En grimpant à l'étage, il croisa une voisine, la vingtaine énergique, descendant d'un pas soutenu, portant une guitare électrique sous une housse brune sur le dos, le saluant d'un large sourire, s'apprêtant à livrer une nouvelle prestation en cette douce soirée qui se présentait. Derrière les portes de l'appartement sur sa gauche, un joueur de clarinette répétait ardemment sa partition. Au deuxième étage, la peintre ayant peuplé de ses créations les murs du hall d'entrée se tenait au milieu du couloir, partageant l'expérience de sa dernière galerie d'art auprès de sa voisine de pallier, une femme sexagénaire vêtue d'un long chemisier fleuri, lorsque toutes deux saluèrent Damien en l'apercevant d'un rapide coup d'œil. C'était au troisième étage, appartement sur la gauche, que le jeune homme s'arrêta afin d'entrer dans ce cocon qui l'avait accueilli à son arrivée dans la ville trois ans plus tôt. Il louait une chambre chez les monsieur et madame Dumoulin, couple d'artistes musiciens aussi talentueux que fantasques, ayant transformé un appartement impersonnel et sans éclat à leur arrivée, en un véritable temple de la musique où le grand piano à queue se tenait fièrement au milieu du salon, arpenté de violons posés sur des trépieds tout le long du mur côté fenêtre, pendant que les visages des artistes ayant marqué le parcours de vie des hôtes coloraient l'ensemble du côté droit de la pièce. De faux instruments décoratifs se défiaient du regard à chaque angle, avant qu'une immense bibliothèque longe le mur opposé, face à la cuisine ouverte, remplie de vinyles que le couple collectionnait depuis plus de trente ans. Ces derniers furent absents, lorsque Damien foula le parquet, et pour cause : une représentation dans un opéra de la ville de Carmen, au nord-est de l'Etat, devant mille spectateurs, les attendait ce soir-là. Le jeune comédien traversa l'entrée, longea le salon, pénétra la cuisine, but quelques gorgées d'eau, puis s'arrêta un long instant, observant le piano silencieux emplissant le cœur de la pièce. Tous les artistes de l'immeuble semblèrent occupés pendant la soirée qui allait venir. Tous… sauf lui. Sa prochaine prestation au café-théâtre était prévue cinq soirs plus tard. Soudain, il reçut un message sur son smartphone. Il sortit l'appareil de sa poche et scruta l'écran. Sa mère, Véronique, lui souhaitait un bon spectacle, le tout arpenté de smileys emplis de cœurs. Ce n'était point la première fois qu'il mentait à ses parents quant à sa situation. Eux le pensaient explorer un début de carrière des plus prometteurs, jouant chaque soir dans des salles combles, son nom écrit en lettres rouge écarlate sur la devanture, assurant la première partie de vedettes reconnues. A cet instant, il se demanda combien de temps ce mensonge allait bien pouvoir tenir. Il imagina le visage de sa mère, ainsi que de son père, Charles, tombant de toute leur désillusion, eux qui depuis son entrée à l'école Comedia, firent porter sur les épaules de leur fils toutes les attentes, tous les espoirs d'une famille.

Il inspira profondément et se promit de résoudre cette problématique dans les plus brefs délais, se rappelant finalement la chance qu'était la sienne de vivre et d'évoluer dans ce qu'il aimait nommer « son paradis ». Il reprit une gorgée de croyance et se dirigea vers sa chambre, tout au fond du couloir. Se tenait au-dessus du lit un grand cadre dévoilant l'intérieur du *Théâtre des Rêves*, vu de la scène, la salle illuminée de mille lumières scintillantes éclairant les deux mille spectateurs donnant vie en ce lieu mythique. En face du lit, côté mur opposé, se tenait un bureau de bois sur lequel reposait le dernier manuscrit composé de la plume et de l'esprit du jeune comédien, intitulé « *Quand viendra la nuit* », une pièce du registre dramatique racontant l'histoire d'un homme apprenant être atteint d'une grave maladie, qui, en conséquence, rejoue le film de sa vie et tente de rattraper ses erreurs, lui qui est rongé de remords depuis la mort de son meilleur ami durant un tragique accident de voiture, véhicule que le personnage principal conduisait en état d'ébriété, sans compter la douloureuse séparation avec « son plus grand amour », dont il était en grande partie responsable de par un comportement négligeant et colérique. Un seul en scène décryptant la psychologie du personnage, se montrant de plus en plus sombre, comme s'enfonçant dans les abîmes du désespoir et d'un mal être poignant, mais dévoilant également une grande sensibilité, une profonde envie de vivre jaillissant au plus près de la mort, jusqu'à cette nuit qu'il redoutait tant. Damien croyait en cette pièce plus que toute autre. Ses trois précédents manuscrits emplissaient ses classeurs rangés dans le premier tiroir à droite, à l'étiquette « projets refusés ». Le classeur du projet accepté, lui, ne comptait encore aucune page en son antre. Mais cette fois, il en était persuadé, cette pièce allait changer la donne. Bientôt viendrait son heure. En attendant, il se jeta de tout son poids sur le matelas et alluma la télévision. Il était hors de question de rater l'évènement. Le match de football de l'équipe du Somnium FC allait bientôt débuter, pour un quart de finale de la Coupe des Titans, un tournoi annuel voyant s'affronter les meilleurs clubs des états secrets indépendants d'Europe. Fervent supporter de l'équipe de la capitale cantusienne, Damien ressentait déjà une certaine excitation en percevant les premières images du stade rempli à ras-bord, les supporters chantant, exultant, gesticulant. Le jeune comédien fut rapidement enivré par l'enjeu. D'autant plus qu'au sein de son équipe préférée évoluait l'un de ses meilleurs amis. Un moment qu'il ne raterait pour rien au monde…

CHAPITRE 2

Le stade grondait déjà. Les milliers de supporters, la plupart aux couleurs du club local, Olho de Deus, à savoir le premier du championnat de Nova Terra, petit état secret et indépendant situé à l'Ouest du Portugal, s'époumonaient aux chants déclarant leur flamme pour ce club qu'ils comptaient bien porter jusqu'au sommet. D'une beauté magistrale, cet Etat dont le mantra était une économie souveraine et prospère, permettait à la population de vivre aisément et profiter de perspectives d'avenirs alléchantes, le tout à travers un cadre absolument somptueux, un mode de vie familial et chaleureux, en adéquation avec les valeurs de ce peuple lusignien des plus agréables, authentique et travailleur. Mais dans le couloir menant au terrain, se tenaient les onze joueurs de cette équipe de Somnium FC que rien ne semblait pouvoir ébranler. Les regards concernés, les mâchoires serrées, les mentons hauts, les athlètes tout de bleu vêtus attendaient tels des guerriers prêts à entrer dans l'arène. Ce trophée manquait encore à leur palmarès, mais cette saison était la leur. Rien ni personne ne les en empêcherait. Dotée d'une équipe solide, emplie de jeunes joueurs affamés capables de véritables prouesses collectives, comptant en son rang trois joueurs trentenaires, expérimentés et d'une grande intelligence de jeu ; Somnium avait de quoi imposer le respect. Mais l'élément qui accaparait la plus grande attention, tant des équipes adverses, des commentateurs que des supporters, était l'éclosion d'un phénomène comme Cantus Silvae n'avait encore jamais connu jusqu'alors. Haut de son mètre-quatre-vingt-six, la coiffe brune impeccable, l'expression impassible, le maillot floqué d'un numéro dix dévoilant une silhouette à la fois svelte et une musculature sculptée ; Hassan Bentia observait l'horizon d'un œil de conquête. A seulement vingt-et-un ans, il était la révélation de son club, grandissant saison après saison, au point de suivre les pas de ces joueurs qui étaient davantage que des joueurs de football, mais plutôt des artistes du ballon, capables de chambouler un match, de réaliser des exploits hors-du-commun, de porter toute une équipe et tout un peuple sur leurs épaules, et proposer des rêves de grandeur auprès d'une génération entière. Professionnel depuis ses dix-huit ans, comme l'impose la règle cantusienne obligeant les joueurs, même hors-normes, à mener à terme leurs études avant d'entrer dans la cour des grands ; Hassan ne cessait d'attirer la lumière et les attentes de supporters tant son football relevait du sublime. Ce soir-là ne devait point faire exception. Au signal, les deux équipes foulèrent enfin le gazon, sous les acclamations du public ne tenant plus en place. Hassan entra en dernier, comme pour s'assurer que tous les regards allaient, une fois de plus, se porter sur lui. Il fixa droit devant, bombant le torse, l'expression combative, pendant que la caméra de télévision s'arrêtait sur son visage un long instant. Il se voulait être la terreur de ses adversaires et l'emblème de son drapeau. Il s'acharnait à la tâche depuis sa sortie du Centre Alves, dix ans auparavant, lorsqu'il eut intégré le centre de formation de Somnium FC. Promulgué dans la catégorie des moins de quinze ans lorsqu'il ne comptait que douze bougies, il dut affronter un niveau d'exigence conséquent ainsi qu'une concurrence des plus rudes à son poste, à savoir celui d'attaquant ou, plus précisément, comme il est dit dans le jargon, le « neuf et demi », celui dont la mission consiste à nourrir le jeu offensif, transpercer la défense dans les trente derniers mètres, être redoutable dans les couloirs et efficace devant le but. Un poste qui aura vu briller pendant plus d'une décennie les monstres sacrés du football mondial tels que son idole et modèle de toujours, Cristiano Ronaldo, ainsi que Lionel Messi. C'était sans compter le soutien indéfectible de sa mère, Aïssa, venue s'installer au quartier populaire de Somnium, trouvé un emploi comme secrétaire médicale, et étant parvenue à emmener son fils à chaque entrainement, chaque match, en semaine, chaque weekend, partout dans cet Etat et parfois même au-delà, des années durant. Arrachée des griffes de son ex-mari toxique et violent, Aïssa était devenue une femme libre, goûtant aux douces saveurs de l'existence sans qu'aucun compte ne lui soit jamais quémandé, et fit de son fils, au départ un enfant talentueux mais perturbé par une enfance chaotique, un jeune homme d'exception, à l'éducation irréprochable, déterminé à gravir la montagne des désirs les plus audacieux.

Le match débuta. Très vite, l'intensité fut particulièrement soutenue. Les joueurs de Olho de Deus menèrent le jeu, se montrant prudents et stratèges, jaugeant leurs adversaires. A la sixième minute, une action fulgurante des locaux sema la panique dans la défense cantusienne, heureusement apaisée par un tir dévié frôlant la barre transversale. Dans la foulée, une puissante tête d'un défenseur lusignien obligea le gardien de Somnium FC à bondir et boxer du poing le ballon, sous l'expression de déception particulièrement audible des supporters. Le milieu défensif des cantusiens, âgé de trente-deux ans et désigné capitaine de l'équipe depuis le début de saison, ordonna à ses coéquipiers de se montrer plus agressifs, plus mordants, frappant dans ses mains afin d'encourager ses troupes. Tous se replacèrent et tentèrent de reprendre davantage le contrôle du ballon qui leur échappait totalement. Les minutes qui suivirent dévoilèrent une équipe de Somnium davantage impliquée, gagnant en confiance, déroulant un jeu construit, avançant lentement vers la seconde moitié de terrain, mais le bloc défensif de l'équipe adverse repoussa continuellement les tentatives. Frustré de constater chacun de ses élans coupés par le marquage impeccable des locaux, Hassan sentit cette rage, qui le caractérisait depuis toujours, l'envahir sournoisement. Ce fut à la trente-neuvième minute qu'il décida d'en finir avec ce mur irrépressible, servi par une magnifique passe lointaine de son meneur de jeu, situé au couloir gauche du terrain lorsque lui se tenait à l'opposé. Grâce à un contrôle orienté absolument magistral, digne d'un Zidane en état de grâce, il élimina son premier adversaire, lui laissant une dizaine de mètres de champ libre, le poussant à entamer une offensive lancée à pleine vitesse, obligeant l'équipe adverse à reculer le plus rapidement possible vers leur surface, les coéquipiers du numéro dix tentant de le suivre et se montrer disponible. Un défenseur s'essaya à le stopper avec vigueur, sans succès. Un second se rua sur son ballon et n'en vit point la couleur. Percevant un groupe de joueurs adverses se diriger droit sur lui avec détermination, Hassan envoya la balle à un de ses coéquipiers qui lui rendit d'une passe somptueuse entre les lignes adverses, pendant que ce dernier entamait un sprint fulgurant dans le dos des défenseurs, entrant dans la surface de réparation, récupérant le ballon, tenant bien sur ses appuis malgré la charge d'un joueur adverse dans son dos, perçut le gardien s'approcher, écarter les bras, le regard alerte et la gestuelle nerveuse. Le numéro dix déposa un plat du pied entre les jambes de ce dernier, à travers un timing parfait, laissant finalement le ballon s'épanouir dans les filets du but quelques mètres plus loin. Le stade plongea dans un silence de plomb, pendant qu'Hassan exultait sa joie au bord du terrain, près du poteau de corner côté droit, spontanément enjoint par ses coéquipiers, se jetant sur lui avec ferveur, hurlant comme des damnés, enlaçant leur prodige sous les regards médusés des supporters observant la scène depuis la tribune à quelques dizaines de mètres. Ce but permettait à son équipe de respirer, prendre l'ascendant psychologique, et à un tel niveau de jeu démontré par les deux clubs, ce détail était primordial.

La seconde mi-temps fut un véritable récital. Somnium domina assez largement, malgré quelques contre-attaques dangereuses des lusigniens menant notamment à un but non-validé pour cause d'un hors-jeu, mais Hassan sembla marcher sur l'eau. Primordial dans le jeu, se montrant créatif et altruiste, ses cavalcades terrassèrent la défense adverse, d'abord à travers deux occasions manquées de peu, puis une traversée de plus de trente mètres balle au pied, éliminant tout ce qui pouvait se présenter sur son chemin, proposant des passements de jambes inspirés, des gestes magnifiques, une feinte trompant un des défenseurs centraux dans la surface, avant d'avancer vers l'axe plusieurs mètres durant, laissant tout le monde dans l'expectative, puis d'envoyer une frappe du gauche enveloppée, rebondissant sur le poteau avant de s'enfoncer dans la lucarne opposée. Tout le banc cantusien bondit spontanément, bras en l'air, les yeux écarquillés, sautillant et jubilant. A la soixante-quinzième minute, lors d'un corner, on le vit jaillir de nulle part et flanquer une tête croisée de toute beauté, le ballon terminant sa course sous la barre transversale, avant d'offrir, trois minutes plus tard, une passe majestueuse à son binôme de l'attaque qui frappa de toute ses forces, trompant une nouvelle fois le gardien et permettant à l'ensemble des joueurs sur le terrain, des remplaçants et du staff de courir d'une énergie effrénée jusqu'au buteur qui se trouva rapidement enseveli par une masse humaine, laissant s'exprimer une joie démesurée, des sensations transcendées comme le football en tenait la recette.

« Quel match ! Quelle équipe ! » s'exclama l'un des commentateurs de la chaine de télévision Cantus 2 au coup de sifflet final, « Gagner quatre à zéro à l'extérieur face à l'une des équipes les plus redoutables qui, jusqu'à aujourd'hui, pouvait prétendre au titre sacré… c'est absolument fantastique ! » continua-t-il dans son micro, gesticulant sur son fauteuil, le visage rayonnant.

« Oui, tout à fait, Guillaume ! Cette équipe de Somnium nous montre, encore une fois, qu'elle a les moyens de se tenir à la table des plus grands, grâce à un mental d'acier, une force collective remarquable, une capacité à s'adapter à n'importe quelle situation, le tout en proposant un football comme on l'aime, offensif et combattif ! » renchérit son collègue, ancien joueur professionnel à Cantus.

« En effet, mais vous oubliez un élément essentiel, Pascal… Que dire de la prestation d'Hassan Bentia ? » demanda le premier, le sourire jusqu'aux oreilles, fan du joueur depuis ses débuts professionnels.

« Ah mais évidemment ! Hassan nous a de nouveau livré une masterclass ! Je vais vous dire les choses très sincèrement : j'ai été joueur jusqu'à il y a une quinzaine d'années et ai assisté à l'évolution, le développement du football cantusien qui s'est considérablement professionnalisé ces dernières années. Dans ma carrière, des bons joueurs, j'en ai vu, mais jamais, je dis bien *jamais*, je n'ai pu observer une telle pépite ! Rapide, technique, imprévisible, puissant, buteur invétéré, intelligent, altruiste quand il le faut et capable de faire les différences à lui tout seul lorsque c'est nécessaire ; c'est un régal de le voir jouer. C'est le genre de joueurs dont nous avions besoin. Cela va faire beaucoup de bien à nos centres de formation, à notre championnat qui va gagner en attractivité et donc en moyens ; cela fait venir davantage les gens dans les stades, davantage d'audiences, ce qui est très bénéfique. Tous les enfants, à Cantus, lorsqu'on les voit dans les tribunes ou jouant dans leur quartier portent, pour la plupart, un maillot au nom de Bentia et de son numéro dix. Il fait rêver les plus jeunes, et la jeunesse a besoin de modèles. C'est une chance qu'un tel joueur puisse évoluer chez nous ! Pourvu que cela dure… »

Hassan et sa troupe rentrèrent à l'hôtel après un bon repas et une célébration de la victoire particulièrement festive, les jambes lourdes mais l'esprit léger, empli d'un sentiment du devoir pleinement accompli. Le numéro dix s'enferma dans sa chambre spacieuse et confortable, profitant du silence et d'une profonde tranquillité contrastant drastiquement avec l'ambiance enflammée du vestiaire. Il enfila sa tenue de nuit et s'allongea sur ce lit king size des plus moelleux, lorsqu'il reçut plusieurs notifications sur son smartphone. Il l'attrapa d'une main, déposa le regard sur l'écran, et lut :

« Bravo Champion ! Tu m'as fait vibrer ! T'es le meilleur ! » signé Damien. Hassan sourit et lui répondit chaleureusement, pianotant avec rythme.

« On est en demi ! Chapeau, t'as assuré ! On se voit demain soir tous ensemble, pour fêter ça ? Bisous, Hassan. » enchainait la page des messages reçus, celui-ci provenant d'une certaine Maelys. Le prodige lut le texte non sans plaisir, pianotant de nouveau une réponse des plus amicales, lorsque, tout à coup, la sonnerie retentit. Il fixa l'écran et perçut un numéro inconnu. D'abord hésitant, il décida finalement de répondre à la curiosité qui l'animait soudainement.

« Allo ? » lança-t-il, intrigué. Un silence se posa. Une respiration haletante attira l'attention du jeune homme.

« Allo ? » renchérit-il alors.

« Oui, salut. Je… j'te dérange pas, j'espère ? » commença une voix masculine, le ton faiblard.

« Vous… vous êtes qui ? » interrogea Hassan, fronçant les sourcils.

Silence.

« Allo ? » s'agaça-t-il légèrement.

« Oui… » se contenta de répondre l'homme, semblant tétanisé à l'autre bout du fil.

« Vous êtes qui ? » répéta le footballeur, se tenant prêt à raccrocher à la seconde, pensant se tenir devant un énième farceur téléphonique comme sa notoriété grandissante engendrait.

« Je… hum… c'est moi. » répondit timidement l'inconnu, d'une voix éteinte.

« Qui ça, « moi » ? » s'impatienta le jeune homme.

« **Ton papa.** »

Ces deux mots firent l'effet d'un puissant choc électrique foudroyant chaque organe de son corps. Hassan ne parvint plus à prononcer le moindre mot, ressentant sa gorge se bloquer, son estomac se tordre douloureusement, et son pouls s'emballer dangereusement. Il perdit furtivement le contrôle de sa main droite, la sentant trembloter frénétiquement jusqu'à laisser glisser le smartphone le long de son avant-bras pour s'effondrer sur le matelas.

« Hassan ? Tu es là ? » continuait la voix, au loin, mais il n'entendait plus aucun mot ni aucun son. Un profond séisme émotionnel l'enivra dans toute son entièreté.

« Hassan ? Hassan ? C'est moi, ton père... » répéta l'interlocuteur, la voix fragile, pendant que le jeune homme fixait le mur opposé de la pièce, les yeux exorbités, immobile, happé par ce mélange d'émotions violentes et contrastées qui le submergeaient totalement. Comme si, à travers le conflit de ses sentiments torturés, se réalisait à la fois un désir refoulé et le cauchemar hantant ses nuits depuis dix ans. Un désir refoulé car grandir sans figure paternelle n'est aisé pour personne, et Hassan en souffrait le manque au plus profond de son être à chaque instant où la solitude l'enveloppait, chaque exploit sur le terrain qui, durant ses années au centre de formation, le voyait se tourner vers les gradins, espérant trouver le regard d'un père, d'un papa, fier et bienveillant, qui d'un sourire et d'un hochement de tête lui exprimerait sa satisfaction et l'expression de son amour, pendant qu'en réalité, l'absence s'illustrait de manière aussi sinistre qu'impitoyable. Le cauchemar, également, car ce père était un bourreau. Un homme à la carrure large, le regard noir, les mots d'une dureté et d'une violence sans égal, lorsque les gifles, les coups de poings et de pieds brutaux et sans aucune pitié eurent terrorisé l'enfant qu'il fut. L'homme, Walid, de son prénom, séjournait au sein d'une prison située dans une zone industrielle du nord de l'Etat depuis une décennie. Hassan ne reçut aucune nouvelle, aucune lettre, aucun signe de vie, toutes ces années durant... jusqu'à cet instant. Une longue minute s'écoula, et peu à peu, le footballeur recouvrit ses esprits. Il observa la pièce nerveusement, comme revenant au monde conscient, se tourna vers le smartphone à sa droite, l'écran posé sur la couette, la voix de l'homme répétant des « Allo ? Allo ? » continuellement. Il inspira profondément. La main tremblante, il attrapa le smartphone et le déposa rapidement sur son oreille, la respiration haletante.

« Oui, je suis là » répondit-il finalement. Il ressentit comme un soulagement contenu de l'autre côté de l'appareil. Silence.

« Je... je tenais à te féliciter. » commença Walid, un léger trémolo dans la voix, visiblement à fleur de peau. Hassan écouta attentivement sans répondre. « Je te regarde, à la télé, tu sais ? Je vois tous tes matchs. Franchement... tu es impressionnant ! » se livra-t-il, sous le silence de sa progéniture.

« Ici, à la prison, tout le monde te connaît. Ils ne me croient pas quand je leur dis que tu es mon fils... » ajouta l'homme, semblant soudainement sourire. Hassan sentit sa gorge se nouer, des larmes emplir ses paupières. Comme si ces mots paraissaient irréels. Il se demanda un court instant s'il n'allait pas finir par se réveiller et tenter d'oublier cet énième rêve qu'il n'osait jamais évoquer, d'autant plus auprès de sa mère, elle qui fut prête à sacrifier sa propre vie pour échapper à ce tortionnaire qui avait bien failli tuer de ses mains le sens de l'existence de cette femme, Aïssa, dont l'amour pour son fils dépassait toute mesure. Mais l'instant semblait ancré dans la réalité la plus réelle qui soi. Le jeune homme se tint un long moment dans le silence de sa stupeur.

« Tu sais, Hassan, je… j'ai eu un comportement impardonnable, et je comprendrais si tu ne veux pas me parler, mais… » se confia le père, le ton posé, avant de s'arrêter plusieurs secondes, comme pour maitriser son émotion, « je t'ai toujours aimé. »

Hassan laissa cette phrase pénétrer son cœur et l'envelopper tant de douleur que de délivrance, éveillant un torrent effroyable secouer ses tripes jusqu'à la trachée, avant de lâcher-prise et voir le jeune homme éclater en sanglot, faisant danser un océan de tristesse le long de ses joues, redevenant pendant quelques longues minutes, seul dans sa chambre, l'enfant blessé qui ne l'eut jamais quitté…

CHAPITRE 3

Un soleil orangé colorait ce ciel couvert de nuages blanc et laineux en ce début de matinée au-dessus de l'un des paisibles quartiers résidentiels de Lumius, ville moyenne agréable et dynamique, située au sud-ouest de l'Etat. Au deuxième étage de l'une de ces bâtisses blanchâtres peuplant le lotissement verdoyant, une famille s'activait déjà à l'élaboration de cette journée prenant une teneur spéciale. Au milieu de la cuisine, s'agitant frénétiquement, une certaine Hapsatou se démenait à la tâche. Aux frontières de la quarantaine, les cheveux noirs et bouclés attachés, une longue robe de chambre où une pléiade de chiens et de chats sympathiques souriaient au milieu d'un rideau pourpre, la mère de famille préparait les petits-déjeuners avec l'énergie des grands jours, pendant qu'apparurent soudainement les visages de ces êtres dont elle chérissait la présence chaque instant que la vie pouvait lui accorder. Déjà vêtu de son costume, les cheveux poivre et sel brossés avec soin, l'expression ouverte et assurée, Thibault, son mari, entra en scène,

se dirigeant spontanément vers la table de travail afin d'offrir une aide à son épouse, comme il en avait pris l'habitude. Derrière lui accourut avec fracas le jeune Arthus, les cheveux bruns coupés à ras, la peau caramel, les joues pleines et le regard vif, ayant fêté ses onze ans cinq mois plus tôt ; ce dernier se rua sur sa chaise en bois poli, attendant la nourriture avec envie.
« Sers-lui son bol, s'il te plait, chéri. » demanda Hapsatou, les mains à l'épreuve.
« Bien sûr, mon amour. » répondit posément l'ancien chef-urgentiste devenu directeur de l'hôpital public de Lumius, déposant le bol jaune rempli à ras-bord de lait chocolaté, sous le sourire affamé de son fils, avant que s'ajoutent une magnifique assiette de viennoiseries succulentes au centre de la table au bois de campagne.
« Qu'est-ce qu'elle fait ? Elle est levée ou pas ? » s'inquiéta la mère, se tournant vers son mari.
« Je ne sais pas. Tu veux que j'aille voir ? »
« Non, ça va. Mais il ne faut pas qu'elle traine, sinon elle… » répondit-elle, rapidement coupée par une voix féminine

faisant soudainement son entrée, « Je suis là, maman. Tout va bien, ne t'inquiète pas. » Hapsatou opéra un demi-tour en un quart de secondes, observant sa fille adoptive, Maelys Sanusi, née Nollet, ayant changé de nom de famille des suites de l'adoption officielle du couple huit ans auparavant. Cette dernière fixa Hapsatou, le sourire indulgent, avant de se joindre à la tablée, côté droit, à deux pas de l'entrée de la pièce. Devenue jeune femme, la taille frôlant le mètre-soixante-quinze, les cheveux châtain clair soyeux et longeant la moitié de son dos, les traits fins, le regard bleuté pénétrant, de longues jambes sveltes et des courbes dévoilant une féminité sans pareil, le tout valorisé par un sens de la mode transmis par sa mère adoptive ; à vingt-et-un ans, Maelys offrait l'apparence d'une femme accaparant tous les regards. Se régalant avec entrain au milieu du brouhaha emplissant rapidement la pièce, la jeune femme sentait toutefois ce nœud dans l'estomac qu'elle reconnut dès son apparition. Ce nœud des jours de vérité, où l'enjeu ne laissait aucune place à l'erreur.

Intelligente, curieuse et passionnée, l'école était rapidement devenue pour elle le théâtre de toutes ses aspirations, brillant d'un esprit éclairé et d'une soif d'apprendre inébranlable. Sautant une classe à l'âge de quatorze ans afin d'intégrer un lycée général réputé pour former à l'excellence, elle s'y était pleinement épanoui, s'endormant parfois les livres blottis tout contre sa cage thoracique, le sourire au bord des lèvres, trouvant son paradis au monde des mots et de la connaissance. Extirpée d'un cercle familial de naissance absolument désastreux où l'abus et l'absence d'amour véritable écrivirent le quotidien de son enfance, elle eut profité de l'accueil qui lui fut réservé à sa sortie du Centre Alves, dix ans auparavant, au sein de ce cocon respirant l'affection et la bienveillance, ainsi que de sa grande proximité avec Hapsatou - anciennement éducatrice au Centre Alves, où elles se sont rencontrées, et exerçant depuis au sein d'un centre dédié aux enfants atteints de handicaps sévères, physiques et mentaux – pour enfin se libérer du poids immense que lui infligeaient les exactions de ses parents et de son oncle, s'adonner à ce qui l'animait profondément et se donner pleinement les moyens afin de devenir la femme de ses rêves. Etudiante émérite au sein de la prestigieuse école Aurore Marchand depuis quatre ans, établissement ayant pour vocation de former l'élite du corps enseignant cantusien, Maelys se devait désormais d'allier la pratique au théorique à travers son troisième et dernier stage en tant qu'apprenti-enseignante, qu'elle fut sur le point de débuter ce jour-là. Un stage de quatre mois déterminant l'issue de son année, potentiellement l'obtention du précieux diplôme, et donc la trajectoire qu'allait suivre son existence mouvementée. Autant de raisons pour Hapsatou de laisser sa tension grimper au-delà du raisonnable, tenant sa cuillère d'une main tremblante, observant sa protégée avec de grands yeux de panique, le tout en répétant des : « Ça va aller, ma puce, d'accord ? Tout va très bien se passer. Surtout, ne stresse pas. », causant de légers sourires quelque peu taquins sur le visage de Thibault. Ce dernier lui eut offert de précieux conseils au préalable, se contentant ce matin-là d'un regard digne d'un coach avec son athlète aux abords du match de leur vie, démontrant un soutien indéfectible qui s'exprimait en peu de mots, comme il en était de coutume pour ce père au tempérament discret et cartésien. A l'issue de ce copieux petit-déjeuner, la jeune femme se tint prêt au départ, partant à l'arrêt de bus au bout de la rue, saluant chaleureusement Hapsatou qui la fixait à travers la fenêtre, avant de monter dans le véhicule et d'entamer les six kilomètres qui la séparait de ce lieu qui eut changé à tout jamais le cours de son existence…

En franchissant le large portail électrique de l'entrée, une joie exaltante l'enivra de tout son être. Elle s'arrêta un long instant, observant l'ensemble, les yeux embués. Elle reconnut la blancheur éclatante des bâtiments, celui de l'accueil et de l'administration sur sa droite, celui des études et des thérapies longeant l'ensemble tout au bout de la cour, et enfin le bâtiment des arts, légèrement camouflé par une allée d'arbres embaumés d'une neige de poème, en ce mois de janvier. Au Centre Alves, à première vue, rien n'avait changé. Elle entendit les mêmes voix enfantines s'exclamer au milieu de cette grande cour de bitume, les jeunes s'adonner aux mêmes jeux, sous le même regard concerné d'une poignée d'éducatrices. Elle suivit des yeux une jeune fille aux longs cheveux blonds qui courait à la poursuite d'une autre camarade, la chevelure dansante dans les airs, les mouvements énergiques, les rires esclaffés. Tout à coup, la jeune fille s'arrêta, tourna le regard vers Maelys et toutes deux se fixèrent jusque dans le blanc le plus profond des yeux. Comme se lisant mutuellement à travers la façade affichée. La jeune fille modifia lentement son expression, dévoilant un regard fragile nourri d'une souffrance siégeant aux tréfonds de sa conscience. La stagiaire la fixa de longues secondes durant sans discontinuer, happée par le récit que le visage de cet enfant lui livrait à travers une parole sans mot. Soudain, on la sortit brusquement de ses songes lorsqu'une silhouette apparut sans prévenir sur sa droite, lâchant d'une voix féminine pleine et assurée :

« Mademoiselle Maelys Sanusi est de retour ! Bienvenue parmi nous ! »

En tournant le regard, la jeune femme aperçut une certaine Pauline Alves, directrice et co-fondatrice de ce Centre depuis la première heure, tendant sa main avec ferveur, le regard pétillant et le sourire lumineux. Désormais quinquagénaire, vêtue de son traditionnel tailleur, les cheveux blonds particulièrement disciplinés à travers cette queue de cheval indissociable de sa personne, l'énergie corporelle démontrant qu'elle n'avait rien perdu de cette passion, cette flamme brûlant de mille feux, propre à sa réputation. Les deux femmes s'empoignèrent chaleureusement, visiblement heureuses de se retrouver, qui plus est en ces circonstances.

« Ça va ? Tu es en forme ? » débuta d'abord la directrice, sous le rythme de ses pas enthousiastes et effrénés que Maelys tenta de suivre, non sans mal.

« Oui, je vais bien, merci. J'ai hâte de commencer ! » répondit la jeune femme, mallette à la main, vêtue d'un polaire rose artisanal (Hapsatou s'avérait également être une remarquable couturière) et d'un pantalon blanc en chino épousant parfaitement sa silhouette. Les deux femmes traversèrent la cour sous les regards curieux de certains bénéficiaires, avant d'entrer sous le préau du bâtiment des études et des thérapies, provoquant spontanément un sourire en coin sur le visage de Maelys, un sourire nostalgique, se souvenant de ses débuts où ce préau avait vu Damien, Hassan et cette dernière s'y réfugier, alors plongés au milieu de l'inconnu, laissant naître timidement cette grande et profonde amitié qui les unirent. La directrice et la stagiaire pénétrèrent ensuite le bâtiment, grimpant les deux étages jusqu'à fouler le sol en lino à l'effet brillant de ce fameux couloir vert de menthe que la mémoire de la jeune femme eut ancré à jamais.

« Tu te souviens d'ici ? » interrogea Pauline, le visage ensoleillé.

« Si je m'en souviens ? J'en ai rêvé la nuit ! » s'exclama la jeune femme, observant l'ensemble du sol au plafond, le sourire jusqu'aux oreilles.

« Attends, je vais te présenter quelqu'un… » informa finalement la directrice, s'arrêtant à la deuxième porte au fond du couloir, avant d'y toquer avec entrain. On entendit des bruits de pas s'avancer, la porte s'ouvrir, lorsque le visage de la jeune femme rayonna aussitôt.

« Ahah ! Regardez qui est là ! Ce ne serait pas une certaine Maelys, par hasard ? » s'amusa, le visage amical, un homme que cette dernière reconnut spontanément, malgré la grisaille de ses cheveux et de sa barbe de quinze jours, ainsi que quelques kilos gagnés entre temps.

« Monsieur Alves ! Ça me fait tellement plaisir ! » se livra la stagiaire, les yeux bleus plus brillants que mille soleils, pendant que Victor, de son prénom, l'enlaçait de toute cette profonde affection qu'il lui portait depuis le premier jour. Professeur emblématique du Centre, ce dernier eut fait office de véritable mentor à travers la vocation de la jeune femme. Ce fut d'une joie pleine qu'il lui offrit son bureau, afin de prendre possession de cette salle de classe boisée, emplie d'illustrations et de textes ludiques, qui bientôt reprendrait vie en accueillant la douzaine de bénéficiaires qu'elle allait avoir en sa responsabilité. Le professeur Alves se montra, comme de coutume, aux petits soins, s'assurant qu'elle ne manquait de rien pour que la future professeure détienne les clés d'une expérience optimale.

Maelys écrivit son nom à la craie au centre du tableau, sous les regards de ses nouveaux élèves, emplissant la salle depuis quelques minutes seulement. Elle se tourna vers eux, les scruta avec bienveillance, la démarche paisible, déambulant autour du bureau, se promenant à travers les allées pour se tenir au plus près de son audience.

« Bonjour tout le monde ! Je suis Mademoiselle Sanusi, et je serai votre nouvelle enseignante dans les matières générales. On va commencer par se présenter, faire un peu connaissance, ça vous va ? » débuta-t-elle avec légèreté et assurance. Les bénéficiaires, âgés de onze ans, acquiescèrent silencieusement.

« Je voudrais, pour commencer, que vous écriviez vos prénoms sur une feuille et la placiez en évidence sur le devant de votre table. Cela me permettra de poser un nom sur chacun de vos visages et ça m'aidera à les mémoriser. » demanda-t-elle, le ton posé. Les enfants se plièrent à la tâche, et moins de trois minutes plus tard, toutes les tables furent peuplées d'un prénom écrit en grandes lettres sur les devantures. Tous et toutes attendirent alors la suite.

« Bien. Afin de mieux vous connaitre, je vais vous poser trois questions, et vous y répondrez à l'écrit, sur une feuille de papier, que vous lirez ensuite à haute voix chacun votre tour. Vous êtes prêts ? » continua-t-elle, souriante, le ton enthousiaste.

« Voici les trois questions : quel est votre plus grand rêve ? Comment vous voyez-vous, lorsque vous serez adultes ? Et enfin, si vous pouviez changer une seule chose dans votre vie, quelle serait-elle ? » récita-t-elle en écrivant d'un geste enveloppé, au tableau. Les enfants lurent les questions d'un air de surprise, peu accoutumés à ce type d'interrogations. La jeune fille de la cour, que Maelys eut croisé un peu plus tôt, se tenait à la dernière rangée du centre de la classe, observa de nouveau la jeune femme de son regard expressif, prit son stylo plume avec entrain et débuta la rédaction. Durant dix minutes, on n'entendit que le bruit des mines sur le papier, tous les enfants plongés dans l'exercice, sous le regard satisfait de leur professeure. Elle vit soudainement des visages juvéniles se redresser et la fixer, à tour de rôle.

« Vous avez fini ? » interrogea-t-elle calmement, sous les hochements de tête des enfants. La jeune femme se redressa, s'assit au bord de son grand bureau professoral, et demanda :

« Alors ? Qui veut commencer ? »

Une main se leva spontanément sur le côté gauche, tout près du mur. Sur le bord de sa table était écrit « Lucie », une jeune fille aux cheveux bruns frisés, de petites lunettes noires posées sur le nez. Maelys l'invita à lire sa copie.

« Mon plus grand rêve, c'est de voyager dans le monde entier. Je voudrais aller en Asie, parce que ça a l'air trop beau et j'adore les sushis. » débuta la jeune fille, sous les rires amusés de ses camarades. La jeune femme sourit généreusement, attendant la suite.

« Comment je me vois quand je serai adulte, eh bien je dirais en avocate, parce que je voudrais défendre les femmes qui se font taper par leur mari, pour que ça n'arrive plus. » continua-t-elle, sous les sourires s'effaçant lentement des visages des autres bénéficiaires autour. Maelys hocha la tête, ne la lâchant pas du regard.

« Et si je pouvais changer une chose dans ma vie, ça serait mon père. Je voudrais en avoir un autre. Un mieux. Mais en même temps, s'il partait, ça me rendrait triste parce que je l'aime quand même. » se confia-t-elle, les yeux rivés sur sa copie, sous le silence général.

La professeure acquiesça avec conviction, rétorquant : « Super ! Chouette ! Et c'est un très beau projet, Lucie. Il faut s'y accrocher, t'en donner les moyens, tout le temps, d'accord ? »

La jeune fille hocha la tête sur l'affirmative, fixant la jeune femme avec des yeux noisette soudainement humides.

« Qui d'autre ? » lança Maelys au milieu de la classe. S'ensuivit Matteo, un jeune garçon au visage rond et le regard rieur, rêvant de tenir un fast-food pour avoir le droit de manger autant de burgers qu'il le souhaite ; s'imaginant en célébrité, sans savoir grâce à quel talent ni dans quel domaine ; et confiant vouloir revenir au jour où il a gagné un concours avec son club de natation et qu'il a vu le regard de fierté de sa grand-mère paternelle, faisant office de seconde mère à ses yeux.

« Génial ! Par contre, vas-y doucement avec les burgers… » lança la professeure, causant les rires nourris des enfants devant elle. S'ensuivirent Mélodie, puis Ethan, rêvant de devenir respectivement La Reine des Neiges et Spider Man ; puis vint le tour de la jeune fille blonde de la dernière rangée, se nommant Lola. Maelys baissa son sourire et la fixa avec attention.

« Moi, mon plus grand rêve, » commença-t-elle d'une voix frêle et timide, « ce serait d'être quelqu'un d'autre, avoir une autre vie, pour voir ce que ça fait. »

Le silence empara l'ensemble de la salle. La jeune fille continua.

« Ce que je veux être, c'est une femme super grande et forte, parce que du coup, je n'aurais plus peur des autres, surtout des adultes. On ne viendrait plus me faire du mal. »

Maelys afficha un visage grave.

« Et ce que je voudrais changer, c'est ce truc bizarre qu'ont les gens, dès fois, dans leurs yeux, parce que ça me fait peur. » conclut-elle d'un phrasé enfantin.

Un silence de plomb se fit sentir dans la pièce. Maelys fixa son élève d'un œil empathique, se reconnaissant en elle comme l'enfant qu'elle fut. La jeune femme l'encouragea, et reprit l'exercice, ravalant, au moins en surface, cette vague d'un mélange de douleur, de dépit et d'une peine qu'aucun mot ne pouvait retranscrire, poursuivant son cours dans une atmosphère agréable et enthousiaste, gagnant peu à peu la sympathie et l'attention totale de ces enfants qu'elle ne connaissait que depuis vingt minutes.

A la sonnerie, elle autorisa les élèves à ranger leurs cahiers et leurs trousses, avant de quitter la classe. La jeune Lucie s'approcha lentement, la salua généreusement, poussant Maelys à lui adresser quelques mots.

« C'est super que tu aies ce projet, Lucie ! Il faut travailler et aller droit devant toi, ne rien abandonner, même lorsque ce sera difficile, d'accord ? J'suis sûre que tu feras une excellente avocate ! » se lança-t-elle, sous le regard étoilé de son élève. Avança timidement la jeune Lola, approchant le bureau à son tour, de son regard perçant dans lequel ne vivait plus la moindre innocence.

« Lola, on peut discuter deux minutes ? » lui demanda tendrement la professeure stagiaire. La petite accepta, intriguée.

« Quand tu dis que l'on ne te ferait plus de mal, si tu étais grande et forte, de qui parles-tu ? » l'interrogea Maelys, se baissant à son niveau, le ton compassionnel. La jeune fille hésita à répondre, observant ses chaussures.

« Qui te fait du mal, Lola ? Tu peux me le dire, n'ai pas peur. »

« Personne. » rétorqua-t-elle, le regard fuyant.

« Pourquoi as-tu peur des gens ? » continua la professeure stagiaire, déterminée.

Lola dandina fébrilement, fixant le vide.

« Dis-moi, ne t'inquiète pas. Tu n'as rien à craindre, d'accord ? Ça reste entre nous. » renchérit la jeune femme. De longues secondes s'écoulèrent sans qu'aucun mot ne soit prononcé.

« Est-ce que quelqu'un a déjà touché un endroit que tu n'aimes pas qu'on touche ? » l'interrogea-t-elle, sentant dans le regard de son élève qu'elle s'approchait du but.

« Oui. » lâcha soudainement la jeune fille, le teint rougissant, gigotant sur place.

« D'accord... mais si tu es ici, c'est que c'est terminé, ces choses-là, maintenant, tu comprends ? Je ne sais pas qui t'as fait ça, mais tu ne reverras plus cette personne. Elle ne te fera plus aucun mal. C'est fini. »

La jeune fille continua de gigoter de nervosité, les yeux ronds et embués, fixant le vide, avant d'oser lever le regard vers sa professeure furtivement, et de hocher la tête sur l'affirmative.

« C'est bien. Ici, tu peux en parler, tu sais ? Tu es en sécurité. Crois-moi. Je sais de quoi je parle. Si tu as envie de te confier, il ne faut surtout pas hésiter, d'accord ? » continua Maelys, le ton rassurant. Comme Lola s'enfermait dans un profond silence, sa professeure l'autorisa à rejoindre ses camarades. Désormais seule dans sa classe, Maelys expira bruyamment, lâchant la pression qu'elle avait contenu depuis la veille au soir. Le premier cours fut une réussite. Un bon départ pour une aventure qui s'annonçait passionnante et douloureuse à la fois. En se tenant au bord de la fenêtre menant à la cour, elle pensa qu'au moment où elle croiserait Victor ou Pauline Alves dans la salle des professeurs et praticiens de santé mentale, elle n'hésiterait pas à demander l'accès au dossier de cette Lola, une jeune fille visiblement traumatisée par un Mal que la professeure stagiaire reconnaissait instinctivement…

Le soir-même, Maelys prétexta auprès de sa mère adoptive ne pas pouvoir rentrer à la maison pour cause de surcharge de travail lié à ses études, pour se diriger en vérité dans le centre de la ville, traverser les petites ruelles à l'esthétique italienne éclairés de néons mélancoliques, avant de s'arrêter, observer tout autour d'elle, puis sonner au 12 rue de l'Etoile. La porte s'ouvrit, et c'est alors que la jeune femme, prise d'une adrénaline incontrôlable, se rua à l'intérieur, montant dans l'ascenseur, se laissant porter jusqu'au cinquième étage, marcher plusieurs mètres d'un pas élancé, faisant claquer ses talons, avant qu'une porte blindée s'entrouvre et laisse apparaitre le regard d'un homme rivé sur elle avec désir. Maelys entra, la porte se referma spontanément derrière elle, et alors elle observa cet homme quadragénaire, le crâne rasé de près, la barbe légèrement grisonnante et impeccablement entretenue, grand de taille, la silhouette sportive, portant un costume des plus élégants, la regarder d'un air subjugué, comme frappé par sa beauté. Maelys resta immobile au milieu de l'entrée de ce grand appartement luxueux, et fixa cet homme dont elle ne connaissait rien d'autre que son penchant, son vice secret. Elle le suivit du regard, happée par cette vibration, ce volcan intrépide sévissant jusque dans sa chair, pendant que l'homme lui tourna autour, lentement, la démarche pleine d'assurance, scrutant la jeune femme d'un œil de prédateur. Elle était sa chose, son objet, il la possédait déjà sans même l'avoir encore effleurée. Cette dernière le fixa, le regard embrasé, la respiration courte, se sentant, seconde après seconde, s'échapper de l'être qu'elle incarnait le jour, pour lentement retrouver le costume de cette *autre* qu'elle devenait à la tombée de la nuit. Elle ne pouvait lutter, c'était plus fort que tout ce qu'elle avait pu affronter durant sa vie. Il lui fallait sa drogue, là, maintenant. Le sexe violent sans le moindre sentiment détenait ce pouvoir de la transcender et lui procurer des sensations qu'aucun livre, qu'aucun mot doux ne pouvait reproduire. L'homme qui lui tournait autour à cet instant en était un fervent adepte. Maelys attendait comme une toxicomane se tiendrait devant cette dose qui permettrait d'apaiser sa souffrance déchirante quelques heures durant, avant que le manque, puissant, terrible et destructeur, revienne lui saisir les entrailles.

Une heure plus tard, Maelys se dirigea de la chambre jusqu'à la salle de bain de cet appartement inconnu, titubant presque, se sentant perdre l'équilibre lors des premiers pas hors du large lit en désordre. Elle alluma la lumière qui se déploya à travers un magnifique néon violet le long du grand miroir, alors la jeune femme aperçut son reflet. Les cheveux ébouriffés, des marques d'un rouge vif saisissant autour du cou, le long de sa joue gauche, ainsi que sur sa poitrine, des griffures saignantes aux avant-bras, sans compter les douleurs brûlantes qui l'emparaient au niveau de son intimité ; à cet instant, la jeune femme ressentit une profonde honte d'elle-même qui l'enveloppa jusqu'à la nausée. Elle se fixa dans les yeux, à travers ce regard qui sembla éteint de toute énergie positive, et ne perçut qu'une souffrance, lancinante, la poussant à se salir afin de répondre aux exigences de cette chose, quelque part en elle, qui l'appelait à s'autodétruire. Elle prit une douche rapide, se rhabilla, et quitta l'appartement sous le regard de cet homme qui, soudainement, la dégoutait profondément. Elle marcha d'un pas rapide dans la neige afin de rejoindre son bus qui l'amènerait dans son cocon où tout le monde la percevrait comme une jeune femme brillante, studieuse et dévouée, destinée à une carrière dans l'éducation, avec en prime un bon mari, une belle maison, et une vie de famille des plus épanouies. C'était sans compter cette addiction qui la consumait un peu plus chaque jour depuis des années. Ses pulsions la contrôlaient de toute part et lui faisait prendre des chemins qui ne lui apportaient nul autre que du dégoût, d'elle-même d'abord mais aussi des hommes, de la haine et une honte absolue. Cette autre vie n'était connue de personne autour d'elle. Elle portait son fardeau tous les jours, seule, enfoui dans la cage de ses secrets.

CHAPITRE 4

Le lendemain soir, quelque part au milieu d'une ruelle peuplée de multiples restaurants devant lesquels on entendait les artistes musiciens faire profiter de leurs talents sous un cadre idyllique, d'un sol de grands pavés reflétant le blanc des lumières artificielles, douces et apaisantes, pendant que le fleuve traversant l'Etat de tout son long s'endormait paisiblement sous l'obscurité d'une nuit d'hiver ; se réunirent joyeusement Damien, Hassan et Maelys, s'enlaçant de toute cette amitié gravée dans la pierre sans âge, à l'entrée du « Palais Veggie », un restaurant végétarien comme la ville de Somnium en particulier, mais aussi l'Etat dans sa globalité, proposaient à foison, la politique ayant formellement interdit l'élevage intensif et l'abattage industriel des animaux à Cantus, privilégiant les élevages en plein air, l'abattage effectué au sein des fermes elles-mêmes, la consommation locale et favorisant ouvertement les régimes fléxitariens, végétariens et vegans auprès de la population cantusienne, ce pour des raisons éthiques, écologiques et de santé humaine. Damien et Maelys étaient devenus végétariens ces cinq dernières années, lorsqu'Hassan eut choisi le flexitarisme, appréciant toutefois les sorties en des lieux tels que le Palais Veggie car cela lui permettait de profiter de moments conviviaux sans s'écarter de sa diététique extrêmement cadrée, ce dernier ne laissant rien au hasard dans sa quête de grandeur sportive. Les trois amis se dirigèrent vers la seconde salle à l'ambiance feutrée, s'assirent à la table du fond, mitoyenne au large miroir illuminé d'une lumière d'or, au fond de la rangée de droite. Une place plus discrète, à l'abri des regards, un réflexe qu'Hassan eut adopté depuis que sa notoriété grimpait inlassablement.

Accueillant les multiples entrées à l'esthétique alléchante que les serveurs déposèrent avec soin, tous les trois observèrent les mets avec envie, pendant que s'ajoutèrent un cocktail fruité aux couleurs exotiques devant l'assiette de Maelys, un jus de fruit fraîchement pressé devant celle du footballeur, et enfin une bière brune de fabrication locale, la mousse habillant subtilement le bord du verre, devant les couverts du jeune comédien.

« A notre amitié ! » lança avec entrain ce dernier, levant son verre, rapidement imité par ses acolytes, dans l'expression d'une tradition qu'ils n'eurent plus quitté depuis leur adolescence.

« A la victoire d'Hassan ! » renchérit Maelys, le ton haut, provoquant le large sourire de l'athlète, se tenant face à elle.

« A ton premier cours réussi ! » continua Damien, se tournant vers la jeune femme, rapidement repris par le sportif « Bon, ça va, on ne va pas tous les faire ! » provoquant les rires enveloppés de la tablée. Dégustant les assiettes de légumes frais et goûtus, la discussion débuta sur de notes légères, sans cesse agrémentée de ces rires de jeunes gens simplement heureux de se retrouver. Damien se montra d'un visage éclatant, les coups de fourchette enthousiastes, tournant incessamment le regard sur sa droite où se tenait à ses yeux… la plus belle femme du monde. Happé par la finesse de ses gestes, l'élégance de sa posture, la forme de sa bouche aux lèvres d'un rouge écarlate, la grâce de ses courbes enveloppées dans une robe couleur crème faite de soie ; l'amoureux de l'art qu'il était pensa se tenir aux côtés de la plus sublime création jamais conçue. Lorsque cette dernière posa ses yeux océaniques au croisement des siens, il dut se contenir pour ne point faiblir, se perdant aisément à travers le lyrisme de ses pupilles et l'histoire qu'elles lui dévoilaient. Cette dernière, comme à son habitude, se montra particulièrement complice avec son voisin de table, se tournant instinctivement en sa direction, s'assurant que ce dernier vivait un moment agréable, que le contenu de son assiette était à son goût, lui tendant la sienne, accueillant le plus amicalement les coups de fourchette du comédien qu'il ne fallut point prier, sans compter cette main délicatement déposée sur le poignet du jeune homme, ou cette danse comique improvisée que tous deux partagèrent, sous le regard tant amusé que songeur d'Hassan, face à eux. Afin de faire taire les pensées dérangeantes que l'expression du footballeur exprimait, Damien se tourna une nouvelle fois en la direction de la professeure stagiaire, demandant, le ton chantant :

« Alors, raconte-nous un peu ton premier jour au Centre ! Comment c'était ? »

« Ça s'est très bien passé, honnêtement. Quand je suis arrivée, ça m'a fait quelque chose ! Revoir ces bâtiments, cette cour, tous les jeunes... c'était comme si je n'étais jamais partie, malgré toutes ces années ! » se confia-t-elle, l'expression ensoleillée.

« A chaque lieu, chaque zone, des souvenirs me revenaient. Je nous voyais tous les trois, sous le préau... » continua-t-elle, jouant avec ses mains, le regard légèrement embué. Les sourires nostalgiques peuplèrent les visages de ses deux amis, prenant conscience du chemin parcouru.

« Monsieur Alves était là, également ! Il m'a accueilli en faisant le clown, comme à son habitude ! Il m'a tout expliqué, préparé les affaires dont j'avais besoin... au moment de quitter la salle, je l'ai vue tout ému, les yeux pleins de larmes ! J'ai dû me retenir pour ne pas pleurer ! » se livra la jeune femme, la voix tremblante.

« C'est monsieur Alves… on ne peut qu'aimer l'école lorsque l'on a un prof comme lui. » renchérit Damien, immédiatement acquiescé par sa voisine.

« C'est clair. » répondit finalement le footballeur, le regard dans son verre. « Madame Alves était là, aussi ? » interrogea-t-il dans la foulée, le regard vibrant.

« Oui ! C'est elle qui m'a accueillie à mon arrivée. Elle n'a pas changé ! Toujours la même queue de cheval, la même pile électrique… c'est impressionnant l'énergie qu'elle a ! » commenta Maelys, pendant qu'une serveuse apportait le plat d'Hassan, puis de Damien sur la table. Celui de la jeune femme arriva moins d'une minute plus tard.

« Dans la classe dont je m'occupe, il y a une fille… je ne sais pas, je n'ai pas vu son dossier, mais… elle a quelque chose de spécial. » lança-t-elle alors, attirant les regards des deux hommes autour d'elle.

« Comment ça ? » interrogea le footballeur.

« Je ne saurais pas t'expliquer… je vois quelque chose dans son regard… elle m'a parlé de sa peur des gens, disant vouloir être super grande et forte pour qu'ils ne veuillent plus lui faire du mal. Je ne sais pas ce qui lui est arrivé, mais… » expliqua la jeune femme, l'expression concernée.

« Tu le sais parfaitement mais tu n'oses pas te l'avouer. » rétorqua subitement le comédien avec assurance. Maelys le fixa sans répondre de longues secondes durant.

« Ça te touche particulièrement parce que tu te vois en elle, c'est ça ? » continua le jeune homme, l'air empathique. La jeune femme baissa le regard, répondant de son silence.

« Il va falloir que je me blinde. Ce n'est pas évident… » répondit-elle, la moue mélancolique.

« Essaie d'en parler avec monsieur Alves. Etant donné son expérience, il saura t'aiguiller. » conseilla alors Damien, déposant tendrement à son tour la main sur l'avant-bras de la jeune femme plusieurs secondes, avant que le regard troublé d'Hassan le pousse à la retirer d'un geste vif. « Oui… je pense que tu as raison. Je n'ai pas encore l'habitude d'avoir affaire à autant d'enfants en souffrance. Dans les autres écoles, il pouvait y avoir des problèmes, mais… » répondit la jeune femme, coupée par le comédien : « Mais le Centre Alves, c'est autre chose. Quand on y va, il faut avoir le cœur bien accroché. » ponctua-t-il, provoquant un long silence, avant de conclure : « Mais tu vas y arriver. Je n'en doute pas une seconde. Tu es faite pour ça. » le tout en la fixant avec de grands yeux romantiques, le visage ouvert. La professeure stagiaire leva le regard en sa direction, lui sourit d'un sourire ravageur, avant de lui adresser un « Merci, Damien. » ponctué d'une douce caresse sur l'épaule, pendant qu'Hassan fit mine de ne rien remarquer, dévorant son plat sans discontinuer.

Les minutes qui suivirent laissèrent s'exprimer les bruits de fourchettes ainsi qu'un certain plaisir gustatif partagé, avant que Damien lève le regard vers le footballeur.

« Et toi, alors ? Comment tu te sens, en ce moment ? »

« Moi ? Oh ben ça va impec' ! On a gagné, on est en demi, alors… » répondit-il entre deux bouchées, de cette pudeur transmise par sa mère.

« Je ne parlais pas de football… » lança alors le comédien. Les deux hommes se fixèrent avec intensité un long instant.

« Comment je me sens ? Eh bien c'est mitigé. » avoua finalement Hassan, se rappelant pouvoir baisser la garde en compagnie de ses amis de toujours. Ses deux acolytes attendirent la suite.

« Mon père m'a appelé hier soir. » lâcha soudainement l'athlète, provoquant les mines stupéfaites de ses amis. Un silence pesant s'installa autour de la table.

« Ton père ? On parle bien du même ? » s'étonna le comédien, le visage grave.

« Oui. Mon père. Il m'a appelé depuis la prison. Je ne l'ai pas reconnu, sur le coup, et lorsqu'il m'a dit qui il était, j'ai… j'ai perdu mes moyens. » se livra-t-il, le regard fuyant.

« Mais… qu'est-ce qu'il t'a dit ? » interrogea Maelys, fronçant les sourcils.

« Qu'il était impressionné par le joueur que je suis, qu'il me regarde à chaque match… qu'il s'en veut pour ce qu'il a fait, et… qu'il m'a toujours aimé. » expliqua le footballeur, le regard éteint. Damien et Maelys se tournèrent l'un vers l'autre, totalement subjugués.

« On ne s'est parlé que quelques minutes, parce que... je n'y arrivais pas, c'était compliqué. Et depuis, je... je cogite beaucoup. » continua Hassan, pensif.

« Tu en as parlé à ta mère ? » demanda alors Maelys.

« Non. Je ne sais pas si je le ferai, honnêtement... je sais d'avance comment elle va réagir. »

La professeure stagiaire observa la salle, accusant le coup, se projetant mentalement dans une situation similaire, imaginant un de ses parents l'appeler là, aujourd'hui, après toutes ces années et ce Mal effroyable dont elle subissait encore les effets...

« Franchement, je ne sais pas quoi te dire, Hassan. Je... j'suis désolée. » lança-t-elle finalement, le ton fragile.

« Il n'y a pas de quoi. Ce n'est pas ta faute. Je ne sais pas pourquoi il a fait ça, exactement... qu'il ait des remords, je peux comprendre, mais... pourquoi maintenant ? » s'interrogea le footballeur, visiblement perturbé.

« Peut-être que le temps fait son œuvre, que son séjour en prison le pousse à l'introspection, et qu'il est dans une phase où… la tempête est peut-être passée, tu vois ? Il a peut-être un peu changé, je ne sais pas. Et puis… le fait de te voir briller au Tournoi des Titans ne doit pas y être pour rien dans l'histoire. » tenta d'expliquer le comédien, sous la pleine attention de son ami.

« Le mec ne m'a pas adressé la parole depuis dix ans, ni aux anniversaires ni rien, et il débarque maintenant comme si de rien n'était ! « Ah, au fait, excuse-moi, hein ! Bon, je t'ai juste tabassé, toi et ta mère, pendant des années, mais aller, sans rancune ? On se fait une bouffe, tranquillement ? » s'agaça soudainement Hassan, imitant son père sous une colère se dévoilant sournoisement.

« Tu ne veux donc pas continuer à lui parler, si je comprends bien ? » rebondit aussitôt le jeune comédien.

« Je ne vois pas pourquoi je le ferai ! Pour moi, il était mort et enterré ! Et c'était très bien comme ça ! » lâcha le concerné, haussant légèrement le ton, avant de se reprendre devant les regards des autres tablées en sa direction. Le silence de son acolyte intrigua le footballeur.

« Non ? Tu n'es pas d'accord ? » demanda-t-il, gagnant en nervosité corporelle.

« Je n'ai pas à être d'accord ni pas d'accord, Hassan. C'est ton père, c'est ton histoire. Tout ce que je peux te dire c'est de faire ce qui te semble juste. N'ajoute pas de la souffrance à la souffrance, tu comprends ? » répondit Damien, sous les hochements de tête de Maelys. Hassan le fixa de longues secondes, les yeux embués, comme si son ami était parvenu à percer l'armure qu'il s'était usé à bâtir depuis une décennie. Le silence reprit de plus belle, sous les coups de fourchette perdant soudainement en enthousiasme…

« Ouais, je comprends. » lâcha finalement Hassan, sous l'œil rassuré de son acolyte.

« Aller, on trinque ! A nos victoires ! » s'empressa Maelys, levant spontanément son verre, rapidement enjointe par ses deux amis.

« On prend un dessert ? » lança subitement Damien après sa dernière bouchée, l'assiette vide et lisse de toute nourriture.

« Mais t'es pas possible, toi ! Tu ne t'arrêtes jamais de manger ! » s'exclama la jeune femme, sous le sourire amusé du footballeur.

« Bah quoi ? Un tiramisu, ça ne vous tente pas ? » renchérit le comédien, fidèle à sa réputation.

Les visages gagnèrent soudainement en luminosité autour de la table.

« On prend du fromage, aussi ? » continua Damien, le sourire innocent.

« Oui. On prend du fromage. » répondit Maelys de son autorité professorale, causant simultanément un rayon d'éclat sur le visage de son voisin qui ne cessait de la faire rire en chaque occasion. Elle le fixa un long instant, le visage exprimant une affection qu'aucun mot ne pouvait décrire, avant de ressentir l'esquisse d'un bonheur envoûtant tout son être, comme seules la gaieté et la légèreté dévoilées par Damien en ces moments d'allégresse pouvaient lui procurer. En croisant le regard poétique du jeune homme, l'observant se régaler sans aucune gêne, se lancer dans ses inspirations comiques imprévisibles, laissant s'exprimer cette part d'enfant qu'il semblait conserver en un lieu précieux lorsque la plupart des autres adultes furent, pour elle, d'un ennui profond ; la présence de ce jeune homme permettait à Maelys d'oublier ses tourments, d'oublier à quel point elle se détestait, à quel point elle souffrait, oublier cette voix qui lui disait qu'elle ne méritait pas l'amour dont elle bénéficiait au cocon d'Hapsatou… lorsque Damien était à ses côtés, elle redevenait, le temps de quelques heures seulement, une jeune femme heureuse. En paix.

CHAPITRE 5

Quatre soirs plus tard, le modeste café-théâtre Chez Olivier, d'une rue quasi-déserte au sud du Quartier des Artistes, ouvrit ses portes. Deux jeunes couples et un groupe de cinq amis pénétrèrent le lieu, au minuscule hall d'entrée illuminé de rouge pourpre, où la guichetière attendait le public derrière une petite vitre, leur offrant sa joie de vivre contagieuse à travers un sourire inexistant quel que soit les circonstances, un regard morne et un ton digne d'une directrice d'école au sein de l'Education Nationale française, blasé et hautain au possible. Une fois les tickets achetés, les spectateurs furent propulsés dans la salle de spectacle de la taille d'un studio parisien, les sièges du public camouflés par l'obscurité enveloppant la pièce, devant une scène de deux mètres carrés colorée de deux spots accrochés en hauteur le long d'un rack en métal. Les neuf spectateurs du soir s'assirent, attendirent quelques longues minutes avant qu'un homme en milieu de cinquantaine, la calvitie assumée, les lunettes tombantes, de larges sourcils grisâtres, une allure frêle et échancrée, apparaisse soudainement sur scène face à eux.

« Test, test, micro. » dit-il d'un ton monotone, sous un léger larsen, avant de répéter la même phrase, cette fois sans larsen, adressant alors un pouce levé à son technicien se tenant au fond de la salle, c'est-à-dire trois mètres derrière l'audience, seul derrière sa table des machines.

« Bonsoir, mesdames et messieurs », commença l'homme, « merci d'être parmi nous pour assister au spectacle du jour, » dit-il sans entrain, sous le silence absolu.

« Alors, au programme, plusieurs jeunes talents, qui viendront se succéder pour vous offrir des sketchs qui, je l'espère, sauront vous divertir... » continua-t-il, le ton plat et ennuyeux.

« Il y aura notamment Nolwenn Ertheaux, David Molinais, le trio s'intitulant Les Cancres, ou encore notre dernière recrue, le talentueux Ahmed Ben Lohni, » annonça-t-il avec un léger sursaut dans la voix à la prononciation du dernier comédien énoncé, le visage soudainement égayé, avant de subitement transformer son expression

digne d'un Grinch de la grande époque, en concluant par :
« Et puis, bon… Damien Leugnat. Voilà. Merci et bon spectacle. » s'empressa-t-il, avant de rebrousser chemin et quitter la scène sans un regard pour l'audience, puis disparaitre derrière les rideaux noirs décorant l'arrière-scène.
Le jeune comédien se tenait en coulisses, au milieu de tous les autres talents s'apprêtant à monter sur les planches, les uns rieurs et excentriques, d'autres se montrant le visage fermé, récitant mentalement leur texte, gigotant d'un stress palpable. Damien, lui, se tenait discrètement assis sur une chaise en plastique un brin bancale, observant l'ensemble d'un air pensif, épargné de toute émotion. Il attendait sagement son tour, jaugeant à l'ouïe l'ambiance dans la salle à travers les prestations de ses collègues. La jeune Nolwenn, petite femme toute mignonne, dévoila un trac incontrôlable qui lui causa des pertes de mémoire, se mélangeant dans son texte à plusieurs reprises, peinant à rebondir, restant statique au bord de la scène, la respiration haletante

audible dans le micro et le regard de panique. Les quinze minutes furent un supplice, douloureux tant pour elle que pour l'audience dont le malaise se lisait sur les visages crispés et les sourires jaunes. Vint ensuite David, un quadragénaire costumé, l'allure d'un employé de banque, dévoilant un sketch si terne, à travers un sujet si usé, le tout dans un personnage et une posture si mal maitrisée, qu'aucun rire, ne serait-ce qu'un gloussement, ne se fit entendre dans l'audience. L'homme, au moment de quitter la scène, eut un remerciement pour le public, l'expression dépitée, accusant l'échec cuisant qu'il venait de subir, avant de s'évaporer et disparaitre immédiatement de l'esprit des spectateurs, qui, lentement mais sûrement, commencèrent à regretter leur venue. La troupe des Cancres entra ensuite à son tour, parvenant à sauver l'honneur, provoquant quelques rires nourris qui firent office de bouffée d'oxygène salvatrices pour tous les comédiens présents. Le chouchou du patron fit finalement son apparition, l'allure décontractée poussée à l'extrême, le langage familier, usant du verlan à toute les phrases, dévoilant un sketch évoquant les transports en commun à travers quelques punchlines bien senties, un rythme dosé avec justesse, ainsi qu'une capacité plutôt remarquable à capter l'attention du public qui ria généreusement et l'applaudit avec davantage d'entrain à la fin de sa prestation. Damien se leva, s'approcha du rideau noir, aperçut le patron, monsieur Olivier, fixer l'humoriste en scène avec un visage rayonnant, comme émerveillé, presque amoureux, avant de tourner le regard vers le jeune homme s'apprêtant à le succéder, baissant immédiatement son sourire, fronçant les sourcils, et lui tournant le dos sans lui adresser la moindre parole. Damien ravala sa frustration et se concentra pleinement sur le sketch qu'il allait interpréter, qui n'était pas un sketch, en vérité, mais plutôt un court extrait de sa pièce de théâtre dont le manuscrit se trouvait à cet instant sur les bureaux de nombreuses sociétés de production. « *Lorsque viendra la nuit* » serait un immense succès, il en tenait la conviction absolue. Ce fut, à ses yeux, le moment d'en assurer l'évidence. Au signal, il grimpa les quelques marches d'escalier d'une énergie fougueuse, avant de de poser le pied sur les planches de bois et observer devant lui les visages de ces inconnus partiellement masqués par le contraste entre l'obscurité et le spot d'une lumière blanche agressive rivée sur lui.

« Bonsoir ! Merci de m'accueillir parmi vous ! Ce soir, je vais vous jouer une scène de la pièce que j'ai écrite, qui s'intitule Lorsque Viendra La Nuit. » débuta-t-il chaleureusement, souriant, la gestuelle dynamique, avant d'observer le visage de Monsieur Olivier au fond de la pièce, se tenant sur la droite du technicien du son et de la lumière, fixant le jeune comédien avec une appréhension lisible sur chacun de ses traits. Damien baissa alors le regard, se laissa happé par son personnage jaillissant abruptement en son esprit, puis entama son texte :

« *Je me souviens de tout. Ce jour où j'ai rencontré Emilie, où j'ai croisé la lumière de son esprit au travers d'un éclat d'iris, j'ai immédiatement compris. Le temps n'eut plus la moindre emprise, et tous ces bagages que je portais si lourdement jusqu'alors m'eurent libéré de leur fardeau. A la seconde où elle m'a souri, j'ai su. Je me tenais, aussi sûrement que le jour succombe à la nuit, devant la femme de ma vie.* »

Le silence dans la salle fut total, les regards accaparés par son visage, tendre, l'expression nostalgique et à fleur de peau, le regard vibrant de chagrin. Il s'apprêta à prononcer la suite de son texte, lorsque tout à coup, la lumière générale éclaira brutalement la salle et qu'une musique entrainante fit son apparition dans les enceintes du lieu. Damien s'arrêta net, cherchant à comprendre. L'audience se tourna en tous sens, visiblement décontenancée, avant que le patron de la salle ne s'avance prestement, arrache violemment le micro de la main du jeune comédien, et dise :

« Voilà, c'est la fin du spectacle, j'espère que cela vous aura plu. Au plaisir de vous revoir bientôt dans notre club. Merci, bonne soirée. » comme récitant des phrases prérédigées, puis de lâcher un regard empli de rancœur envers le jeune homme dans son dos, et partir d'un pas élancé, sous la stupéfaction du public qui observait Damien d'un regard de pitié. Ce dernier tenta de suivre Monsieur Olivier, ressentant une vague de colère et d'injustice lui envelopper l'estomac. Le patron traversa la salle, croisa la guichetière pendant qu'elle jouait à des mots croisés, puis se dirigea vers son bureau, quelques mètres plus loin, claquant brusquement la porte blanchâtre et vieillissante au nez du comédien. Ce dernier se raviva, gonflé par cette volonté d'en découdre une bonne fois pour toute avec cet homme qu'il haïssait depuis le premier jour. Il frappa la porte avec ardeur, le poing serré, scandant : « Monsieur Olivier ! Monsieur Olivier ! Ouvrez-moi, il faut qu'on parle ! » Il obtint le silence en seule réponse. Alors le comédien recommença, frappant avec davantage de force, enveloppant la voix d'une rage palpable. C'est alors que la porte s'ouvrit d'un geste explosif, dévoilant le visage du patron déformé par la haine, fixant Damien d'un regard assassin.

« Qu'est-ce que tu veux, encore, toi ?! » cracha-t-il sans aucune considération.

« Je veux comprendre pourquoi vous... » tenta de répondre le jeune homme, rapidement coupé :

« Y A RIEN A COMPRENDRE ! Je t'embauche pour me faire des sketchs, DES SKETCHS, TU SAIS CE QUE CA SIGNIFIE ?! Toi, au lieu de ça, tu nous emmerde avec tes histoires à dormir debout ! Tu plombes l'ambiance, à chaque fois ! ÇA COMMENCE A BIEN FAIRE ! » hurla Monsieur Olivier, donnant l'impression de se tenir devant un criminel ayant décimé toute sa famille tant la haine putride se dessinait sur son visage émacié, marqué par l'alcoolisme et l'aigreur. Damien le fixa d'un air outré, sentant la flamme de sa colère l'enivrer dangereusement. « VOUS N'AVEZ PAS LE DROIT DE FAIRE CA ! C'EST UN MANQUE DE RESPECT ENVERS MON TRAVAIL ! » rétorqua le comédien, hurlant de sa voix grave et portante. « OUAIS ? BEN COMMENCE PAR ETRE UN BON COMEDIEN ! LA, PEUT-ETRE QUE JE

TE RESPECTERAI ! » lâcha son patron, vociférant sans retenue. Damien encaissa la phrase lui faisant l'effet d'un uppercut puissant en pleine mâchoire. Sans réponse, il laissa monsieur Olivier conclure : « ALLER, DEGAGE DE CHEZ MOI ! CA SUFFIT ! J'VEUX PLUS TE VOIR ! » avant de lui claquer la porte au visage d'un geste hargneux, causant le tremblement des murs tout autour. Damien sentit son pouls s'emballer, son estomac se tordre, sa chaleur corporelle grimper furieusement.

« VOUS OSEZ ME VIRER COMME CA ?! C'EST SCANDALEUX ! VOUS ALLEZ QUAND MÊME DEVOIR ME PAYER, ESPECE D'ORDURE ! » hurla le comédien le visage tout contre le bois de la porte, avant que celle-ci s'ouvre de nouveau, le patron se montrant rouge de rage, prêt à lui bondir dessus.

« J'TE PAIE RIEN DU TOUT ! TU NE LE MERITES PAS ! MAINTENANT, DEGAGE DE MA SALLE ! IMMEDIATEMENT ! PARS OU J'APPELLE LA POLICE ! »

Après un échange de jurons particulièrement fleuri, Damien récupéra ses quelques affaires et claqua la porte du lieu sans le moindre regard dans son dos, pendant que les spectateurs, témoins auditifs de la violente dispute, tentèrent de se rendre minuscules tant la gêne fut profonde, et que les autres comédiens restèrent statiques, incapables de prononcer le moindre mot à l'égard de leur collègue malmené sous leurs yeux. Le jeune homme avança d'un pas énergique, le visage fermé, la tension haute, pendant que certains passants le dévisageaient devant son expression noire, fermée et hautement inflammable. Il conserva un regard fixe, ignorant totalement ce cadre qui l'eut tant enthousiasmé trois ans plus tôt à son arrivée dans le Quartier, avant de monter les trois étages de son immeuble sans ne croiser aucun voisin, vaquant tous et toutes à leurs occupations artistiques, puis de s'enfermer dans sa bulle protectrice, chez les Dumoulin. Lorsqu'il foula le parquet, le couple se tenait dans le salon, dansant une valse romantique sous les douceurs d'une chanson évoquant leurs jeunes années, avant de se tourner vers Damien qui se rua dans sa chambre d'un pas précipité. La soixantaine passée, de longs cheveux blancs encerclant son crâne dégarni, de larges rouflaquettes du même blanc habillant un visage rond et chaleureux, la taille modeste, la silhouette relativement corpulente ; André Dumoulin, pianiste virtuose, s'arrêta subitement et fit les gros yeux en entendant la porte claquer avec virulence à l'endroit de la chambre du locataire. Margaux, violoniste réputée, le même âge, les cheveux mi-longs poivre et sel, de larges lunettes sur le nez, le regard doux ; croisa les yeux de son mari, partageant son incompréhension. Ils se dirigèrent timidement vers le fond de l'appartement, approchèrent la porte de la chambre voisine à la leur, tendant l'oreille afin d'y déceler un éventuel bruit suspect, mais n'y trouvèrent que le silence le plus profond. André, soutenu par son épouse, s'avança le premier, toquant d'un doigt à la porte à deux reprises. « Euh Damien ? Ça va, mon grand ? » commença-t-il d'un ton posé. Le jeune

homme resta silencieux, faisant grandir le sentiment d'inquiétude auprès du couple.
« Damien ? Tu es sûr que ça va ? » continua le pianiste.
« Désolé, André, mais… je préfère rester seul, ce soir. » rétorqua soudainement le comédien de l'autre côté de la porte. Un silence s'installa.
« Bon… comme tu veux. Si jamais tu changes d'avis… on est là. »

Damien se tint assis sur le bord du lit, le dos voûté, penché vers l'avant, fixant le vide en tentant de canaliser ce ras-de-marrée émotionnel qui le consumait jusqu'à la moelle. Une image restait vissée en son esprit embrumé, celle du visage empli de haine de son patron, lui crachant cette phrase violente, méprisante au possible qu'il lui eut adressé. Comment ce pauvre type avait pu oser lui afficher un tel irrespect ? Pensait-il d'une rage dévorante. Damien sentit son front brûler, tant la colère et la douleur se juxtaposaient en son antre, déchirant son estomac et accélérant le rythme de sa respiration. La colère car, bien que d'une capacité remarquable de remise en question et luttant contre un manque de confiance en lui dans la vie courante, lui faisant bien trop souvent défaut, il détenait toutefois une certitude quant à ses compétences dans sa pratique de l'art dramatique. Se voir rejeté par le métier comme il le subissait depuis trois ans, lorsque l'on est un travailleur acharné, déterminé, et doté d'une capacité à émouvoir, à entrer dans les tréfonds de la psyché humaine et à s'adapter à travers les registres absolument remarquables ; cette sensation ne cessait de lui arracher le cœur. Le théâtre était devenu une de ses raisons de vivre après que cet art lui eut permis de se révéler, de libérer cette souffrance atroce qu'était celle de l'enfant martyrisé et renfermé qu'il fut. Cet art eut apporté la palette de couleurs vivifiantes et chaudes que son esprit blessé et grisailleux chérissait de ses vœux. Il eut tout sacrifié, tout donné, des années durant, pour tenter de rendre au théâtre un échantillon, même superficiel, du précieux que cet art lui eut offert. Son amour pour les planches et la comédie ne l'eut jamais quitté, tel l'ami d'une vie, le compagnon d'une route périlleuse faite d'obstacles et de combats. Cet amour se devait d'éclore au grand jour, scintiller aux yeux de tous et s'épanouir jusqu'au dernier souffle. Hélas, en cet instant de détresse et de désillusion, Damien se demanda si cet amour, si intense, si pur, ne fut point unilatéral... Comme si ce monde de création et de passion vibrante lui refusait l'entrée pour le simple fait d'être lui. Mais alors une question survint : pourquoi ? Pourquoi ce rêve, pourquoi ces années d'espérance, ces innombrables compliments, cette croyance presque biblique envers sa destinée, nourrie par l'engouement que le comédien eut pu susciter durant ses années au sein de l'école Comedia ? Pourquoi autant d'abnégation à indure l'idée que ce rêve fut possible si la porte dût finalement se cloîtrer à jamais ? Pourquoi avoir joué avec ses sentiments de façon aussi cruelle, et ce pendant tout ce temps ? Plus les questions fusaient en sa conscience, plus la souffrance grimpait en lui jusqu'à devenir insurmontable. Gigotant de malaise, respirant sous la forme d'hyperventilation, les yeux rouges, le visage marqué par la douleur le terrassant de toute part, Damien dut se résoudre à laisser cette rivière de larmes, nourrie par un mal-être si profondément enfoui dans le puits de son âme, se verser ardemment sur ses joues. La souffrance qui le rongeait depuis toujours s'exprima sans aucune contrainte, le plongeant dans le sanglot du désespoir. Pleurant d'une peine insoutenable, il vit sa vision se brouiller par l'afflux de larmes, avant d'apercevoir la silhouette de son rêve d'une vie le fixer avec amertume, le saluer d'un geste de la main, avant de lentement lui tourner le dos et s'évaporer tristement au loin. Damien suivit du regard cet adieu que lui adressait son autre lui, une version de lui-même épanouie sur les planches, un lot de feuilles blanches contenant son texte dans la main gauche, avant de disparaitre en emportant avec lui tout ce auquel le jeune homme avait cru. Il s'effondra alors de tout son poids, le corps contre la moquette, osant lâcher des cris d'un mal désastreux, des cris d'une voix éraillée, fragile et plaintive. Il n'entendit plus que quelques notes éparses de cette valse provenant d'un vinyle sur lequel le couple dansait son amour, de l'autre côté de l'appartement. Il se sentit partir, lentement, péniblement, comme si, sans le théâtre, la vie n'offrait plus rien auquel le jeune homme pouvait encore se raccrocher. Il voulut mourir, disparaitre à jamais, loin des mensonges, loin de cet amour non partagé, loin de cette solitude qu'il épousait à contre-cœur le plus clair de son temps et ce depuis de trop nombreuses années. Disparaitre pour mieux se libérer de ce combat qu'il se devait de mener, jour après jour, face à ces traumatismes qui auront permis de fabriquer dans les tréfonds de sa psyché, un monstre obscur ne souhaitant que le détruire, détruire sa vie, pour que jamais, ô grand jamais, le bonheur puisse obtenir la moindre chance de franchir la porte de son cœur. Damien, en ces instants tragiques, n'en pouvait tout simplement plus. Il était épuisé, vidé. Son monstre allait le vaincre, il en était persuadé. Soudainement, le téléphone sonna, l'extirpant brutalement de sa déchéance. Il se tourna difficilement, attrapa l'appareil, tenta de lire le nom affiché sur l'écran à travers le voile dessiné par ses sanglots, avant d'en ressentir le souffle coupé. Les yeux écarquillés. C'était Maelys. Il resta figé, les yeux sur l'écran, l'observant sonner inlassablement, comme tétanisé. Il finit par expirer profondément, sécha une part de ses larmes d'un geste de la main, se redressa le long du bord du lit, assis sur la moquette bleutée, puis décrocha.

« Salut, Damien ? J'te dérange pas ? » commença cette voix qu'il reconnaitrait parmi toutes les voix de la Terre et qui, soudainement, lui fit l'effet d'un antidote ultrapuissant. Il resta silencieux, la respiration rythmée.

« Damien ? Ça va ? » continua la jeune femme à l'autre bout du fil. Le comédien tenta de prononcer un mot, sans toutefois y parvenir. Il fut alors submergé par une nouvelle vague de son océan tumultueux jaillissant du fond de ses entrailles, pleurant sans aucun contrôle.

« Oulah… qu'est-ce qu'il y a, Damien ? Qu'est-ce qui ne va pas ? » s'inquiéta spontanément Maelys, le ton grave.

« Je… je veux mourir… » sanglota le comédien, ne percevant plus, à travers l'existence, qu'une immense façade du noir le plus ténébreux que ses yeux purent observer.

« Quoi ? Comment ça ?! Attends, Damien… qu'est-ce qui se passe ? Dis-moi ! Tu veux que je vienne ? » s'empressa alors son amie, la panique se lisant dans sa voix.

« Je… je suis… foutu… » balbutia le comédien, pris d'une crise des plus intenses.

« Non, Damien ! Tu n'es pas foutu ! Arrête, s'il te plait ! Dis-moi ce qui se passe ? » réagit alors la professeure stagiaire, le ton enveloppé.

« Je… je me suis… fait viré du… théâtre… » expliqua finalement son interlocuteur, le ton vulnérable. Un court silence se posa.

« Oh… D'accord… je suis désolée pour toi, je comprends que ça te peine mais… en quoi ça te fait penser que tu es foutu ? »

Damien tenta de contrôler sa détresse effroyable, ce qu'il parvint à faire après une dizaine de secondes. « Ce n'était quand même pas le paradis, ce job, tu ne trouves pas ? » renchérit la jeune femme, tentant de relativiser son immense chagrin.

« Non, mais… j'ai de plus en plus l'impression que… le théâtre ne m'aime pas… j'ai tout fait, et je continue encore, tous les jours, mais ça ne marche jamais… quoi que je fasse, où que j'aille, on ne veut jamais de moi… je ne sais plus… je ne sais plus quoi faire, maintenant. » se confia le comédien, la voix tremblante.

« Ecoute, Damien… tu as quel âge ? Tu es encore très jeune. Tu as toute la vie devant toi. Tu vis là où il faut vivre pour réussir dans ton domaine, et tu as encore deux ans avant que ta bourse s'arrête. Deux ans, c'est long, tu sais ? Il peut tellement s'en passer… Le milieu artistique est un milieu difficile, c'est vrai, peut-être l'un des plus difficiles qui soit, mais tu es un mordu de comédie, Damien. Tu as ça dans le sang, depuis que je te connais. Tu es super doué ! T'as une créativité incroyable, t'es capable de tout jouer, d'écrire une pièce en quelques jours… tu es fait pour ça. Heureusement que tu es à Cantus et plus en France, parce qu'au moins, ici, c'est possible. Dur, certes, mais possible. Où tu étais avant, tu aurais été obligé de bosser toute la journée dans des emplois alimentaires pour payer tes factures ou faire des vidéos à la con sur les réseaux sociaux, ou coucher avec un producteur pour avoir ne serait-ce qu'une chance de voir tes œuvres exister ! Et malgré cela, tu n'en vivrais pas ! » martelas la jeune femme avec conviction, sous la pleine attention de son ami dont la crise sembla peu à peu s'apaiser.

« Ce qu'il te faut, c'est *comprendre*. Comprendre pourquoi ça ne marche pas. Qu'est-ce qui fait que tes textes ne sont pas acceptés, et que tu ne trouves pas de rôle dans des productions ou des salles de théâtres plus intéressantes, malgré tes qualités ? Je suis sûre qu'il y a une raison cohérente derrière tout cela. Une fois que tu l'auras trouvée, tu verras la différence. »

Damien but ses paroles telle l'eau de vérité. Il reprit doucement son souffle, sentit sa tension redescendre peu à peu. La façade obscure se dissipa lentement devant ses yeux qui retrouvèrent un semblant de vitalité somme toute relative.

« Je sais que c'est compliqué d'avoir le recul sur ce que l'on fait… On a parfois l'impression d'être dans le juste et finalement, on se prend des portes dans la gueule à longueur de temps. C'est difficile à vivre, et je compatie vraiment, Damien… mais ces épreuves doivent te renforcer, ça doit te servir, tu comprends ? Sers-toi de ces échecs pour en ressortir vainqueur ! D'accord ? » conclut la jeune femme, visiblement habitée par son discours, déterminée à relever la tête de son grand ami de toujours hors des profondeurs qui l'emportaient parfois jusque dans les abîmes. Ce dernier fixa son bureau, séchant ses dernières larmes, reprenant finalement le contrôle de ses émotions.

« D'accord, Damien ? » insista la jeune femme.

« D'accord. Je vais faire ça. Je vais chercher et réessayer. » prononça-t-il finalement, le ton plus assuré.

« Voilà. C'est ce qu'il faut, Damien. Ne lâche rien ! Je crois en toi, tu m'entends ?

Ne laisse pas ce genre de pauvre cloche comme ton patron détruire ce joyau que tu as ! Il ne le mérite pas ! Ni lui ni personne d'autre ! Tu es un excellent comédien, Damien. Et tu deviendras un super metteur en scène. Accroche-toi et tu verras. Ça va marcher, j'en suis persuadée. »
Le jeune homme sentit se dessiner sur son visage le sourire de la délivrance.
« Merci, Maelys… »
« De rien, c'est normal. C'est à ça que servent les amis, pas vrai ? » rétorqua-t-elle, le ton plus rassuré. « Merci beaucoup… tu es… » commença le comédien, avant de s'arrêter, ses mots se bloquant en travers de sa gorge. Maelys attendit la suite, qui ne vint jamais.
« Toi aussi, Damien… toi aussi. » répondit-elle, la voix soudainement fragile. Les deux acolytes restèrent de longues secondes dans un silence au sein duquel s'exprimaient des mots qu'il leur était impossible de prononcer. Damien raccrocha quelques minutes plus tard, se redressa sur ses pieds, avança d'un pas délicat jusque son bureau sur lequel se tenait un cadre contenant une

photo des trois amis riant à gorges déployées, puis un autre où se montrait le visage de Maelys, seule, dévoilant un sourire éclatant. Le comédien le prit dans ses mains et l'embrassa…

CHAPITRE 6

Les enfants entrèrent ce matin-là dans la salle de « Mademoiselle Sanusi », comme ils la nommaient, le cœur plein d'entrain. Maelys les observa prendre place, dos au tableau, craie à la main, le sourire chaleureux. Lorsque tous et toutes furent installés, leur cahier bleu sagement déposé au centre de chacune de leurs tables, la jeune femme avança d'un pas et prit la parole.
« Bonjour tout le monde ! J'espère que vous allez bien, ce matin ? Tout le monde a bien dormi ? » demanda-t-elle d'abord, bienveillante, s'inspirant de son mentor Victor Alves, connu pour sa fameuse question des couleurs en chaque début de journée. La plupart des douze enfants acquiescèrent spontanément en guise de réponse, lorsque le jeune Matteo se démarqua d'un hochement de tête sur la négative. Sa professeure l'interrogea alors quant à la raison de sa mauvaise nuit, et ce dernier répondit que son camarade de chambre avait « ronflé comme une vache », ce qui fit s'esclaffer ses camarades, sous le sourire amusé de la jeune femme.

« Alors, aujourd'hui, on va parler un peu d'histoire. Plus précisément à propos des origines de Cantus Silvae. Pour ce faire, ouvrez vos livres à la page 82, s'il vous plaît. » se lança Maelys, immédiatement obéi par les enfants qui sortirent le livre d'histoire de leur cartable et le déplièrent studieusement.

« Bien. Qui parmi vous sais me dire quand est né notre Etat ? » interrogea la jeune femme. Lola, Lucie et leurs camarades restèrent figés dans le silence de longues secondes durant.

« Personne ? » insista la professeure stagiaire. Sans réponse.

« Bien. Au départ, avant que Cantus Silvae devienne l'Etat que nous connaissons, il s'agissait d'un campement, ou d'un grand village, une sorte de communauté ayant pour vocation d'offrir aux gens qui souffraient - que ce soit de dépression, de burn-out, de symptômes post-traumatiques, ou tout simplement des gens ne se sentant plus en phase avec le système de leur pays d'origine, à savoir la France pour la plupart - de découvrir un autre mode de vie, une véritable alternative, un repos afin de retrouver ce goût de vivre et cette espérance qui leur faisait défaut. Ce grand village a été créé en 1981 par Philippe Ghoulem et son épouse Chantal Thiard. » expliqua la jeune femme, déambulant autour du bureau, le ton coloré, tenant son audience avec une facilité déconcertante.

« La première année, ils accueillirent environ deux-cents personnes, et le succès ne cessa de croitre. Il faut dire que le cadre avait de quoi faire rêver : le grand village se situait au milieu des plaines verdoyantes, entourées d'immenses forêts, jonchées d'un lac absolument somptueux en son cœur, le tout traversé par une longue rivière que l'on connait désormais sous le nom de Chemin de Vie, partant du sud jusqu'au nord du territoire. L'existence y était des plus paisibles. On y réapprenait à vivre. Tout était différent : le travail, la façon d'interagir avec les autres, la place que l'on y occupait, la façon de se divertir, la nourriture… Ce village offrait un véritable morceau de paradis pour ceux qui y évoluaient. » décrivit la professeure, sous les regards rêveurs de ses jeunes élèves.

« Les années passèrent, et de plus en plus de monde eut intégré la communauté. Cela nécessitait une organisation de plus en plus méticuleuse pour répondre aux besoins de tous, mais aussi un cadre, des règles afin de garantir l'harmonie entre toutes ces personnes qui cohabitaient. De plus, le mode de vie plutôt archaïque, dénué de confort et de toute modernité, commençait à user une partie des habitants qui sentaient le moment venu d'avancer, de proposer autre chose pour l'avenir de la communauté et notamment les enfants qui y grandissaient par dizaines. »

A cet instant, une main gigota dans les airs.

« Oui, Lola ? » demanda la jeune femme avec tendresse dans la voix.

« Ça veut dire quoi « archaïque » ? » questionna la petite avec curiosité.

« Archaïque, ça veut dire très ancien. Une façon de faire, de vivre ou de penser qui était celle d'un autre temps, il y a plusieurs siècles au moins. Tu comprends ? »

Lola acquiesça généreusement, laissant la professeure stagiaire reprendre sa narration.
« Donc, comme je disais, les gens vivaient sans aucun confort ni aucune perspective concrète. Ils voulaient que les choses évoluent, mais les créateurs ne furent pas de cet avis. Anticapitalistes jusqu'au bout des ongles, ils refusaient toute forme de modernité, disant que cela n'était qu'un outil d'asservissement de la population et que cela empêchait toute véritable liberté. »
Une autre main se leva spontanément.
« Oui, Matteo ? » s'interrompit de nouveau la jeune femme.
« Vous dites des mots que j'comprends pas trop... »
Maelys se brusqua, réalisant son erreur.
« Alors, comment dire... les créateurs étaient contre la façon dont les choses fonctionnaient en France. Ils n'aimaient pas le progrès, comme la technologie ou l'obsession pour l'argent. Ils pensaient que cela était une très mauvaise chose pour les gens. Tout le monde comprend ? » se corrigea-t-elle alors, percevant

soudainement un changement dans le regard des enfants.

« C'est à ce moment, en 1984, que trois habitants, qui n'y vivaient que depuis environ un an, décidèrent de faire entendre leurs arguments. Pour eux, ce paradis sur Terre devait s'agrandir, renforcer sa structure, et offrir un avenir satisfaisant. Très intelligents, cultivés, bons orateurs, ils parvinrent à fédérer autour de leurs idées, et créèrent rapidement de nombreux adeptes qui mirent en pratique cet idéal. Ce ne fut pas du goût de Philippe Goulhem et Chantal Thiard, qui virent en ces trois habitants une profonde menace. Ces trois personnes se nommaient Paul Brun, Vincent Cellini et Aurore Marchand. » raconta la professeure, avançant à travers les allées avec calme et assurance, sous les regards attentifs des enfants.

« Chacun d'eux tenait sa ligne de pensées, avait ses convictions, parfois très différentes, mais tous se rejoignaient sur l'essentiel. Pour Paul Brun, son mot d'ordre était *la paix*. A travers cela, il avait pour but de construire une justice impartiale, véritablement juste, ainsi qu'une priorité donnée dans la sécurité ainsi que dans des valeurs citoyennes, que l'on n'évoquera pas dans le détail aujourd'hui, ce n'est pas encore dans votre programme. Paul Brun était un homme très droit, aimant la rigueur, l'honneur et la notion de justice sous toutes ses formes. » expliqua Maelys en se tenant de nouveau devant le tableau, observant ses élèves un par un, s'assurant de ne perdre personne en chemin.

« En ce qui concerne Vincent Cellini, son mot d'ordre était *l'indépendance*. Passionné d'économie et devenu commerçant sur le tard, son rêve était de bâtir une nouvelle économie, totalement à l'opposé de ce qui était en train de se développer en France et ailleurs en Europe, à savoir la mondialisation et la préférence donnée à l'industrie. Tout le monde me suit ? N'hésitez pas à lever la main si ce n'est pas le cas. » s'interrompit-elle de nouveau, soucieuse d'être comprise par tous. La main de Lola se leva de nouveau, fébrilement, comme honteuse.

« C'est quoi, mondialisation ? »

« C'est un système économique qui… comment dire… permet à tout le monde d'acheter des produits, pleins de choses qui viennent d'autres pays, parfois jusqu'à l'autre bout du monde. C'est un moyen de faciliter le… le passage entre les pays, tu comprends ? Ça permet de découvrir des spécialités venant d'autres cultures, donc un enrichissement, et ça permet à certains de gagner beaucoup plus d'argent. En même temps, ça créer des difficultés pour ceux qui fabriquent et vendent les produits dans le pays local, tu vois ? Parce que celui qui fabrique ici n'est pas soumis aux mêmes consignes que celui qui le fait sur un autre continent. Alors du coup, il y a beaucoup de gens qui n'arrivent plus à vivre correctement, et beaucoup d'entreprises sont envoyées ailleurs, parce que ça coûte moins cher là-bas, ce qui met au chômage plein de gens qui veulent travailler. C'est un choix politique assumé, qui, comme chaque idée, chaque position, a des avantages et des inconvénients. Vincent Cellini, lui, avait une autre vision des choses. » expliqua-t-elle patiemment, choisissant ses mots avec le plus grand soin. Comme Lola réaffichait son petit sourire au coin des lèvres, la professeure stagiaire reprit l'histoire.

« Son idéal était de favoriser la production locale, faire ce que l'on appelle du protectionnisme, c'est-à-dire faire en sorte que ceux qui produisent et vendent des choses au sein de notre Etat soient gagnants, à l'inverse de ce que je vous ai raconté avec la mondialisation. Il voulait permettre à tous et à toutes d'avoir accès à des produits de qualité, notamment dans la nourriture, et privilégier le commerce de proximité, c'est-à-dire les petits magasins indépendants que l'on peut trouver à deux pas de chez soi. Il voulait assurer une indépendance totale, notamment au niveau de l'énergie, comme l'électricité ou le gaz, pour que les prix restent stables et ne pas risquer de pénurie en cas de crise. »

« Il voulait également bâtir une économie saine et sociale, en interdisant l'alimentation industrielle transformée, c'est-à-dire de la nourriture produite en masse, de moins bonne qualité, et mauvaise pour la santé dû à des ingrédients chimiques qui améliorent l'aspect, l'odeur, le goût ou la durée de vie de l'aliment, mais que notre corps rejette. En interdisant également de vendre des produits extrêmement nocifs, sources de cancers et diverses maladies graves, comme la cigarette, par exemple. Il prônait une société saine, emplie de gens évoluant dans des corps et des esprits les plus sains possibles, et développer une économie forte autour de ce concept. Il voulait également que cette économie permette aux personnes modestes d'échapper à la misère, aux accidentés de la vie de retrouver un toit et donc leur dignité, garder la main sur les prix et sur le logement afin de garantir à tous une vie digne de ce nom, lorsqu'en France ou ailleurs, même les gens qui travaillaient tombaient de plus en plus dans la pauvreté. » récita la professeure, se tournant sur sa gauche, observant le regard happé de la jeune Lucie, près du mur. « Il avait également son approche, sa vision, concernant le travail, privilégiant le travail utile et favorisant la bienveillance et l'accès aux profondes aspirations au sein du monde de l'entreprise, ce qui permettait à la fois une meilleure productivité et une population active plus heureuse car le travail est le lieu où nous passons la majeure partie de notre temps. Vincent Cellini était un idéaliste économique, profondément engagé et convaincu par son concept, ce qui lui permit de trouver la sympathie de beaucoup d'habitants. »

Maelys fit plusieurs pas en direction de la fenêtre, à la droite de la pièce, dévoilant un sourire nourri en abordant la troisième personne :

« Enfin, pour Aurore Marchand, son mot d'ordre était *l'épanouissement*. Femme d'exception, visionnaire et courageuse, elle fit à la fois de l'éducation, de la culture ainsi que la défense des vulnérables, les piliers de son engagement. Elle voulait refonder l'école, percevant, déjà à son époque, le déclin dans lequel se dirigeait tête baissée l'Education Nationale en France, dans laquelle elle avait travaillé comme jeune professeure, avant d'intégrer le grand village ayant donné naissance à notre Etat. Elle voulait une école forte, garantissant l'apprentissage, le savoir et le goût de la connaissance. Elle voulait une école qui fasse d'une jeunesse diversifiée, issue de différents milieux sociaux, différentes origines, un groupe uni, soudé, se retrouvant tous à travers un socle commun auquel appartenir. Elle voulait une école où le métier de professeur brillait de ses véritables lettres de noblesse, afin de remplir les établissements d'hommes et de femmes passionnés, investis, formés pour faire face à tout ce qui peut se présenter, des difficultés scolaires d'un élève jusqu'au harcèlement ou des problèmes familiaux, et être en mesure de donner le goût, le plaisir d'apprendre, et proposer une certaine exigence pour que l'école puisse être un tremplin social et citoyen pour chacun. » expliqua-t-elle avec passion, le visage pétillant. « Aurore Marchand était également une amoureuse de l'art et de la culture. Depuis son plus jeune âge, souffrant d'une enfance particulièrement difficile, elle trouvait en l'art un moyen d'expression sensationnel et une véritable bulle de réconfort, un médicament face à la

souffrance et la tristesse qui l'emparaient. Elle voulait que l'art devienne un élément central de la vie locale, et que les artistes bénéficient de soutiens bien plus forts, et d'un système permettant l'accessibilité aux métiers de l'art et de la culture à toute personne passionnée et talentueuse qui s'en donne les moyens, parce que l'art était, selon les mots d'Aurore Marchand, la définition même de l'épanouissement. »
La professeure stagiaire perçut des étoiles scintiller à travers les pupilles des jeunes filles devant elle, dont la jeune Lola, littéralement captivée par son récit.
« Elle était également connue pour ses combats, en particulier la cause des femmes, en luttant fermement contre les abus sexuels, les viols, les violences conjugales, la culture de la femme-objet, ou les difficultés des mères célibataires et des mères en général ; mais aussi et surtout la cause des enfants, en faisant de la lutte contre le traumatisme à l'enfance une des plus grandes priorités. Elle pensait qu'en s'attaquant à ce qu'elle considérait comme un immense fléau, on diminuerait de

manière colossale les problèmes de violence et d'insécurité dans notre société, on diminuerait le risque que les victimes reproduisent les actes qu'ils ont subi une fois adultes, et on diminuerait grandement les problèmes d'addiction, de dépression, de comportements suicidaires et nombre de problèmes psychiques et mentaux. Si vous êtes ici, aujourd'hui, les enfants… c'est aussi grâce à elle. » conclut la jeune femme, le visage ensoleillé, sous les regards conquis de son audience.

Moins de deux heures plus tard, au bord des longues fenêtres de la salle des professeurs et des praticiens de santé où une vingtaine d'hommes et de femmes échangeaient posément, Maelys observait la cour en compagnie d'un certain Victor Alves, tous deux se tenant assis sur le rebord, la fenêtre entrouverte permettant d'entendre les rires des enfants. Face à eux, au bas de la bâtisse, la jeune Lola gigotait joyeusement en compagnie de Lucie et Matteo, tous les trois semblant se lancer dans un jeu d'incarnation de rôles particulièrement stimulant. La

gestuelle énergique, Lola scanda à ses camarades :
« Moi, je suis Aurore Marchand ! »
Maelys la fixa, quelque peu décontenancée.
« Ah oui ? Et qu'est-ce que vous voulez faire, ici ? » l'interrogea d'un ton enfantin la jeune Lucie, ce à quoi la première rétorqua avec grande assurance : « Je vais tout changer ! Avec moi, plus personne ne se sentira rejeté ! Les enfants seront protégés ! Bientôt, je construirai mon école, et je ferai de cette Terre un paradis ! »
« Eh, fais gaffe, parce que cette Terre dont tu parles, c'est la mienne ! C'est moi qui décide comment on fonctionne et si t'es pas contente, eh ben t'as qu'à partir ! » lâcha le jeune Matteo, faussement furieux. Maelys ne put s'empêcher de rire, tant de surprise que d'amusement devant cette scène théâtrale pour le moins inspirée.
« Je vois que ton cours a eu un certain succès ! » sourit monsieur Alves, se tournant vers sa stagiaire, le regard empli de gaieté.
« J'ai l'impression aussi, effectivement ! » s'enorgueillit la jeune femme, large sourire

aux lèvres. « Ça n'a pas été simple ! Les enfants m'ont fait remarquer que je leur parlais comme à des universitaires... heureusement que je suis parvenu à adapter mon langage, parce que sinon, j'allais les perdre sans m'en rendre compte ! » se confia-t-elle, sous le sourire jovial du professeur.

« L'adaptation est une qualité prépondérante, dans notre métier. Si une pédagogie ne fonctionne pas, il faut en trouver une autre, si ça ne marche toujours pas, il faut en essayer encore une autre, jusqu'à ce que le message passe. Ça demande beaucoup de persévérance. » expliqua Victor Alves, le ton paternel, déposant son regard bienveillant au travers de la cour. Maelys hocha la tête et continua d'observer la jeune Lola jouer avec fougue, portant en cet instant le costume d'une jeune fille « normale », ce qui toucha simultanément la stagiaire, au bord de la fenêtre.

« Dites, monsieur Alves... » commença-t-elle finalement, « la jeune fille, Lola... qu'est-ce qui lui est arrivé ? »

Victor Alves baissa spontanément son sourire, fixant la jeune fille d'un air gagnant en gravité.

« Comme toi. Des choses horribles. » souffla-t-il alors. Maelys le scruta, fronçant les sourcils.

« Quelles choses ? » insista-t-elle, curieuse. Le professeur hésita un long instant.

« Elle s'est faite violée par son père de nombreuses fois depuis l'âge de cinq ans. » lâcha-t-il, le regard tourné vers la jeune fille en question qui riait à cœur joie quelques mètres plus bas.

« Un ami de ce dernier a abusé d'elle, également, lorsqu'elle avait sept ans. C'est lorsque la petite s'était fait prostituer de force, enfermée dans une fourgonnette louée par le père, alors qu'elle n'avait que dix ans, que les autorités ont découvert ce qui se passait et nous l'ont confié. Ça fait un peu moins d'un an qu'elle est ici. Quand on l'a récupéré, elle était… elle faisait vraiment peur à voir. » expliqua le professeur, sous la stupeur de la jeune femme, le souffle coupé. Elle ne parvint à prononcer le moindre mot, tant une sensation de dégoût lui enveloppa la gorge tout entière, avant que survienne une douleur déchirante dans l'estomac. Elle déposa de nouveau le regard sur la jeune fille, dans la cour, s'épanouissant dans le rôle de cette femme qui aura été source d'admiration profonde pour la professeure stagiaire depuis qu'elle l'eut découvert durant sa scolarité.

« Monsieur Alves… » reprit-elle finalement, « Comment faites-vous pour conserver autant de sérénité et de jovialité en voyant des gamins brisés par la vie toute la journée ? Comment faites-vous pour que ça ne vous touche pas davantage ? » interrogea-t-elle alors.

« Oh, ça me touche autant que toi, tu sais ? A chaque nouvelle rentrée, lorsque je vois le regard éteint des jeunes, des comportements terrorisés ou dépressifs, à un âge où la vie n'a même pas véritablement commencé ; au fond de moi, je le vis comme un immense gâchis. Ça me touche toujours, après toutes ces années, mais tu veux savoir comment je fais pour ne pas me laisser happé par ces émotions négatives ? » répondit-il, d'un air de confidence. Maelys hocha la tête sur l'affirmative.

« C'est dû à une chose. Une seule. *L'action.* » affirma-t-il, le ton assuré.

« C'est-à-dire ? »

« Eh bien, à partir du moment où je me lève le matin pour venir ici, je suis dans l'action. Tous les jours, je donne de mon temps, de mon énergie et de mon expérience pour tenter de fournir les clés de la réussite à des jeunes qui, au départ, ne croient plus en l'existence. Je fais tout ce qui est en mon pouvoir pour changer la trajectoire de ces gamins qui, sans cela, seraient voués à des vies de souffrance, d'échecs et de désespoir. C'est ce qui fait toute la différence. A l'inverse, lorsque je suis sur mon canapé, chez moi, devant ma télévision, et que j'assiste à des évènements terribles ; ça me broie, ça me dévore de l'intérieur. Parce que dans cette situation, je n'y peux strictement rien. Je n'ai aucun levier d'action pour changer la donne. Tu comprends ? »

Maelys l'écouta attentivement, le regard dans le vide, l'air songeuse.

« C'est normal de ressentir de l'empathie pour ces enfants, Maelys. Il n'y a aucun mal à cela, au contraire. Mais lorsque tu sens que l'aspect émotionnel devient difficile à gérer, que tu peux y laisser des plumes, essaie de te rappeler que tu agis, que tu es utile et que tes actions auront une portée tôt ou tard. Tu ne sauveras pas le monde, ni même tous les jeunes présents ici... mais tu sais, changer la vie d'un enfant, même qu'un seul ; c'est déjà énorme, et cela procure des sensations absolument magiques. C'est quelque chose qui ne s'explique pas. Je te le souhaite ! » se confia le professeur, le regard pétillant. La jeune femme afficha soudainement un sourire au coin des lèvres, se tournant vers la cour, pendant que Lola jouait à la bagarre avec Matteo, tous deux riant aux éclats.

« Je suis fier de toi, tu sais ? » lança le professeur Alves, sans crier gare. La jeune femme le fixa avec de grands yeux de son bleu de ciel estival.

« D'où tu es partie... devenir une jeune femme aussi brillante et plein d'avenir ; c'est vraiment remarquable. Je tenais à te le dire. »

Maelys sentit des larmes se poser au bord de ses paupières, contenant son émotion.

« Merci beaucoup ! Ça me fait chaud au cœur ! » répondit-elle, le teint rougissant.

Soudain, la sonnerie retentit dans la cour, stoppant les enfants dans leur jeu endiablé et les poussant à rejoindre le bâtiment des études et des thérapies, tous en rang, les cartables de nouveau sur le dos.

« Ah, ça y est ! C'est le moment de repartir à l'action ! » rétorqua Victor, souriant, fixant sa stagiaire en lui adressant un clin d'œil subtil. Cette dernière saisit le double-sens et sourit généreusement à son tour.

« C'est quoi le programme, maintenant ? » demanda le professeur, curieux.

« De la dictée puis du calcul mental. Ça vous rappelle quelque chose ? » s'amusa la jeune femme, l'expression taquine. « Je ne vois vraiment pas de quoi tu parles ! » répondit ironiquement monsieur Alves, avant de se redresser et déposer une petite tape sur l'épaule de son interlocutrice, de ce tempérament joueur et bon vivant qui le caractérisait. Quelques minutes plus tard, Maelys grimpa une fois de plus les trois étages et traversa le couloir vert de menthe l'esprit plus clair et déterminé que jamais, bien décidée à vaincre une bonne fois pour toute ce Mal qui sévissait dans l'âme et le cœur de ces êtres que la vie eut envoyé à l'épreuve. A ses yeux, sauver l'un d'eux était comme un moyen de s'éloigner elle-même du précipice que sa souffrance avait créé… Elle se voulait être digne de l'amour que sa famille adoptive lui offrait depuis dix ans, ainsi que de la fierté de son mentor. Faire taire cette voix qui lui affirmait qu'elle ne méritait rien, qu'elle était sale, laide et sans valeur. Toutes les cartes étaient entre ses mains pour inverser la tendance. Elle se battrait jusqu'au dernier souffle.

CHAPITRE 7

Le large terrain d'entrainement parfaitement entretenu de l'équipe première de Somnium FC vit s'illustrer un groupe visiblement épanoui, répétant les combinaisons avec envie, échangeant des jongles sous les esclaffements nourris, se disputant de petits matchs avec la liberté du football de quartier de leur enfance, dévoilant un plaisir de jouer qui fit dessiner un sourire conquis sur le visage du coach. Comme à son habitude, Hassan accapara les regards rêveurs des supporters remplissant les gradins de la tribune située sur le côté gauche du terrain. A chacune de ses prises de balle, chacun de ses dribles, de ses frappes puissantes et millimétrées faisant trembler les filets à pas moins de huit reprises durant la séance ; des voix s'enveloppèrent généreusement afin de célébrer ce spectacle que le numéro dix leur offrait. Lorsque le coup de sifflet signa la fin de l'entrainement collectif du jour, les supporters se ruèrent aux abords du terrain et attendirent la venue des joueurs, maillots du club et posters dans les mains, n'ayant d'yeux que pour ces athlètes portant sur eux les attentes d'une ville tout entière. Le gardien de but s'approcha en premier, suivi de trois autres joueurs tous accueillis chaleureusement par les enfants, adolescents et parents longeant la clôture. Tout à coup, la tension grimpa de manière exponentielle lorsque les dizaines de supporters virent approcher un certain Hassan, la démarche assurée, léger sourire en coin. Immédiatement, la cohue se dessina, scandant le prénom du joueur afin d'attirer son attention, allant jusqu'à se bousculer et se blottir dangereusement tout contre la grille qui les séparait de la pelouse. Armé de son marqueur, le numéro dix signa pas moins de trente autographes en moins de trois minutes, observé et chahuté par l'audience tel un être à part, provenant d'une planète perdue au milieu de l'immensité, à mille lieux de sa nature humaine que les gens ne percevaient déjà plus. Il joua le jeu, pensant que cet exercice pour le moins déstabilisant se voyait inévitablement inclus au programme d'une destinée hors-du-commun à laquelle il aspirait si ardemment depuis sa sortie du Centre Alves.

Il rejoignit son domicile non sans une légère appréhension, à quelques minutes seulement d'une annonce pouvant marquer un nouveau tournent dans sa jeune carrière. Il traversa le salon dont la modeste taille et la décoration minimaliste traduisait des moyens financiers éloignés d'une galaxie, au moins, de ce dont profitaient les joueurs de son standing en France ou ailleurs en Europe, au sein des pays officiels. Lorsque ces derniers pouvaient prétendre à des salaires démesurés même en évoluant au sein de clubs cantonnés au milieu de classement, à Cantus, il fallait devenir un véritable champion pour bénéficier d'une telle aisance, car bien que le football fût particulièrement populaire, il n'écrasait aucunement l'attrait que pouvaient engendrer d'autres sports tels que l'athlétisme, les arts martiaux ou même le handball. A Cantus, le sport business ne pouvait exister, la culture inculquée privilégiant très largement les valeurs intrinsèques du sport que sont le dépassement de soi, la discipline, l'esprit de compétition, la persévérance ainsi que le respect ; valeurs plus que profitables lorsqu'elles se voient appliquées au sein de la société. Hassan alluma donc la télévision et s'assit au milieu de son canapé, le regard happé par l'écran, une certaine tension l'enveloppant sournoisement. Il fixait un certain Cédric Rouget, nul autre que le sélectionneur de l'équipe première de Cantus Silvae. Ce dernier se tenait en conférence de presse devant plusieurs dizaines de journalistes, une feuille de papier sous les yeux, s'apprêtant à délivrer les noms des athlètes cantusiens retenus pour rejoindre la plus formidable des aventures qu'est celle de représenter son pays ou, en l'occurrence, son Etat, au sein du Tournoi des Etats Indépendants, la compétition voyant s'affronter toutes les meilleures équipes d'états secrets et parfaitement autonomes, provenant du monde entier. Hassan se tenait aux aguets, écoutant l'homme avec la plus grande attention, lorsque ce dernier prononça les noms du poste de gardien. Vinrent les défenseurs latéraux et centraux, puis les milieux défensifs et offensifs, créant ci et là quelques soubresauts à l'évocation de noms de pas moins de quatre coéquipiers au sein du club où le jeune homme évoluait. Le suspens fut à son comble lorsque le sélectionneur aborda le poste qui le concernait enfin. Hassan retint son souffle, l'estomac noué, la tension haute.

« Pour les attaquants, j'appelle Fleurby Sissoko » débuta l'homme, les yeux rivés sur sa fiche, « Florian Ambroisier ; Jeremy Oliveira ; Paul M'Boraté ; » récita-t-il, pendant que le numéro dix de Somnium écarquilla les yeux, sentant la fin de liste approcher.

« Ainsi que Théo Dume et enfin… **Hassan Bentia**. » affirma le sélectionneur avec aplomb, avant de relever le regard en la direction des nombreux journalistes présents. Le jeune homme sentit comme une bombe imploser furieusement en son antre, le propulsant hors du canapé, se tenant debout, fixant l'écran, le souffle court, l'esprit s'épanouissant à travers l'atmosphère. Il ne parvint plus à entendre le moindre mot du sélectionneur, ni les questions de journalistes interrogeant les raisons de ses choix. Lui remontait soudainement à la gorge toutes ces années de travail acharné, de fervente dévotion, ces rêves illuminant chacune de ses nuits, mais aussi cette rage de vaincre, cette volonté intarissable et sans limite dans l'optique de franchir le mur de l'adversité derrière lequel se dessinait la vie à laquelle chaque pore de sa peau, chaque globule de son sang l'appelaient éperdument. Se rejouaient en sa mémoire les innombrables sacrifices que sa mère, Aïssa, eut à délivrer, certes accompagnée par le système cantusien particulièrement vigilant à la situation des mères célibataires et modestes, mais sans jamais lésiner ses efforts afin d'offrir une chance à ce qu'elle nommait « son cadeau de Dieu » d'emprunter des chemins de joie et de prospérité, loin des tumultes et ombrages de sa prime jeunesse dont elle ne put s'empêcher d'en ressentir un profond sentiment de culpabilité. Toutes les batailles, toutes les souffrances, parfois les doutes et les échecs revinrent au présent, dans la pensée d'Hassan. Bientôt, il porterait le maillot cantusien et tiendrait une chance de devenir le grand joueur auquel il se voyait depuis toujours. Il continua de scruter l'écran, avant de n'en percevoir qu'une brume partiellement voilée lorsque les larmes remplirent ses paupières. Subitement, son téléphone vibra continuellement contre le cuir du fauteuil. Il l'attrapa et vit apparaitre de nombreux messages. « Bravo mon gars ! Tellement fier de toi ! » commença à l'écran, signé Damien. « Félicitations, Hassan ! Tu le mérites amplement ! Fais ce que tu sais faire et tout ira pour le mieux. Mille bravos ! » suivit spontanément, signé Maelys. S'ensuivirent une dizaine de messages de coéquipiers et amis rencontrés au centre de formation du club. Puis ceci : « Mon fils, ma plus grande fierté, mon plus beau combat. Je ne remercierais jamais assez le ciel pour m'avoir offert un enfant tel que toi. Je n'ai pas les mots pour te dire à quel point je suis heureuse. Je t'aime, mon fils. » de la plume d'une certaine Aïssa, causant simultanément un flot de larmes dansant sur les joues du jeune homme à sa lecture. Au moment d'envoyer sa réponse des plus colorées et à fleur de peau à l'endroit de sa maman adorée, il vit apparaitre un nouveau message, provenant d'un numéro qui, soudain, lui glaça le sang. Fronçant les sourcils, la mine grave, il laissa l'écran dévoiler ceci :

« Salut, Hassan, c'est ton père… punaise, j'en pleure de joie ! C'est incroyable ce que tu es en train d'accomplir ! Bravo à toi, mon bonhomme. »

Chacun de ces mots lui fit l'effet d'un coup de poignard dans le foie. Il sentit sa main droite à nouveau trembloter nerveusement, son pouls s'envoler, sa respiration accélérer subitement. Il resta figé un long instant, fixant l'écran, sans savoir ni comprendre. Que faire ? Ignorer ? Répondre un mot ? Mais lequel ? Ou bien l'appeler, afin d'entendre sa voix, sentir son émotion, entendre son souffle tout contre l'appareil, ressentir la fierté d'un papa devant la réussite de son fiston, malgré la violence, malgré cette peur proche de la tétanie que cet homme lui eut provoqué des années durant, malgré la prison puis l'absence et le manque… D'un geste hésitant, dans un instant plongé hors du temps, Hassan approcha son index de l'écran et appuya fébrilement, avant de coller l'appareil tout contre son oreille. Les yeux humides, l'expression vulnérable, il gesticula entre le canapé et la longue table basse vitrée sous les quatre sonneries l'approchant d'un moment qu'il peinait à contrôler tant le flux d'émotions l'enivrait de toute part. Ces quatre sonneries semblèrent durer une vie entière, tant l'appréhension fut éprouvante. Tout à coup, un souffle, une présence. De longues secondes de silence. Puis une voix. Une rencontre.

« Allo ? »
Hassan resta silencieux, se perdant soudainement entre la notion de réel et d'irréel.
« Hassan ? C'est toi ? » continua la voix à l'autre bout de l'appareil.
« Oui… » se contenta de répondre le jeune homme d'une voix fragile. Il sentit comme

un sourire se dessiner sur le visage de son interlocuteur.

« Vraiment, bravo pour ta sélection ! T'as pas idée à quel point ça me fait plaisir... j'ai sauté de joie quand je l'ai entendu prononcer ton nom ! Tu peux être fier de toi. » se livra Walid Bentia. le bonheur se lisant dans sa voix. Hassan retint son émotion, décidé à ne point craquer, ne pas dévoiler la moindre faiblesse, rester en pleine possession de ses moyens, malgré son torrent de souffrances enfouies qui se déchainait en son antre.

« Merci. » se contenta-t-il de répondre, sans accent.

« De rien, c'est sincère... après tout ce que t'as traversé, franchement... chapeau. Tu peux être sûre qu'ici, à la prison, tout le monde sera derrière toi ! Moi le premier ! » s'exclama le père, le ton enjoué. Le footballeur sourit du coin des lèvres, attendant la suite. Silence.

« Et sinon... comment tu vas ? » demanda finalement le prisonnier, sous la surprise du jeune homme, ne l'ayant jusqu'alors jamais entendu prononcer cette question.

« Comment je vais ? Eh bien… ça va, la forme. Avec le club, on est au top, je suis sélectionné pour le Tournoi, et en général, je vais bien, également. Mes amis sont toujours là. Donc tout va bien. » affirma le joueur avec conviction, décidé à lui adresser un message que son bourreau entendrait en langage subliminal. Celui d'une ancienne victime étant parvenu à se relever et se reconstruire, morceau par morceau, sans lui. Le père resta silencieux plusieurs secondes, comme accusant le coup, mêlé à la fois par une profonde satisfaction mais aussi de lourds remords irréversibles.

« C'est cool ! J'suis… j'suis content pour toi. » rétorqua ce dernier, non sans tristesse camouflée. Hassan comprit et ressentit une légère pointe revancharde bien dosée.

« Et au fait, si jamais tu te demandais… maman va bien, elle aussi. »

Cette phrase continua d'achever le prisonnier dans le silence de ses regrets qui consumaient son être chaque jour davantage.

« D'accord. Tant mieux… » répondit timidement ce dernier, laissant le malaise se développer.

« Et toi ? Comment vas-tu ? » osa finalement interroger Hassan, curieux d'entendre la réponse.

« Moi ? Comment je vais ? Je… » se surprit d'abord le père, « Comme je peux… la prison, ça pue la merde, les gardiens sont des connards, j'en ai marre de rester enfermé ici à rien faire… » se lança l'homme, comme crachant ses mots de toute son aigreur, avant d'ajouter :

« J'sais pas trop c'que j'ai… dès fois, j'ai l'impression de m'éteindre. Je suis blasé, en fait. Y a plus rien qui me stimule. A part les moments où j'te vois à la télé… »

Hassan retint la vague chatouillant dangereusement sa gorge, avant de se reprendre.

« Je me souviens, à l'époque, quand tu étais tout petit… » commença-t-il soudainement, le ton nostalgique, « je te regardais par la fenêtre pendant que tu jouais au foot, au quartier, avec tes copains. Je te regardais faire tes dribles, là, et marquer des buts tout seul en traversant tout le terrain… j'étais halluciné. » se confia-t-il alors, sous l'attention d'Hassan qui vit certains souvenirs reprendre vie en son esprit. Des souvenirs du temps où ce papa montrait encore visage humain, un père certes peu investi, délaissant à peu près tout à la responsabilité d'Aïssa, tout sauf une forme d'admiration devant le caractère singulier de son fils qui se dévoilait déjà en sa plus tendre enfance. Cet homme vaincu, résigné à toute forme d'ambition, même minime, aimait se laisser porter par le spectacle que lui proposait sa progéniture, au milieu de ce modeste terrain à la pelouse clairsemée faisant office de seul exutoire pour ces gamins de banlieue parisienne à qui la vie n'eut offert aucune faveur. Le petit être fragile et innocent qu'Hassan fut en ces temps se sentait galvanisé par le regard de ce père qu'il aimait infiniment malgré une obscurité, un Mal profond qu'il eut pu observer sans toutefois parvenir à saisir.

« Ce que j'aimais le plus, c'était voir la réaction des gens, tout autour, qui venaient te voir jouer. J'étais… j'étais ailleurs.

C'était grandiose. » continua finalement Walid, semblant revivre probablement parmi les seuls instants heureux de son existence...

« Et tu te souviens du match qu'on est allé voir ensemble ? » s'enflamma alors l'homme, évoquant cette rencontre de Ligue des Champions où le Real Madrid d'un certain Cristiano Ronaldo, héros de l'enfance d'Hassan, fut en lice de remporter le précieux trophée pour la dixième fois de son histoire. Un moment de pure magie écrit dans sa mémoire à tout jamais. Un moment privilégié entre un père et son jeune fils d'antan, du temps où les mots durs et accès de colères de l'homme furent encore ponctués de tendresses, d'encouragements, de rires et d'une certaine complicité des plus touchantes ; avant qu'apparaissent les cris d'Aïssa, cette violence verbale, d'abord, puis physique, crue et semblant indomptable, qui aura tué cette innocence juvénile bien avant l'heure au sein de l'esprit du footballeur, développé cette rage indescriptible, un conflit déchirant entre amour profond et haine viscérale envers ce père qu'il n'eut jamais compris. C'est à travers cette pensée que lui vinrent plusieurs interrogations : qui était-il véritablement ? Comment a pu naître ce double visage sinistre et perturbant ? Une curiosité enveloppa subitement sa conscience, pour ne plus la quitter…

CHAPITRE 8

Une semaine s'était écoulée depuis l'altercation musclée entre le jeune comédien et son ancien patron, Monsieur Olivier, puis cette conversation revigorante avec son amie Maelys. Une semaine de doutes, de tergiversations obnubilant son esprit en chaque instant. Il se répétait le conseil de son amie, à savoir *comprendre*. Quelles étaient les raisons empêchant un jeune passionné et talentueux d'accéder à la première marche d'une carrière d'artiste confirmé et épanoui ? D'autant plus à Cantus Silvae, où l'art tenait une place de prestige, et où le système intrinsèque était conçu pour permettre à quiconque possédant du talent et l'envie, d'y parvenir. La culpabilité avait sournoisement pris possession de l'esprit tumultueux de Damien, qui se pensait ou malchanceux, ou mauvais, ou à côté de la plaque, dans tous les cas acteur unique de son propre échec. Un sentiment de honte l'enivrait un peu plus chaque jour, lui qui symbolisait tant d'attentes, tant d'espérance auprès de ses parents et de ses amis. Toutes ces années durant à entendre son père, plus particulièrement, s'exclamer auprès de son entourage comme détenant un joyau qui allait, tôt ou tard, écrire une histoire faite de grandeurs et de promesses, brisant la chaine d'une lignée familiale destinée au prolétariat et l'ingratitude. Charles, paternel du jeune comédien, n'eut jamais tari d'éloges quant à son fils, eut aimé de tout son être assister à chacune de ses représentations du temps de l'école Comedia, se laisser porter par ce fils dont la nature profonde lui échappait mais dont le talent et la passion dévorante lui faisait oublier le marasme et l'inertie de sa petite vie quotidienne qui ne lui offrait que peu d'attrait. Damien percevait encore ce regard empli de fierté et d'euphorie contenue à travers les yeux de son père. Il lui était donc inconcevable de renoncer et risquer de voir s'éteindre cette flamme qui avait été le seul véritable lien d'accroche unissant le comédien et son paternel, au-delà de celui du sang et de l'attachement naturel. En cas d'échec, la chute n'en serait que plus vertigineuse. Alors des jours et des soirs durant, le jeune comédien eut écumé les salles de théâtres du quartier des Artistes et ailleurs, parfois même dans la petite ville de Carmen, une ville calme où vivaient essentiellement des familles relativement modestes, des travailleurs et beaucoup de retraités ; ceci afin d'analyser et déceler la clé du succès. Qu'est-ce qui expliquait qu'une œuvre était populaire ? Y-avait-t-il des éléments imparables, des récurrences ? Quelle était la raison pour laquelle les comédiens qu'il avait vu exercer eurent été sur les planches, pendant que lui végétait dans l'obscurité ?

Durant cette phase de recherche et d'analyse, Damien découvrit pour la première fois le contraste saisissant entre l'art-passion et l'art-métier. A chaque fois au fond de la salle, un bloc note et un stylo à la main, il eut assisté aux pièces les plus populaires du moment, réunissant chaque soir jusqu'au millier de spectateurs. Il eut découvert d'abord le pouvoir de la comédie, tant l'humour, les vannes bien senties, le rythme finement calculé et les sujets simples abordés avec légèreté faisaient mouche. Il eut analysé le jeu des comédiens, talentueux pour la grande majorité, jouant avec une énergie enflammée, épousant tous les codes que le registre imposait. Il avait également décelé la stratégie mise en place derrière l'écriture de ces œuvres, semblant conçues pour plaire à un public ciblé tel un plan marketing pour un produit industriel. Toutes les structures se ressemblaient, les nuances, les phases, tout semblait calculé, millimétré pour capter l'attention de l'audience et répondre à ses attentes sans jamais prendre le risque de l'extirper de sa zone de confort. Les pièces en question ne furent point dénuées de qualités pour autant, Damien se surprenant parfois à rires à gorges déployées et se laisser porter par la mise en scène et le récit incarné, mais chaque fois, en sortant de la salle, lui venait la même sensation, le même bilan. Il avait été diverti, sans toutefois avoir été porté, ni en avoir retenu un élément marquant parmi l'ensemble. Commercialement parlant, la mission était réussie, mais ce qui animait le jeune comédien était la recherche, l'exploration, l'aventure que l'art pouvait proposer. Lorsqu'il se tenait sur l'un des sièges des petits théâtres de passionnés peuplant les rues du Quartier des Artistes, il se voyait parfois littéralement bouche-bée devant autant de talent, autant d'inattendu, de profondeur, de style et d'émotions intenses. Il aimait les sujets difficiles, les approches sortant des sentiers battus, les jeux de comédiens s'affranchissant des règles académiques, les surprises, les retournements que l'on ne voyait jamais venir... Ce qui nourrissait son amour pour l'art était l'idée que même lorsque nous étudions notre discipline jusqu'au moindre recoins, nous puissions toujours découvrir une œuvre qui bouleverserait tout le savoir que nous pensions posséder. D'un caractère particulièrement sensible et survivant d'une jeunesse violente, il aimait également les œuvres qui semblaient parler à cet être mélancolique et souffrant qui vivait en son antre à l'abris des regards, percevant en l'art un voyage fantasmagorique surpassant les lois du réel terrien. L'art était un compagnon de route, un ami véritable. En observant l'art-métier, Damien se sentait projeté dans un monde parallèle auquel il n'appartenait aucunement. Se voyait alors naître en lui une grande désillusion…

A l'issue de cette phase, il décida de rédiger plusieurs sketchs en une nuit, le tout en respectant le cahier des charges de l'œuvre à succès, puis se dirigea vers un café-théâtre où se produisaient plusieurs jeunes comédiens et comédiennes devant une cinquantaine de personnes les écoutant d'une oreille, une bière à la main. Damien les observa d'abord, se tenant dans la posture d'un recruteur à la quête de son nouveau talent, et se vit subjugué à la fois tant par les qualités que le charme d'une jeune femme se nommant Emilie, dévoilant un jeu des plus naturels, un phrasé accrocheur, un potentiel comique remarquable, chacune de ses vannes se voyant ponctuées par des rires nourris dans la salle, mais aussi un charisme, une voix, une expression attirant spontanément l'attention, au-delà de sa beauté faussement négligée pour se donner l'image d'une femme simple et surtout éviter la sexualisation, ce qui plaisait particulièrement au jeune comédien. Il vit ensuite un tandem monter à leur tour sur les planches, deux jeunes hommes à la gestuelle décontractée, les visages sympathiques, souriants, s'envoyant des répliques toutes plus osées les unes que les autres, à la joie d'un public rapidement conquis. Damien attendit la fin de la représentation pour approcher l'arrière de la scène et observer tous les comédiens s'apprêtant à quitter la salle. Emilie se tenait sur la gauche, discutant avec le tandem, ce qui stimula d'autant plus le jeune homme. Il avança d'un pas timide, un classeur de pages reliées à la main, et aborda la troupe.

« Bonsoir ! » commença-t-il, attirant le regard des comédiens, l'observant avec questionnement. « C'était super ! J'ai adoré vos sketchs ! » se lança-t-il alors, obligeant Emilie et le tandem à le remercier poliment, attendant la raison de sa venue.

« Voilà, je… hum… je suis également comédien, diplômé de l'école Comedia, et j'écris des pièces. » se présenta Damien, le pouls emballé, la chaleur corporelle grimpant.

« J'ai plusieurs sketchs que je souhaiterais mettre en scène, c'est très court, dans le même registre que ce que vous faites, et… » continua-t-il avant d'observer les sourires s'abaisser soudainement sur les visages de ses interlocuteurs, puis les regards exprimant un certain désintérêt.
« Désolé mais… on n'a besoin de personne pour écrire nos sketchs. » lui asséna l'un des comédiens du tandem, la taille haute, la peau caramel, le ton assuré. Damien s'arrêta un instant, encaissant le coup.
« Oui mais… hum… je peux vous apporter mon aide, j'écris dans différents registres, et ces sketchs peuvent vraiment… » insista Damien, rapidement coupé par Emilie, « Ça ira, merci ! On va se débrouiller ! »
Le jeune comédien les observa sans répondre, avant de les voir lui souhaiter une bonne soirée l'expression méprisante, puis s'éloigner sans aucune considération. Il les suivit du regard, les percevant se diriger vers un groupe de jeunes individus, riant avec entrain, se tapant dans les mains tels les meilleurs amis du monde. Il fixa le groupe en ravalant sa détresse, ne parvenant à

comprendre ce dédain que lui exprimaient constamment les gens implantés dans le milieu artistique. Les règles, le système, furent une chose, mais rien ne pouvait changer le facteur humain. Au sein du milieu des artistes et de ceux qui les produisaient, Damien s'était toujours senti en décalage profond. Ne partageant ni leurs convictions, leurs valeurs, leur mode de vie, leur sociologie, leur parcours, leur vision de l'art, de la société, du monde, des gens… depuis ses premiers jours à l'école Comedia jusqu'à cette énième déroute, il se percevait comme une erreur de casting. A cet instant, au plus profond de sa solitude, il fut frappé par cette douleur éprouvante que lui provoquait la constatation de son amour unilatéral pour l'art. Se voir rejeté par ce que l'on aime le plus au monde est source d'une souffrance indélébile. Damien se tint aux abords de la petite scène en bois, contenant sa douleur dans sa trachée, avant que le gérant du théâtre vienne le bousculer avec poigne, le ramenant subitement à la réalité. Le jeune homme se tourna brusquement, découvrant un visage fermé, un regard

dénué de compassion, semblant percevoir le comédien comme un objet qui dérange.
« Qu'est-ce que vous foutez là ? Vous n'avez pas le droit de venir ici ! C'est réservé aux *artistes* ! » lui scanda alors ce dernier sans la moindre retenue, avant de le bousculer de nouveau avec nervosité, puis s'éloigner pour rejoindre l'attroupement, se métamorphosant tout à coup en un homme souriant, chaleureux et amical auprès des jeunes gens tout autour de lui. La tension haute, les bras ballants et tremblant de rage, Damien assista à la scène l'esprit anéanti. A cet instant précis, contenant sa colère noire et sa douleur pénétrante, il s'entendit prononcer une phrase qui allait changer le cours de son existence à tout jamais. Seul et invisible au milieu de la salle, il dit avec conviction :
« **D'accord. Alors c'est terminé. J'arrête tout.** »

De retour dans sa chambre bleutée de ce grand appartement vêtu de musique, Damien ruminait longuement quant au désastre que semblait devenir sa vie.

D'évidence, le théâtre ne voulait pas de lui. Il pouvait bien suivre les conseils de ses proches, à savoir s'accrocher, persévérer, encore et encore, d'échec en échec, d'humiliation en humiliation, alimenter chaque fois davantage sa frustration et son désespoir face à ce mur de béton qui se tenait devant lui depuis trois longues années. Il pouvait prendre cette voie, et s'acharner, simplement pour satisfaire sa famille ainsi que ses proches, montrer qu'il possédait un mental de guerrier, et que sa foi était inébranlable. Ou alors écouter son cœur. Sa vérité. Cela malgré les risques, la déception qu'il causerait auprès des êtres qu'il aimait, et malgré le vertige terrifiant que cette décision lui provoquerait, se plongeant dans l'inconnu sans détenir le moindre appui tangible face à cet avenir qui se montrait plus brumeux que jamais. Ce choix l'effrayait, mais plus le temps avançait et plus il devenait l'unique option. Il était temps de s'éloigner des planches, de ce terrain de liberté qu'il aimait éperdument, auquel il avait consacré son existence tout entière, et entamer ce qui pouvait s'apparenter à un deuil, à savoir d'une part de lui-même, probablement la meilleure. Accepter cette rencontre manquée. Dire adieu à ses rêves, et trouver la force de construire un autre soi, un autre chemin de vie car malgré la violence tragique de cette chute, la vie se devait de continuer et ce malgré l'absence de son essence véritable. Allongé le dos sur le matelas, fixant le plafond le regard éteint, il fut toutefois surpris de ne ressentir aucune douleur, aucun mal. Aucune larme approchant ses paupières. Rien qui essora son estomac. Non, rien de tout cela. La seule et unique sensation que le jeune homme put ressentir à cet instant fut un immense vide, comme si toute énergie eut quitté son corps pour le restant de ses jours. Comme un avant-goût de cette mort qu'il s'était empêché d'apprivoiser des années durant, qui soudainement dévoilait à ses yeux le visage de la délivrance et d'une paix qui lui faisait tant défaut...

Des jours durant, Damien passa le plus clair de son temps à s'envoler au pays des songes.

Ecroulé d'une fatigue morale terrassante, son corps ne répondait plus. Chaque tâche était devenue une bataille. Se lever, marcher, se diriger d'une pièce à une autre, préparer un repas, effectuer les tâches ménagères, se laver… tout cela lui imposait une volonté surhumaine tant la force lui manquait. Le teint devenant blafard, les cernes s'assombrissant, la barbe négligée, les cheveux en désordre, vêtu du même pyjama grisâtre jour après jour, nuit après nuit, le jeune homme devint l'ombre de son ombre. A ses yeux, plus rien n'avait la moindre importance. Sa vie ne lui appartenait plus. Le théâtre la lui avait volée. Dans son lit, seul dans la chambre, son âme meurtrie trouvait le repos loin de ce dehors froid et décevant qui ne dévoilait plus le moindre attrait à ses yeux. Ses pupilles ne brillaient déjà plus, les étoiles du Théâtre des Rêves ayant déjà migré vers des contrées où l'innocence vivait encore. La seule source de réconfort qui pouvait encore exister était une image. Un sourire. Un prénom. Celui de Maelys. Les paupières clauses, la jeune femme apparaissait systématiquement, dansant de toute la lumière divine, s'épanouissant au milieu d'un jardin peint du pinceau de l'allégresse, les cheveux au vent, la gestuelle emplie de grâce. Savourant cette poésie s'illustrant en son esprit, Damien se laissait partir dans un monde où sa souffrance se voyait enfin anesthésiée. Un monde où il était artiste, où Maelys lui dansait son amour. Un monde où tout était encore possible. Ce monde d'illusions devint son refuge face aux ténèbres de sa réalité.

CHAPITRE 9

C'est le nez dans ses livres de cours que Maelys fut découverte en cette douce soirée sous les yeux d'Hapsatou qui rentrait tout juste de son travail. Cette dernière traversa le salon et approcha la longue table à manger d'un bois poli, où sa fille adoptive semblait captivée par sa lecture. L'éducatrice afficha alors un sourire satisfait, salua la jeune femme d'une légère caresse sur l'épaule, poussant Maelys à lever enfin les yeux et dessiner un sourire tendre au milieu de son visage.
« Encore en train d'étudier ? » interrogea la mère de sa voix apaisante.
« Eh oui… on n'a rien sans rien, c'est toi qui me l'as dit ! » répondit la jeune professeure.
« C'est bien. De quoi il s'agit ? » demanda Hapsatou, d'un œil curieux.
« D'histoire, évidemment ! » s'exclama Maelys, en véritable passionnée, avant de compléter :
« Ça décrit le mode de vie du peuple français au onzième siècle… c'est génial ! »
Hapsatou répondit de son sourire, avant de soudainement se braquer, le visage grave, lorsque sa caresse de la main sur l'épaule de

la jeune femme dévoila de longues traces de griffures d'un rouge prononcé dans la jonction entre son trapèze gauche et sa nuque. Elle s'arrêta un long instant, fronçant les sourcils.

« Maelys ! Qu'est-ce que c'est que ces marques ? » s'inquiéta-t-elle, voyant sa fille adoptive se figer, fixer l'horizon les yeux écarquillés, avant de recouvrir les blessures de son vêtement en un geste furtif.

« Où est-ce que tu t'es fait ça ? » continua la mère, le ton concerné.

« Hum je… ce n'est rien, maman, ne t'en fais pas ! C'est… un accident bête. Rien de bien méchant... » bafouilla Maelys, cherchant à rassurer.

« Quand même ! » rétorqua Hapsatou, découvrant de nouveau le vêtement afin de contempler les marques avec stupeur.

« Arrête, maman ! Ce n'est rien, j't'ai dit ! » s'agaça subitement la jeune femme, se levant brusquement de sa chaise, le livre à la main, le regard fuyant. Hapsatou l'observa quitter la pièce et disparaitre dans le long couloir menant à sa chambre où elle s'y enferma d'un pas soutenu. L'éducatrice se tint un long instant, seule dans la pièce, pensive.

Maelys resta dos à la porte, la respiration haletante, prise d'une angoisse fulgurante. La règle était claire, il était hors de question que quiconque puisse prendre connaissance de son secret. Jusqu'à présent, elle était toujours parvenue à camoufler les stigmates que dessinait son addiction sur ce corps qu'elle s'évertuait à malmener en chaque occasion. L'idée-même que cela puisse être révélé, qui plus est à la vue de son modèle qu'incarnait Hapsatou à ses yeux depuis le premier jour, lui provoquait des crises hors de contrôle allant jusqu'à lui déchirer les entrailles et la voir s'effondrer sur le sol et se tenir en position fœtus, suffoquant, agonisant d'un Mal bien trop grand, bien trop vicieux pour elle. Sentant son cœur s'enflammer dans sa cage thoracique, ses jambes faiblir sournoisement, elle puisa dans son instinct de survie développé durant son enfance chaotique afin de tenter de reprendre le contrôle de son corps et de ses émotions. Elle respira bruyamment, se concentrant sur la profondeur de ses inspirations, la délivrance de ses expirations, mais rien n'y fit. Percevant sa main droite trembler frénétiquement, son ventre se tordre douloureusement, des gouttes de sueur peupler son front et augmenter drastiquement sa température corporelle, Maelys lutta à corps perdu, seule, dans le silence de ses blessures qu'elle portait en elle depuis son plus jeune âge. S'accrochant de toute ses forces pour ne point chavirer, elle eut alors une pensée pour un être, un visage, un prénom. Celui de Damien. Elle le perçut dans un coin de la pièce, la fixant de son regard empli de sensibilité vibrante et de bienveillance naturelle, captant sans un mot la souffrance qui était la sienne. En cet instant, ce fut tout ce dont elle eut besoin. Son regard, sa chaleur, sa présence. Elle s'abaissa péniblement, se tenant fermement au rebord du lit sur sa gauche pour ne point s'écrouler, et attrapa son smartphone d'une main fébrile. Elle composa un numéro avec peine, puis colla l'appareil sur son oreille, le souffle court, les yeux humides et exorbités.

Trois sonneries. Puis une voix masculine, chaude et rassurante, fit son apparition.

« Maelys ? »

« Sa…lut Da… Damien... » s'essouffla la jeune femme.

« Oulah… ça va ? » s'inquiéta spontanément son ami de l'autre côté de l'appareil.

Elle tenta de garder le contrôle de sa respiration, non sans mal, ne parvenant plus à prononcer le moindre mot.

« Maelys ? Qu'est-ce que tu as ? »

« Je… je ne vais… pas très bien… »

Un silence grave se posa.

« D'accord… tu veux que j'appelle un médecin ? » demanda le jeune homme, le ton empli d'inquiétude.

« Non, je… c'est… j'voulais juste… entendre ta voix… » se confia Maelys le ton fragile, sous la stupeur du comédien qui ne pipa pas mot de longues secondes durant. Parle-moi, s'il… te plait, Da… Damien… » ajouta la jeune femme, essuyant les grosses gouttes de sueur emplissant son visage d'un geste de la main.

« heu... ok... mais tu ne veux pas me dire ce qui t'arrive ? » prononça finalement le jeune homme.

« Juste une... crise d'an... d'angoisse, tu vois ? » lâcha-t-elle, essoufflée.

« D'accord. Alors commence par fixer un point et respire plus lentement, plus profondément. Fait comme moi. » se lança alors Damien, donnant l'exemple à travers un exercice de respiration tirée de sa pratique de la méditation. Maelys le suivit sans hésitation, se juxtaposant au souffle du jeune homme qui lui faisait office d'antidote face à cette peur effroyable qui la submergeait amplement. De longues minutes durant, le jeune homme la guida avec assurance, le ton doux, allongeant les syllabes, marquant des temps d'arrêt entre chaque mot, ce qui permit à la professeure stagiaire de, lentement, reprendre possession de son corps, en retrouver le contrôle, sentant son souffle s'apaiser, son pouls ralentir. Emportée par le flux d'émotions particulièrement puissant, Maelys laissa éclater un sanglot douloureux, ce qui déchira le cœur du jeune comédien à l'autre bout du fil.

« Ça va aller, Maelys. Je suis là. » tenta-t-il de la rassurer, pendant que cette dernière se recroquevilla sur elle-même, le visage entre ses bras, pleurant le fleuve des écorchés.

« Il faut s'accrocher, on n'a pas le choix. Si on ne le fait pas, personne ne le fera pour nous... » continua le jeune homme, le ton mélancolique.

« Je sais, mais... parfois, c'est difficile... je suis... fatiguée... » se livra Maelys, le ton vulnérable. Damien ne répondit point. Il s'abstint de lui avouer sa propre détresse et ce vide qui l'enivrait de toute part. Il se devait de résister, de puiser dans ses dernières forces, parce qu'il donnerait sa vie pour elle. De longues secondes s'écoulèrent sans qu'aucun mot ne soit prononcé. Un long échange permit finalement à la jeune femme de reprendre pied, trouvant en l'oreille de son ami un refuge dans lequel y déposer ce poids si écrasant qui s'abattait en elle sans prévenir, ce de manière récurrente, depuis ses plus jeunes années.

« Tu sais ce qu'on devrait faire ? Aller voir un concert. » rétorqua finalement le comédien, sous la surprise de son amie. « Ça fait quelques mois qu'on n'en a pas vu. Ça serait l'occasion ! Histoire de nous changer les idées… qu'est-ce que t'en penses ? »
Maelys sembla réfléchir un instant, avant d'acquiescer en séchant ses larmes.
« Je vais regarder ce qu'il y a de prévu prochainement et je te redis ça, d'accord ? Ça te fera du bien. Je sais à quel point tu aimes la musique… » renchérit le jeune homme, provoquant un sourire inespéré sur le visage de la professeure stagiaire. Il la connaissait jusque dans les moindres détails, et savait sa passion pour cet art dont elle ne se sentait jamais rassasiée. Thibault eut même à ajouter une seconde bibliothèque dans sa chambre afin d'y ranger soigneusement la multitude de disques et de vinyles qu'accumulait la jeune femme. La musique l'accompagnait à chaque pas qu'elle effectuait, la réconfortait chaque fois que le brouillard enveloppait son horizon, l'emportait au toit du monde d'où elle percevait la vie sans la moindre

crainte. La musique illuminait sa route, lui chuchotait à l'oreille et la cajolait d'une chaleur qui taisait cette souffrance contre laquelle elle luttait jour après jour. S'imaginer assister au concert d'un artiste ou d'un groupe qu'elle affectionnait en compagnie de son grand ami faisait jaillir un morceau de joie qui la rapprocha de nouveau près du chemin de la vie véritable. L'enthousiasme remplaça la douleur et les larmes. Elle avait vaincu son Mal, pour une bataille de plus. Après tout, cela méritait bien une petite récompense.

Moins d'une semaine plus tard, ce fut aux abords de la salle de concerts Music'Hall, située au cœur de Lumius, que les deux acolytes se réunirent. Autour d'eux, plus de sept-cents personnes attendaient impatiemment le show d'un certain David Garcia, DJ, compositeur et arrangeur émérite évoluant au sein de la petite sphère de l'électronique ambiant et cinématique que Maelys aimait écouter le soir, seule dans sa chambre, un livre devant les yeux et un casque stéréo sur les oreilles. Au milieu de l'immense file d'attente atteignant même la rue voisine, Maelys et Damien se fixèrent longuement sans mot dire, se lisant à travers leurs regards expressifs, les visages dévoilant un certain éreintement moral toutefois une certaine joie de se trouver en ce lieu à cet instant, de vivre enfin l'instant présent, ensemble. Aux alentours de dix-neuf heures, les portes s'ouvrirent, permettant aux deux amis de s'immiscer au milieu de la foule jusque dans cette salle qui n'était point sans rappeler l'atmosphère et le cadre d'un théâtre, ce qui poussa le comédien à contenir une certaine douleur lui serrant spontanément l'estomac. La salle se vit peu à peu remplir de silhouettes enthousiastes, gesticulant d'impatience, les visages lumineux, tous et toutes s'apprêtant à vivre une expérience qu'ils espéraient aussi intense et majestueuse que l'artiste eut la coutume d'offrir. Après de longues minutes d'attente, la salle fut soudainement projetée dans l'obscurité la plus totale. Le public comprit et exprima ouvertement sa joie, avant qu'une lumière d'un blanc profond éblouit les regards sous une bande son digne d'un film à suspense, les basses se montrant particulièrement denses et pénétrantes, sur laquelle de douces notes de piano vinrent colorer l'ensemble, répétant une mélodie devenant rapidement entêtante, sans compter les sonorités parfaitement choisies pour faire grimper la tension mesure après mesure, tension à laquelle l'audience sembla des plus réceptives. Très vite, la lumière tourna au rouge éclatant, frappant au rythme des percussions, lourdes et stimulantes, avant qu'une silhouette apparaisse discrètement derrière les platines, la gestuelle énergique, visiblement pris par cette adrénaline que la scène injectait inévitablement. Damien, Maelys et les sept-cents autres levèrent alors les mains au ciel et hurlèrent d'une seule voix, pendant que la musique laissait présager le début des festivités à travers une montée de volume progressive, les percussions s'emballant de plus en plus, jusqu'à laisser se poser un court silence, la salle soudainement plongée dans les ténèbres, pour qu'une multitude de couleurs, de dégradés illuminent fougueusement cette large scène agrémentée de trois écrans géants sur lesquels s'épanouirent déjà des effets visuels absolument captivants, dans un esprit légèrement psychédélique, pendant que les sonos exprimèrent leur force, le premier morceau se voulant dansant, un synthwave très marqué années quatre-vingt, qui poussa les spectateurs à se laisser porter, remuant leur corps avec envie, le regard happé par ces jeux de lumières envoûtants et les écrans situés à la gauche, au centre ainsi qu'à la droite de la scène. L'artiste n'eut qu'un geste à faire pour que les premiers rangs sautillent sur place, pendant que débuta le deuxième titre. En grande fan incontestée, Maelys le reconnut dès les premières notes, se tournant vers son ami la gestuelle enveloppée, dévoilant un bonheur palpable qui embauma le cœur du comédien se tenant à sa gauche, qui l'observait comme on observe un miracle prenant vie sous nos yeux. Au fur et à mesure que le spectacle avançait, l'ambiance se posa pour laisser s'exprimer des sonorités atmosphériques de toute beauté, emportant avec eux les esprits de l'audience entière, les pupilles éblouies par l'apport visuel décuplant les émotions, offrant un voyage éblouissant où le sublime y déposa sa signature. Armé de plusieurs synthétiseurs en chaque coin de sa forteresse composée d'une large platine DJ et d'un ordinateur portable légèrement surélevé, l'artiste dévoila une aisance dans l'expression de son art absolument remarquable, jouant les mélodies avec dextérité, sans oublier les nappes d'accompagnement, avant de pianoter à foison sur sa table, puis redresser le regard vers le public qui n'eut d'yeux que pour lui. Le septième morceau se montra profondément mélancolique, dévoilant un tempo plus lent, sans aucune percussion, une basse aérienne en arrière-plan, laissant la place à ces sonorités planantes, de ce piano sobre et nostalgique semblant raconter une histoire que l'absence de mots n'empêcha aucunement de saisir. L'océan remuait lentement à travers les écrans géants, pendant que les reflets d'un soleil couchant sous un ciel orangé parfumèrent l'ensemble semblant tout droit sorti d'un rêve. Maelys n'eut plus pieds à terre. Son esprit se tenait quelque part au-dessus de cet océan, se délaissant de ses démons, de ses secrets et de ses peurs, pour ne faire qu'un avec les éléments, goûter la somptueuse saveur de la liberté. Emporté par la beauté de l'instant, Damien ne put s'empêcher de se tourner de nouveau vers la jeune femme, l'observant de ses yeux humides brillant au milieu de l'obscurité, croisant finalement le bleu céleste du regard de Maelys qui le fixa inlassablement, sans un mot, sans un geste. Le morceau s'acheva, la salle fut plongée dans le noir complet, alors la foule acclama généreusement l'artiste. Profitant du brouhaha, Damien prononça trois mots qui s'envolèrent immédiatement dans l'atmosphère. Maelys perçut, le temps d'une seconde, le son de sa voix, sans saisir la parole qu'il venait d'exprimer, ce qui l'intrigua. Lorsque la lumière jaillit de nouveau, Damien posa son regard sur la scène, faisant mine de ne pas ressentir l'attention portée par son amie qui, ne parvenant à comprendre, se tourna à son tour vers l'artiste, l'expression pensive, persuadée que le comédien lui eut adressé un message.

« Damien ? » s'empressa-t-elle alors, approchant l'oreille du jeune homme.

« Damien ? » répéta-t-elle, attirant son attention, ce dernier la questionnant du regard.

« Tu m'as parlé ? » interrogea-t-elle, la voix enveloppée afin de se faire entendre.

« Non. » se contenta de répondre le comédien, haussant les épaules.

« T'es sûre ? Je t'ai entendue... tu m'as dit quelque chose mais... »

« T'as dû confondre, je pense. Il y a beaucoup de bruit, ça peut s'expliquer. » tenta-t-il. Maelys hésita un instant, soucieuse, avant d'acquiescer et revenir vers le spectacle.

Damien s'efforça de masquer son émotion, tant elle l'enveloppa sournoisement. Ce dernier venait de s'offrir une frayeur particulièrement prononcée. En un moment d'égarement, pris par la beauté qui s'illustrait, il eut laissé son cœur le contrôler pleinement et prononcer :

« Je t'aime, Maelys ». Une phrase lourde de sens. Une phrase qu'il s'efforçait de conserver au fond de son antre depuis des années mais qui, soudainement, eut jaillit sans crier gare.

Les deux tourtereaux eurent tellement apprécié cette soirée qu'ils décidèrent de réitérer l'expérience seulement deux jours plus tard. Cette fois, ce fut devant un club de jazz de la capitale qu'ils se rejoignirent, afin d'assister au concert de Laurene Melin et ses musiciens, autre groupe dont la discographie tenait une place majeure au sein de la bibliothèque musicale de Maelys, appréciant tout particulièrement le grain de voix de la chanteuse, suave et vibrante, ainsi que l'aspect éclectique de ses compositions, mêlant des éléments pop, soul, beaucoup de folk également, le tout enveloppant un jazz fin, d'une grande musicalité, emmené par des musiciens de haut vol. A peine deux-cents personnes emplirent la petite salle, dans une atmosphère cosy, plus intimiste, mais non moins chaleureuse. Damien et Maelys s'assirent au premier rang, à deux pas de la scène où une batterie siégeait au cœur, aux côtés d'un piano électrique sur la gauche, le tout illuminé de quelques spots jaunâtres en hauteur. Une petite vingtaine de minutes plus tard, la chanteuse foula les planches, large sourire aux lèvres, acclamées par l'audience, avant que ses musiciens suivent le pas. Le batteur, la peau ébène, berret vissé sur le crâne, une veste de costume sans manches d'un gris clair élégant, chemise blanc crème par-dessous ; observa ses collègues, le visage décontracté, la gestuelle allègre, attendant le signal afin de démarrer le premier morceau. Le pianiste, quinquagénaire, la chevelure un brin ébouriffée, la silhouette bien portante, dos légèrement voûté, se tint prêt à son tour. Suivirent le guitariste aux allures de premier de la classe, la taille haute, la silhouette longiligne, la coiffe brune fournie ; le bassiste, crâne rasé, de petites lunettes posées sur le nez, l'instrument entre ses mains ; et enfin la violoniste, la quarantaine, de longs cheveux châtains rangés à travers une queue de cheval, se montrant vêtue d'une robe noire pailletée, fixant la chanteuse, violon à l'épaule et chevalet à la main. Le signal fut donné d'un hochement de tête, alors les artistes démarrèrent le premier titre que, comme de coutume, Maelys reconnut aussitôt. Un morceau aux teintes estivales, respirant la gaieté, sous la voix unique de la chanteuse, accaparant tous les regards. Très vite, un premier solo de guitare fit son apparition, techniquement impeccable, riche sans ne jamais tomber dans le démonstratif, chaque note prenant sens au service de la musique. Lorsque Damien observait chaque musicien afin de chercher à comprendre la réalisation de telles prouesses, d'une telle aisance devant l'instrument ; Maelys, elle, voyageait en des contrées inexplorées, s'envolant loin du monde, loin des Hommes, loin d'elle-même. Vibrant au son des cymbales dont les gestes du batteur offrirent une couleur chaude et généreuse, Maelys sentit son corps remuer instinctivement sur sa chaise. Au quatrième morceau, le violon pris ses aises, offrant une partition particulièrement ambitieuse, la richesse harmonique se mêlant à une vitesse d'exécution endiablée, avant de voir chaque musicien se répondre de leurs solos, les visages comme transcendés, sous l'air amusé de la chanteuse qui partagea quelques regards complices avec l'audience, ne baissant jamais son sourire rayonnant, dansant avec subtilité, visiblement satisfaite de la prestation de son groupe. Vinrent ensuite plusieurs morceaux à l'esprit marqué « piano bar », où le batteur échangea ses baguettes pour des balais, laissant la vocaliste emporter l'audience de morceaux envoûtants, interprétés tout en sobriété, voyant le pianiste fermer les yeux et se laisser porter par les émotions que la musique dévoilait, à travers la simplicité apparente que semblait tenir la partition, où les silences, où chaque note, chaque accord, chaque arrangement se tenaient à leur juste place et habillaient l'ensemble d'une poésie frôlant la perfection.

La nuit suivante, Maelys comprit que cette légèreté fut de courte durée. Se réveillant au milieu de l'obscurité, allongée dans un lit partagé avec un homme dont elle ne connaissait pas même son prénom, un mouvement de panique l'en extirpa afin de rejoindre la salle de bain où son reflet lui coupa le souffle. Le corps jonché de griffures, de marques rougies, de petits hématomes bleutés, elle peina à réaliser que ce corps était bien le sien. Quelques heures plus tôt, une vague d'émotions l'eurent enivré, mêlant rage foudroyante, douleur intense et ce besoin de violence qu'elle tenait jusque dans son épiderme. Totalement happée par la torpeur de ces sensations, son esprit s'était embrumé jusqu'à ne plus percevoir la moindre once de couleur. Une pulsion vociférant l'eut possédé pleinement, un besoin si fort, si puissant, qu'aucune parole, aucune pensée n'eut pu la ramener à la raison. Il lui eut fallu un homme, là, tout de suite, et surtout un capable d'assouvir à ses exigences. A la sortie des cours, elle s'était alors ruée dans un bar branché d'un quartier de la capitale où elle tenait l'assurance que personne ne la reconnaitrait. Elle s'était tenue au comptoir, avait bu une première bière, rapidement suivie d'une seconde, ce qui eut désinhibé encore davantage son état d'esprit de prédatrice affamée. Elle eut scruté l'ensemble, cherchant sa proie, avant de s'arrêter sur un homme jouant au billard avec tout un groupe d'autres jeunes individus, probablement ses amis. La taille haute, les épaules larges, l'allure particulièrement virile, la barbe fournie impeccablement taillée habillant une mâchoire développée, vêtu d'un polaire en laine épousant admirablement sa silhouette sportive ; Maelys avait senti le désir l'envelopper en chaque centimètre de son corps. Prise d'une adrénaline démesurée, elle avait alors ressenti que le moment était venu, nul besoin de tergiverser. Il lui avait fallu un homme sans plus attendre. Elle eut alors fermement posé son verre le long du comptoir, eut avancé d'un pas déterminé, les talons claquant sur le lino, et eut traversé le bar les yeux rivés sur sa proie, le visage impassible. S'approchant à moins de cinq mètres du billard, l'homme s'était tourné, l'eut dévisagé, jetant un rapide regard le long de son corps, l'expression du visage dévoilant immédiatement un grand intérêt, et eut laissé Maelys avancer, cherchant à comprendre. Il lui eut souri d'un air séducteur, la gestuelle emplie d'assurance, avant de se figer de stupeur lorsque cette dernière l'eut attrapé avec poigne par le col et emporté avec elle tel un simple objet, sans le moindre échange. Elle était entrée dans les toilettes du bar avec une énergie dévorante, fait valser la porte d'une des cabines, emportant l'homme avec elle, lui eut cogné le dos contre le mur, refermé la porte ainsi que le verrou, avant de le fixer de longues secondes, la mâchoire serrée et le regard profond. L'homme l'eut observé d'un air ahuri, avant de prononcer :

« Qu'est-ce que… qu'est-ce que tu me veux ? », le ton soudainement vulnérable.

« A ton avis ? » eut lancé la jeune femme, se collant tout contre lui. Désemparé par la fougue de la professeure stagiaire, l'homme eut semblé perdre quelque peu ses moyens.

« Pourquoi tu me regardes comme ça ? T'as peur ? » eut-elle dit en enlevant son haut avec fureur, jetant le vêtement à même le sol.

« Non, non… » répondit fébrilement l'homme, qui commença à se dévoiler à son tour. La jeune femme l'observa d'un regard

lubrique, avant de se jeter sur lui avec virulence, frappant bruyamment son dos contre le mur de la cabine. Une embrassade torride eut pris place entre les deux inconnus, avant que la jeune femme lui eût chuchoté à l'oreille :
« J'ai des besoins disons… particuliers, et je veux que tu les assouvisses. Je veux que tu fasses tout ce que je te dis quand je te le dis, et que tu le fasses bien. Je peux compter sur toi ? »
L'homme eut écarquillé les yeux, tant émoustillé que subjugué par le comportement de cette femme.
« D'accord… et… de quoi s'agit-il ? » l'eut-il interrogé, très intrigué.
Maelys eut alors pris la main large et épaisse de l'homme, puis l'eut enroulée autour de son cou, le fixant d'une expression féline. L'homme se figea.
« Je veux que tu me fasses mal, que tu me traites comme une trainée ! Je veux que tu m'insultes, que tu me frappes, que tu me griffes, que tu m'étrangles ! Je veux que tu te défoules sur moi comme si j'étais ta pire

ennemie ! Tu peux tout faire. Ça ira pour toi ? »

L'homme s'était montré littéralement subjugué, estomaqué par ce qu'il venait d'entendre. Mais porté par l'attirance particulièrement développée qu'il eut ressenti instantanément à l'apparition de la jeune femme, et ses mots ayant soudainement éveillé une pulsion volcanique jusqu'alors enfouie au fond de sa cage où séjournaient ses fantasmes inavouables, l'homme avait acquiescé et sentit une immense charge d'électricité envahir son corps comme jamais il ne l'eut expérimenté. A cet instant, il eut compris que cette nuit n'allait être en rien comme les autres…

Quinze petites minutes plus tard, Maelys eut quitté les toilettes du bar la démarche survoltée, tournant le dos à son partenaire sans lui adresser la moindre parole, ce dernier comprenant immédiatement qu'il n'eut point faire l'affaire. La jeune femme avait senti une tension absolument hors de contrôle, littéralement obsédée par son besoin qui eut accaparé toute sa conscience, le tout agrémenté d'une rage viscérale et d'une frustration grandissant chaque minute. Elle eut alors quitté le bar, scruté les hommes dans la rue en ne les percevant désormais que sous la forme de marchandises, de produits de consommation jetables. Elle eut repéré un trentenaire à la peau ébène, dépassant le mètre-quatre-vingt-dix, taillé comme une armoire, portant un sweat noir à capuche, une casquette de la même couleur vissée sur le crâne, des tatouages couvrant les muscles de son cou. Elle avait croisé son regard plusieurs longues secondes, ce dernier l'eut fixé d'un air séduit, admirant les courbes de la jeune femme avant de se perdre dans ses yeux océaniques qui, en cet instant, n'eurent dévoilé qu'un feu ardent absolument indomptable. Maelys s'était approchée d'un pas décidé, l'eut abordé sans la moindre gêne, eut perçu l'expression de charmeur sur le visage de l'homme, mais surtout un tempérament dominant, une virilité exacerbée, un regard fixe et assuré à travers lequel elle était parvenue à lire un potentiel violent qui n'appelait qu'à s'épanouir. Il n'en avait point fallu davantage pour que la jeune femme se jette sur lui avec fougue après seulement quelques phrases échangées, les deux inconnus s'embrassant avec ardeur au milieu des passants. Peu après, Maelys s'était trouvée chez lui, totalement enivrée par un désir hors de contrôle et une furieuse envie d'en découdre qui lui eut dévoré l'intérieur. Trois rapports des plus brutaux et emplis d'animalité primitive plus tard, l'homme et la professeure stagiaire s'étaient allongés sur le matelas, l'un à côté de l'autre, profondément exténués, vidés de toute énergie, tous deux grimés de griffures, de marques de strangulation, de gifles et de morsures. Son volcan finalement assoupi, Maelys eut semblé reprendre ses esprits, observant tout autour d'elle, peinant à comprendre. Elle eut perçu cet homme dont elle ne connaissait rien, allongé à sa gauche, le dos vers le plafond, et eut un mouvement de panique, comme à chaque fois qu'elle s'était retrouvée dans cette situation, s'extirpant immédiatement du lit, les jambes flageolantes et l'esprit brumeux, avant de se diriger vers la salle de bain et percevoir ce reflet qui lui eut infligé cette sensation de nausée absolument atroce, face à cette image que le miroir lui eut dévoilé. La femme qui s'était dessinée devant ses yeux à cet instant lui eut semblé être une véritable inconnue. Une ombre, une chose immatérielle avec laquelle elle se devait de cohabiter en son antre depuis des années. Contenant autant ses larmes qu'un vomissement qu'elle eut senti s'éveiller face au dégoût qui l'eut submergé à cet instant, elle s'était rhabillée précipitamment et disparu de l'appartement tel un fantôme, courant rejoindre le cocon d'Hapsatou, qui, comme à chaque fois que cela s'était produit, ne parvenait à fermer l'œil qu'à la minute où sa fille adoptive en foulait le parquet. Maelys eut terminé cette nuit l'estomac serré, la tension haute et les larmes humidifiant son oreiller, se répétant, comme à chaque fois, que cette escapade endiablée serait la dernière…

CHAPITRE 10

Plusieurs semaines furent écoulées, l'esprit continuellement ombragé, capté par une problématique qui lui était désormais impossible de se défaire. Hassan voulait savoir. Voulait comprendre. Qui était véritablement son père ? Quelle était son histoire ? Quels éléments de son passé pouvaient expliquer une telle violence ? A quel moment sa vie a basculé ? Ce fut moins dans l'optique de lui pardonner ni légitimer de quelque manière que ce soit les traumas que cette figure paternelle lui aura causé et avec lesquels il se devait de vivre jusqu'à la fin de ses jours ; que de saisir sa psyché, sa souffrance, son parcours, pour mieux définir l'identité intrinsèque de l'homme derrière le bourreau. Alors le footballeur profita d'une semaine de repos pour se consacrer à l'idée qui obnubilait ses pensées en chaque jour et chaque nuit depuis ce premier coup de téléphone. Retourner en France, dans la banlieue parisienne où son père avait grandi, y rencontrer ceux qui l'auront côtoyé durant ces années charnières, et tenter de trouver enfin des réponses.

A son arrivée, Hassan fut frappé par la laideur du cadre. De hautes tours d'immeubles se défiaient de leurs couleurs déteintes sous ce ciel de pluie, lorsque de nombreux tags décoraient les murets et les portes aux vitres brisées. Toutefois, l'ambiance sembla calme, de prime abord. Alors il se dirigea spontanément vers l'un des immeubles situés devant lui, ayant rendez-vous avec une de ses tantes que le jeune homme n'avait vu depuis des lustres, cette part de famille ayant pris ses distances avec lui en apprenant la condamnation de Walid dix ans plus tôt... ce fut l'estomac noué et l'appréhension prononcée que le footballeur sonna, puis monta les cinq étages où les bruits furent omniprésents, les voix résonnant partout, des tags colorant les murs et les ascenseurs, qui semblaient ne plus répondre de leur fonction, avant d'atteindre la porte blindée derrière laquelle se trouvait une femme qui, ayant grandi avec l'homme, détenait forcément des éléments qui pouvaient l'aider à dérouler le film de son existence. Il sonna. Attendit un long instant. Puis la porte s'ouvrit timidement, et laissa apparaitre partiellement le visage de Farah, de ce regard peu accueillant, l'expression dénuée de tout sourire, ne prononçant qu'une seule phrase :

« Viens. Entre. »

Hassan traversa la minuscule entrée et perçut la présence de son oncle, Karim, le crâne dégarni, le regard sans lueur, le visage marqué par la mal-vie, portant un marcel blanc enveloppant son embonpoint, dévisageant le jeune homme sans lui démontrer la moindre chaleur. Sous la demande de sa tante, le footballeur prit place dans le salon et s'assit au milieu de la table à manger, située entre un canapé défraichi et une télévision écran plat. Ses hôtes suivirent le pas sans le moindre entrain, puis le fixèrent, la tension devenant soudainement palpable dans la pièce. Un silence s'installa.

« Tu m'as dit que tu avais des questions à propos de ton père, c'est bien cela ? » débuta la femme, le visage grave. Hassan acquiesça. « Alors je t'écoute. » affirma-t-elle. Le jeune homme ravala les innombrables reproches qu'il pouvait leur exprimer, cette rancœur terrible que l'on nourrit face à des êtres qui savaient, qui non seulement n'ont rien fait mais en outre, ont protégé l'artisan des méfaits, sans la moindre pensée, la moindre émotion pour l'enfant victime. Comme si sa souffrance terrible n'avait point existé, n'avait jamais compté. Hassan ressentit une haine profonde, viscérale, envers ces individus qui se tenaient devant lui, qu'il aurait préféré ne jamais retrouver, mais qui s'avéraient primordiaux dans le cadre de sa quête. Il ravala tout, se focalisa sur l'objectif, et prononça :

« Toi qui as grandi avec lui, j'aimerais que tu me dises qui était mon père étant enfant ? »

La femme se tourna vers son mari, cherchant un regard complice qu'elle ne trouva point, ce dernier fixant l'étiquette de la canette de bière bas de gamme qu'il tenait dans sa main.

« Qui était ton père ? C'était un gamin comme beaucoup d'autres, au quartier. Il jouait avec ses copains, il aimait le sport, notamment le foot. » débuta la femme, créant spontanément une expression de surprise sur le visage du jeune homme.

« Tout petit, c'était un bon gamin. Tout le monde l'appréciait, ici. Mais au fil des années, il était devenu turbulent, faisait beaucoup de bêtises. »

Hassan pensa étrangement entendre la description du jeune enfant qu'il fut lui-même… il se concentra davantage et reprit.

« A la maison, comment c'était ? Quel genre d'éducation développaient vos parents à l'époque ? »

Farah fit alors un mouvement de sourcils, souriant de gêne, baissant soudainement le regard. Hassan attendit.

« A la maison, c'était assez… compliqué. » avoua la femme, d'une voix faible.

« On était cinq enfants, et notre mère était totalement dépassée. Elle faisait ce qu'elle pouvait, mais… c'était dur, pour elle. Les deux grands, qui étaient des garçons, faisaient la loi lorsque notre père était absent. Ils lui faisaient vivre un enfer. Walid a pris exemple, en grandissant… »

« Et votre père ? Comment était-il ? »

Un nouveau silence frappa la pièce. Un silence des plus éloquents.

« Il travaillait beaucoup et n'était pas très investi dans son rôle… il était très stricte, très sévère. » se contenta de répondre la femme.

« C'est-à-dire ? » renchérit le jeune homme.

Farah le fixa d'un regard interdit, sans répondre.

« Est-ce qu'il vous frappait ? » demanda spontanément le footballeur.

« Ça… ça arrivait, oui… »

Hassan tenta de masquer son émotion face à cette révélation. Il lui fallait en savoir davantage.

« Il frappait de quelle manière ? »

« Eh bien… ça allait de simples gifles à des coups de ceinture, en général. Quelques fois des coups de pieds, des coups de poings, surtout sur les garçons. Nous, ça s'arrêtait aux gifles… »

Le jeune homme en eut le souffle coupé. Il lui fallait continuer.

« Surtout sur les garçons ? Dont mon père ? » demanda-t-il avec gravité.

« Oh que oui. Walid, c'était vraiment son souffre-douleur. Il en a bavé… » confia la tante, sous la stupeur de son interlocuteur.

« D'accord… et, lorsque votre père frappait ses enfants, que faisait votre mère ? » interrogea-t-il, empli de curiosité.

« Ce qu'elle pouvait, c'est-à-dire pas grand-chose. Il la frappait aussi, tu sais… »

Hassan écarquilla les yeux.

« Il frappait votre mère ? » s'exclama-t-il.

« Oui. Beaucoup de fois. »

« Devant mon père ? »

« Oui, oui. Devant nous tous. »

Un silence pesant s'installa.

« En plus, quand il était petit, Walid se faisait souvent emmerder par les grands du quartier. Ils le rackettaient, lui cherchaient les problèmes. C'est un quartier difficile, ici, tu sais ? Faut s'endurcir sinon tu te fais bouffer. Et Walid, à l'époque, c'était vraiment la victime idéale. » ajouta Farah, affichant un étrange sourire.

« Pourquoi cela ? » demanda Hassan, fronçant les sourcils.

« Parce qu'il était petit, très frêle, et il avait cette innocence, sur son visage, tu vois ?

J'sais pas comment t'expliquer… c'était une peluche, on en faisait ce qu'on voulait. » continua Farah, le ton un brin moqueur.

« Peut-être parce que c'était un enfant ? C'est mal d'être innocent à cet âge ? » ne put s'empêcher d'interroger le footballeur, sentant son volcan intérieur s'éveiller dangereusement en son antre.

« Non, mais bon… c'est rigolo. » lâcha la femme, dédaigneuse. Son mari, à sa gauche, souriait également, le regard dénué de toute bienveillance. Hassan ravala péniblement sa colère, se recentra sur la raison de sa venue, et continua :

« Et par la suite ? Vers l'adolescence, comment était-il ? »

« Oh bah en grandissant, il a surpris tout le monde quand il a voulu s'inscrire à la boxe. On s'était tous moqué de lui parce que… bon… Walid à la boxe… » se moqua légèrement la femme, soutenu par le léger rire mauvais de son mari. Hassan n'esquissa pas le moindre sourire, ce qui poussa sa tante à poursuivre.

« Mais à l'arrivée, ça l'a métamorphosé. Il était très fort ! Au bout de quelques mois, il a commencé à faire ses premiers combats, et il épatait tout le monde ! C'était impressionnant à voir ! » s'exclama la femme. Hassan ne parvint à camoufler sa surprise, n'ayant jusqu'alors jamais eu connaissance d'un quelconque parcours sportif au sujet de son père.
« Quand il a commencé à grandir, vers quatorze, quinze ans, ce n'était plus le même. Il faisait peur, plus personne ne lui disait quoi que ce soit. Il adorait la boxe. Il avait gagné plusieurs tournois régionaux, en Ile-de-France, dans sa catégorie. »
« Pourquoi tu dis qu'il faisait peur ? » s'étonna alors Hassan.
« Parce qu'il avait beaucoup grandi, son visage avait changé, son regard également. Il avait la tête et l'allure du mec qu'il ne fallait pas chercher. Et puis il se battait, au quartier, ou au collège. Il s'était fait une réputation. »
Hassan l'écouta avec la plus grande attention.

« Mais son problème, à Walid, c'était le manque de sérieux. Il était doué, mais dès qu'on lui mettait la pression, dès que ça demandait un effort plus important, il perdait ses moyens et il arrêtait. » confia Farah, offrant-là un élément clé dans la trajectoire de l'homme en question.

« Est-ce qu'il bénéficiait d'un soutien, dans la famille, un coach, ou autre ? Quelqu'un qui pouvait l'épauler, lui permettre d'évoluer ? » demanda Hassan, lui dont le chemin de vie s'était vu totalement chamboulé à son entrée au Centre Alves à l'âge de onze ans, puis au centre de formation de son club, sans oublier l'immense apport de sa mère aimante et dévouée, et ce depuis toujours. Farah sembla réfléchir, hésitante.

« Je ne pense pas, non. Mon père ne lui parlait que pour l'engueuler. Ma mère voulait qu'il fasse des études, mais à l'école, Walid, c'était un cancre. Il n'y arrivait pas du tout. Après, pour les coachs, je ne sais pas. Faudrait demander. On n'était pas trop au courant de tout ce qui se passait dans la vie et la tête de mon frère, tu sais ? On n'était pas une famille très… très soudée. » se livra la femme. Hassan se retint de répondre que lorsqu'il s'agissait de défendre un père violent face à un enfant et une mère de famille, ces gens furent tout à fait aptes à réaliser une exception…

Hassan quitta cet appartement pris d'un sentiment de profonde délivrance, mais extrêmement troublé par ce que le témoignage de cette femme lui eut appris. Ce père, que le footballeur ne percevait jusqu'alors qu'en l'expression d'une bête terrifiante, aux mots blessants, insultants, à l'aigreur acerbe, terrifiant sa propre famille mais aussi toutes les personnes ayant affaire à sa violence ; voilà qu'il découvrait un enfant coupable de l'être, évoluant sans amour, élevé par une mère en difficulté, elle-même battue et réduite à la soumission permanente, un père tortionnaire n'exprimant que violence et détestation à l'égard de sa progéniture… un enfant victime du monde qui l'entourait, qui eut décidé d'utiliser la violence à son avantage, devenant rapidement son seul et unique moyen d'expression, évoluant ensuite dans un rapport à l'autre toxique, continuellement sous le prisme de l'affrontement, de la loi du plus fort. Sans soutien, sans affection à proprement parlé, en difficulté scolaire et vivant dans un environnement social où les perspectives furent proches du néant ; le Walid adolescent s'était laissé plonger dans une forme de cynisme et une rébellion enflammée, sans aucune discipline ni aucun but auquel s'adonner dans une existence qui ne dévoilait aucun attrait. Hassan se retrouvait partiellement à travers la description de son propre père, lui qui pensait ne rien avoir en commun avec le monstre de son enfance qu'il n'était encore jamais parvenu à humaniser véritablement. La démarche dynamique, le cœur empli d'entrain, le jeune homme poursuivit son enquête afin de comprendre ce qui a mené un jeune sportif au potentiel visiblement conséquent au visage blafard et bouffi par l'alcool et la déchéance dans laquelle son fils l'eut toujours apprivoisé.

Moins d'une demi-heure plus tard, il s'arrêta à la terrasse d'un café au croisement d'une rue peu fréquentée, où se tenait tranquillement un groupe d'hommes d'origines maghrébines, d'un âge relativement avancé, suivant du regard l'arrivée du footballeur approchant leur table. A la gauche se trouvait un certain Nabil Shafraoui, ancien éducateur sportif ayant exercé au sein du club multisports – dont la boxe anglaise- où Walid Bentia eut brillé. Peut-être ce dernier ne se souviendrait pas, ou ne se montrerait pas coopératif, face aux demandes étranges de ce parfait inconnu… alors Hassan l'aborda avec tact et diplomatie.

« Bonjour messieurs. Pardon de vous déranger, je souhaiterais échanger quelques mots avec monsieur Nabil Shafraoui, s'il vous plait. Est-ce l'un d'entre vous ? »

Les hommes se regardèrent à tour de rôle, perplexes.

« C'est pour quoi ? » demanda l'un, à droite de la tablée.

« Pour savoir s'il se souvient d'un de ses anciens élèves en boxe anglaise. Je sais que beaucoup de temps est passé depuis, mais cela m'aiderait beaucoup… »

Les cheveux grisonnants, de petits yeux espiègles, le sourire toutefois sympathique, l'homme au centre de la table se désigna finalement.

« C'est quoi son nom ? » demanda-t-il, d'une voix usée, l'accent maghrébin prononcé.

« Walid Bentia. Il était adolescent lorsqu'il a intégré votre club, ce devait être dans les années… » expliqua le jeune homme, subitement coupé par l'intéressé :

« Walid ? Bien sûr que j'm'en souviens ! » s'exclama-t-il avec assurance, sous la surprise de son interlocuteur.

« J'l'ai eu dans mon club quand il devait avoir douze ou treize ans, je crois. Une vraie pépite ! J'avais rarement vu un tel potentiel ! » continua l'homme, dithyrambique. Hassan l'écouta de toute son attention, les yeux ronds.

« Il est resté longtemps chez vous ? » demanda ce dernier, curieux.

« Je ne sais plus trop… ça remonte à loin, quand même. Mais quelques années, oui. Je me souviens qu'il avait gagné quelques trophées régionaux chez les jeunes, et je me souviens de sa fougue, une telle rage... il terrassait tout le monde, même des gabarits plus grands et plus costauds que lui ! Je l'avais pris sous mon aile, dans le but de le faire passer en pro, parce qu'il avait le niveau pour aller très loin. » raconta l'homme avec entrain.

« Et que s'est-il passé ? » interrogea Hassan.

« Il s'est laissé aller. Il ne m'écoutait plus. Walid, c'était un bon gamin, je l'aimais bien, mais il avait vraiment un problème dans sa tête. Il était instable, on ne savait jamais comment le prendre. Un jour, il était à fond, et le lendemain, il venait en retard, était très agressif avec les autres et causait des tensions. Je ne sais pas ce qui s'est passé, mais, j'ai fini par le perdre pour de bon. C'est dommage... » confia l'entraineur retraité, la mine tombante.

« Il avait quel âge, environ, lorsque vous l'avez perdu de vue ? »

L'homme sembla replonger loin dans ses souvenirs, réfléchissant plusieurs secondes.

« Je dirais quatorze, quinze ans, peut-être. Je ne suis pas sûr, mais… c'était dans ces eaux-là. »

« Et il ne vous a rien dit pour expliquer son départ ? » insista le jeune homme.

« Ça date, hein… je ne me souviens pas de tout ce que mes élèves ont pu me dire… » sourit l'homme, lui révélant une pointe d'agacement. Hassan accusa le coup et comprit qu'il n'en obtiendrait pas davantage.

« D'accord. Merci beaucoup, en tout cas. Passez une bonne journée. »

Le footballeur leur tourna le dos, s'éloignant de quelques pas, lorsque l'homme le reprit :

« Pourquoi vous vous intéressez à lui ? Vous le connaissez ? »

Hassan le fixa un long instant, le visage grave, avant de répondre :

« Oui. C'est mon père. »

Face au silence exprimé par les hommes qui le ne quittaient pas des yeux, Hassan se tourna de nouveau et poursuivit son enquête avec grande détermination. C'était donc un fait établi, son paternel avait été une graine de talent remarquable dans le sport de

Mohammed Ali et Mike Tyson, mais ses troubles psychologiques lui avaient fait défaut. Jusqu'à la rupture. Mais quelle en a été la cause ? Et que s'est-il passé ensuite ? Voilà les questions auxquelles le jeune homme se devait de répondre.

Il se dirigea sans plus tarder aux abords d'un modeste terrain de football au cœur du quartier où les tours décoraient l'ensemble, afin d'aborder un homme qui, pour sûr, devait en connaitre davantage, lui qui avait été un ami de longue date avec Walid, durant leurs jeunesses respectives. La barbe de quinze jours mal entretenue, le regard sombre et le visage émacié, la cinquantaine bien tassée, vêtu d'un ensemble de survêtement de la marque à la virgule ; l'homme se tenait assis sur le dossier d'un banc de béton, observant les gamins s'adonner à une partie de football des plus enflammées. Hassan s'approcha lentement, et commença :

« Bonjour, excusez-moi. Vous êtes bien Hakim Ben Soudha ? »

L'homme se tourna à son niveau, les sourcils froncés.

« Ça dépend. C'est pour quoi ? » l'interrogea ce dernier, le ton méfiant.

« Je suis navré de vous déranger, mais je souhaiterais vous poser quelques questions à propos d'une personne que vous avez bien connu. Ce serait possible ? » expliqua posément le footballeur, la gestuelle amène.

« Qui ça ? »

« Un certain Walid Bentia. Vous étiez amis pendant de nombreuses années. Ce nom vous dit quelque chose ? »

L'homme écarquilla soudainement les yeux.

« Walid ? Ouais, je le connais ! Enfin… plus maintenant, mais je l'ai connu, quand on était plus jeunes. Pourquoi ? » rétorqua-t-il, la voix enveloppée.

« Parce que je le connais aussi, mais pas aussi bien que vous. Ça m'aiderait beaucoup d'en savoir davantage… ce ne sera pas long, je vous le promets. »

L'homme fixa le footballeur sans ne rien perdre de son air méfiant.

« Vous êtes de la police ou quoi ? » s'inquiéta-t-il nerveusement.

« Non, non, pas du tout. Je suis son fils. »

L'homme ne parvint à camoufler son étonnement.

« Ok. Tu veux savoir quoi ? » dit-il alors, passant au tutoiement.

« Je souhaiterais que vous me disiez ce dont vous vous souvenez à propos de lui lorsqu'il était adolescent, à partir de quatorze, quinze ans et au-delà ? Qui était-il à ce moment-là ? Ce qu'il faisait ? S'il avait des problèmes particuliers ? »

L'homme baissa soudainement sa garde, et se tourna vers les jeunes s'épanouissant sur le terrain de football, d'un air tant nostalgique que mélancolique.

« Walid, je le connais depuis le collège. On était dans les mêmes classes, on vivait dans le même quartier. On a tout vécu ensemble. C'était un bon gars. Il aimait le sport, le foot et la boxe en particulier, il était d'ailleurs très bon dans cette discipline. » débuta l'homme, faisant comprendre à Hassan que le talent de son père pour le noble art n'était visiblement pas à prendre à la légère. Hakim continua :

« On rigolait beaucoup ensemble, on faisait les cons, mais rien de… de bien méchant, tu vois ? Des conneries d'ados. » se justifia-t-il.

« Est-ce qu'il vous confiait des choses concernant sa vie personnelle, ses états d'âmes ? Est-ce qu'il avait des problèmes ? » interrogea le footballeur, déterminé.

« Non, c'était pas un mec qui se confiait. Il était très renfermé, il gardait tout pour lui. La seule chose qu'il pouvait me dire c'était le fait qu'il détestait son père. Il le haïssait vraiment. »

Hassan l'écouta, le visage concerné.

« C'était un gamin malheureux, ça, c'est vrai. Ça se voyait. » renchérit l'homme.

« C'est-à-dire ? A quoi vous le voyiez ? » rebondit immédiatement le footballeur.

« J'sais pas, à son regard, je dirais. Même quand il souriait, il avait un regard triste. »

L'homme s'arrêta quelques secondes, acclamant l'une des équipes venant d'inscrire un but à quelques mètres de lui.

« Est-ce que vous vous souvenez de ce qui a pu le pousser à arrêter la boxe ? Vous en avait-il parlé ? » poursuivit Hassan.

« Oui et non. Comme j'ai dit, c'était pas un mec qui se livrait, qui parlait de ses émotions, tout ça. Mais il disait en avoir marre des entrainements, le coach lui mettait trop la pression, et tout. Il était très fort, mais j'pense pas qu'il était fait pour le haut niveau. Il n'avait pas le mental. »

« Et… que s'est-il passé ensuite ? Une fois qu'il a arrêté la boxe, comment a-t-il évolué ? A-t-il repris ses études ? Trouvé une autre voie ? » interrogea le footballeur.

« Non, non. Walid a arrêté l'école après le collège, après avoir redoublé deux fois. Il s'était fait viré de l'établissement à cause de son comportement, et a arrêté la boxe pas longtemps après. A partir de là, vu que moi, j'étais dans une situation similaire, on a commencé à trainer… » avoua l'homme.

« Une situation similaire ? » rebondit le jeune homme.

« Ouais. J'avais arrêté l'école avant lui, et je ne faisais plus rien. On trainait avec les potes, on faisait des conneries. Walid est rentré dans le truc, un peu pour faire comme les autres, tu vois ? C'était plus un suiveur qu'un meneur, de toute façon. Il a toujours été influencé par les autres du quartier. » expliqua Hakim, les yeux rivés sur le match se déroulant sous ses yeux.

« Et donc, à partir de là, c'était… la rue, la délinquance ? C'est ça ? »

« En gros, ouais. Walid a commencé à changer, à partir de là. Il est devenu dangereux et… je pense qu'il a vrillé, dans sa tête. Il n'y avait plus de règle, plus rien. Il était en confrontation avec le monde. Il voulait prouver qu'il était le plus fort. »

Hassan commença à retrouver-là les traits du père avec lequel il avait grandi…

« Et… est-ce qu'il s'est fait arrêter, durant cette période ? A-t-il fait de la prison ? »

« De la prison, non, parce qu'il était encore mineur. Mais il a fait de la gardav'. Plusieurs fois, même. Un jour, il s'est battu contre des flics ! Mais vraiment ! Il a commencé à en tartiner un, il lui mettait des patates de malade ! Du coup, ils se sont tous jetés sur lui, ils ont donné des coups de matraque, ont essayé de le maitrîser et le mettre au sol, et tout. Nous, on est venus l'aider, tous les mecs du quartier s'en sont mêlés… c'était ouf ! A partir de là, Walid était vraiment d'venu quelqu'un, ici. » raconta Hakim, mimant la scène en gesticulant sur le banc. Hassan en resta bouche-bée.

« Et puis, voilà. On a commencé à grandir, à mûrir un peu, et… moi, j'suis devenu père, et, ça m'a changé. J'en avais marre des bastons et des conneries. Walid aussi s'était un peu calmé, il avait trouvé un taf dans un entrepôt. Il avait rencontré une meuf, aussi. C'était du sérieux, apparemment… après, j'sais pas trop. Je l'ai perdu de vue. »

Le jeune homme se retint de préciser que « la meuf » dont il s'agissait était sa mère… Il le remercia le plus chaleureusement et repris sa route, se dirigeant vers le chemin retour, quittant ce monde rustre et chaotique pour retrouver la douceur et l'harmonie de sa terre d'accueil qu'il aimait éperdument, à savoir Cantus Silvae. Il pensa en cet instant que la dernière personne qui pouvait clore les interrogations qui le consumait encore se devait de l'avoir côtoyé au plus près durant ses années de jeune adulte, afin de déterminer l'élément de bascule, faisant chavirer un jeune homme au parcours difficile ayant finalement trouvé le chemin menant à la paix, vers un père et un mari capable de brutaliser ceux qui l'aimaient le plus au monde... Cet être se nommait Aïssa.

CHAPITRE 11

Ce fut la joie au cœur qu'Hassan foula de nouveau le sol cantusien, les couleurs fleuries, l'élégance de l'architecture et la bonhomie des gens offrant immédiatement un contraste saisissant avec ce monde sinistre qu'il venait de quitter. Il aimait retourner en France en certaines occasions, refouler le sol de ce pays auquel il était profondément attaché, malgré l'ampleur consternante de sa déliquescence dans l'expression de sa modernité, ceci afin de mieux savourer le retour à Cantus, cet Etat dont il ne connaissait pas même l'existence avant son entrée au Centre Alves, et qui eut profondément changé le cours de sa vie. Il se dirigea au sud de la capitale, au sein d'un quartier résidentiel où y vivaient l'essentiel du prolétariat citadin, cette classe moyenne primordiale, vitale même, pour l'économie de tout pays ou Etat qui se respecte. Parmi ces petits immeubles d'habitations, peints de couleurs vives, se trouvait nulle autre qu'Aïssa, préparant la table avec énergie avant la venue de son fils prodige.

Un voile rose fuchsia colorait son visage chaleureux sur lequel le temps ne semblait tenir aucune emprise. Son regard pétillant se posa en direction de la porte d'entrée lorsque le footballeur apparut soudainement. Tous deux affichèrent des sourires ensoleillés, avant de s'offrir une accolade nourrie par cet amour et ce lien indéfectible que leur histoire eut développé. A table, peu de paroles furent prononcées, Hassan hésitant longuement avant d'aborder le sujet de sa venue, un sujet périlleux, car Aïssa tenait une règle : on pouvait lui parler de tout, excepté de son ex-mari. Voilà dix années que l'ombre de ce Walid Bentia n'avait plus approché la porte de son existence présente, et elle tenait à ce que cela continue encore bien davantage. Mais les révélations que venait d'apprendre son fils le chamboulaient tant qu'il se devait de poursuivre sa quête de réponses et de vérités. Comprendre son père était devenu une question existentielle à ses yeux. Il ne pouvait plus reculer, trop de chemin avait été effectué. Il connaissait désormais les raisons des souffrances et de la violence de son père. Mais pas l'élément qui l'aura fait basculer dans la déchéance et la séparation irréversible entre « le bon gamin perturbé » et le bourreau qu'il est ensuite devenu. Elle seule détenait la clé. Il prit alors une profonde inspiration, et se lança :

« Maman, je voudrais te demander quelque chose… je sais que ça ne te fera pas plaisir, mais c'est important pour moi et tu es la seule qui peut m'aider. » débuta-t-il, jouant sur les sentiments, attirant immédiatement l'attention de sa mère qui le fixa avec gravité.

« Qu'est-ce qu'il y a ? Tu me fais peur, là… » s'inquiéta-t-elle spontanément.

« Non, rien de grave, ne t'en fais pas. Juste un questionnement, des choses que j'aimerais comprendre pour… pour mieux avancer. »

« Qu'est-ce que tu veux savoir ? » s'empressa de demander Aïssa, stoppant ses coups de fourchette. Hassan reprit une dose de courage, le ventre noué, le pouls accélérant.

« Qu'est-ce qui s'est passé pour que papa devienne ce qu'il a été ? » osa-t-il finalement prononcer. Un silence pesant s'installa dans la pièce. La mère le fixa d'un air de sidération, sans répondre. « Pour… pourquoi tu me demandes ça ? » lâcha-t-elle finalement, intriguée.

« Parce que je veux comprendre. C'est important pour moi. »

« Qu'est-ce qu'il y a à comprendre, Hassan ? Ton père était malade. Il ne s'est jamais soigné. Il a préféré se défouler sur sa famille et penser que la faute était constamment celle des autres ! C'était la faute du voisin, de la police, des politiciens, ou des « sales français », comme il disait ! » s'enflamma-t-elle subitement, sous la stupeur de son fils.

« C'était un manipulateur de première ! Il mentait comme il respirait ! Tout ce qu'il savait faire, c'était parler, parler, parler ! Je devais m'occuper de tout, tout gérer, la maison, ton éducation, lui n'était jamais concerné par quoi que ce soit ! Et si j'avais le malheur de mal faire une tâche ou dire un mot de travers… » s'arrêta-t-elle dans son élan, les yeux soudainement humides. Hassan resta pantois face à tant de rancœur et de haine au sein d'un être qui ne semblait pourtant n'exprimer qu'amour, générosité et humanité en son sens le plus noble.

« La plus grande erreur, dans ma vie, c'est de l'avoir écouté, et de l'avoir aimé. J'ai été touchée par sa tristesse mais aussi par sa forte personnalité, son humour, sa gouaille… j'ai mis beaucoup de temps à découvrir son autre visage, et quand je l'ai fait… c'était trop tard. » se confia-t-elle, une larme dansant le long de sa joue, le regard marqué et le ton vulnérable.

« Je comprends… je suis désolé, maman, je… je ne voulais pas te mettre dans cet état… » s'excusa le footballeur, le regard dans son assiette.

« Ce n'est rien. Ça va passer. » rétorqua-t-elle, de son caractère combatif, séchant sa larme d'un mouvement de serviette. Silence.

« Je peux savoir ce qui te pousse à avoir ce genre d'interrogations, soudainement ? » interrogea finalement la mère, dubitative. Hassan hésita à répondre.

« Je veux dire… pourquoi là ? Maintenant ? » insista-t-elle.

« C'est... c'est juste que je me pose des questions, voilà... » balbutia le fils entre deux bouchées. Aïssa le fixa, comme cherchant à lire en lui, en ses gestes, son regard fuyant et ses non-dits.

« Il s'est passé quelque chose récemment ? » continua la mère. Hassan hocha la tête sur la négative, sans conviction.

« Hassan, tu peux me le dire, tu sais ? Qu'est-ce qui s'est passé ? »

Le jeune homme resta figé dans son silence un long instant avant de relever les yeux vers sa mère, l'expression fragile, reprenant soudainement les traits de l'enfant qu'il fut, et qu'Aïssa reconnut instinctivement.

« Papa m'a appelé. » lâcha-t-il soudainement. La mère eut un soupir de frayeur. Elle le fixa, les yeux écarquillés, le souffle coupé.

« Il m'a appelé un soir, après un match, pour me féliciter, me dire qu'il était fier de moi. On s'est reparlé ensuite, et... depuis, je cogite beaucoup, je... » se confia-t-il, rapidement coupé par sa mère : « Hassan ! Arrête ! » s'exclama-t-elle avec fureur, se levant brusquement de sa chaise, l'index tendu en sa direction. « Tu le sais que je ne veux plus entendre parler de lui, ni le voir, ni qu'il t'approche de près ou de loin ! C'était la règle, tu t'en souviens ? »

« Je sais, maman… »

« Alors qu'est-ce que tu me fais, là ? » scanda-t-elle sur un ton de reproche, visiblement remontée. Le footballeur sentit une vague d'émotions l'envahir brutalement, tentant d'en garder le contrôle, non sans difficulté. « Tu as oublié tout ce qu'il t'a fait ? » renchérit-elle alors.

« Non ! »

« Alors ignore-le ! Ne lui réponds plus ! Bloque son numéro et tu n'en entendras plus parler ! » ordonna Aïssa, haussant le ton, prise d'une colère vive.

« Ce n'est pas aussi simple, tu sais ? » rétorqua le jeune homme, fronçant les sourcils.

« Pourquoi ça ? Qu'est-ce qu'il y a de difficile à couper les ponts avec un enfoiré pareil ? Tu peux me dire ? »

« PARCE QUE C'EST MON PERE ! » vociféra subitement Hassan, se redressant à son tour d'un geste brusque faisant valser la chaise dans son dos.

« TU CROIS QUE C'EST FACILE ? JE SAIS TRES BIEN TOUT LE MAL QU'IL A FAIT MAIS JE L'AIME, TU COMPRENDS ? JE L'AIME AUTANT QUE JE LE DETESTE ET CA ME DETRUIT ! » s'emporta-t-il alors, le visage empli de rage et d'une douleur déchirante.

« Et tu crois que c'est facile de vivre comme je le fais depuis toutes ces années ? » rebondit aussitôt la mère, la mâchoire serrée, le regard perçant.

« Tu crois que je fais tout ça par plaisir ? Tu ne crois pas que j'aurais droit à un peu de repos, moi aussi ? Tu ne crois pas que j'aurais le droit d'être aimée ? Je fais TOUT pour toi ! TOUT ! Je suis épuisée ! J'ai tout sacrifié ! Moi aussi, parfois, j'en ai marre ! Mais ce n'est pas pour autant que tu me verras parler AVEC CETTE ENFLURE ! JAMAIS DE LA VIE ! »

Hassan la fixa, le souffle court, empli d'une peine indescriptible, voyant l'être qui lui est le plus cher le désavouer sans considération face à un mal lui déchirant les entrailles

depuis des semaines. « Je t'ai permis d'échapper à ce type ! JE T'AI SAUVE LA VIE ! ET C'EST COMME CA QUE TU ME REMERCIES ? » éclata alors Aïssa, d'un sanglot de rage dévorante.
« Mais maman… » tenta-t-il de la raisonner, immédiatement coupé.
« Non, il n'y a pas de maman ! Si tu veux le revoir, alors va ! Tu es grand ! Fais ce que tu veux ! Mais faudra pas revenir en pleurant parce qu'il t'aura encore fait du mal ! Tu me déçois, Hassan ! » lâcha-t-elle violemment, avant de quitter la pièce sous un flot de larmes, et de s'enfermer dans sa chambre au fond du couloir, claquant bruyamment la porte dans son élan. Dépité et aux bords des larmes, le jeune homme prit alors son anorak et quitta l'appartement sans un mot.

Trois soirs plus tard, le grand moment arriva. Dans un stade empli de silhouettes gesticulant, dansant et scandant à gorges déployées, la majeure partie portant les couleurs du FC Somnium qui jouait à domicile ; la tension fut à la hauteur de l'enjeu, à savoir une place pour la finale de la Coupe des Titans. Comme de coutume, et ce depuis l'époque du Centre Alves, Damien et Maelys se tenaient fièrement en tribunes, drapeaux et bannières du club sur les épaules, se mêlant aux chants vibrants des supporters, allant jusqu'à faire trembler les murs du stade, impatients de voir apparaitre les acteurs de ce match qui accaparait l'attention d'une ville entière, et bien au-delà. Soudain, les joueurs firent leur apparition, trottinant sur la pelouse avec énergie, affichant des visages concernés, les regards de guerriers prêts à en découdre. A gauche se tenait l'équipe de Ehr Und Leidenschaft, représentant dans cette compétition l'état indépendant germanique se nommant Neue Welt, petit état autonome situé entre l'Allemagne et l'Autriche prônant les valeurs traditionnelles, une vision conservatrice et un chauvinisme germain des plus prononcés. Composée essentiellement de grands gabarits aux cheveux blonds et aux mâchoires carrées, leur philosophie était simple : se montrer agressif, gagner les duels, tenir un jeu majoritairement défensif, et attaquer en contre, principalement en jeu long et aérien. Tout l'opposé des cantusiens qui eux privilégiaient un jeu offensif et technique, davantage au sol, à travers des combinaisons inspirées et bien sûr aidé par des exploits individuels de certains joueurs de talent comme celui que l'on ne présentait plus, à savoir *Hassan Bentia*. Ce dernier se tenait en bout de fil, le visage grave, fixant l'horizon sans ne dévoiler aucune émotion. Il se dirigea ensuite à son poste au milieu de ses coéquipiers, attendant le coup de sifflet qui démarrerait cette rencontre nourrissant tant d'espérance.

L'arbitre siffla enfin, et alors le stade gronda d'une seule voix. Dès les premières minutes, l'intention fut claire. Les germaniques n'étaient pas venus pour plaisanter. A chaque ballon, les joueurs se montraient mordants, durs sur l'homme, cassant chaque occasion aux cantusiens de développer leur jeu. A l'aube du premier quart d'heure, une action permit à Somnium d'approcher la surface adverse, mais la balle fut immédiatement renvoyée dans les tribunes tant le bloc défensif était dense et extrêmement bien organisé. Hassan suivit le jeu du regard, tenta de se montrer présent, de se libérer du marquage mais comprit très vite qu'un plan avait été élaboré spécifiquement contre lui. Chaque fois que le ballon frôlait ses crampons, une multitude de jambes adverses lui coupaient l'élan. Lorsqu'à la vingtième-troisième minute, il tenta une première offensive, partant de l'aile gauche pour revenir dans l'axe grâce à une vitesse de percussion et des feintes comme lui seul en tenait le secret, on le foudroyait d'un tacle intraitable le jetant dans le décor sans la moindre pitié. Il encaissa des coups violents, des bousculades viriles, des tirages de maillot et des tacles assassins pas moins de douze fois durant la première mi-temps, poussant les supporters locaux à huer et siffler l'équipe adverse avec fureur. Maelys, en tribunes, se montra particulièrement véhémente, n'hésitant pas à hurler et insulter les défenseurs germaniques en percevant son ami geindre de douleur face à la virulence des chocs que ce dernier subissait. La tension grimpa de minute en minute, voyant les joueurs chahuter, se bousculer et se répondre de jurons à n'en plus compter, malgré les tentatives de l'arbitre de ramener un semblant d'apaisement dans ce match haché et âcre. Le coup de sifflet annonçant la pause provoqua inévitablement un mur de sifflets au sein du stade, pendant que les joueurs cantusiens rentrèrent au vestiaire les visages marqués, dévoilant autant d'agacement que de frustration face à cette équipe déterminée à tuer le jeu sans aucun complexe. Hassan fronça les sourcils, dévoila un regard obscur, la mâchoire serrée, la gestuelle démontrant une colère péniblement contenue, sous l'inquiétude de ses deux amis l'observant en tribunes, reconnaissant-là un Hassan des mauvais jours.

La seconde mi-temps débuta sous les mêmes hospices. La défense adverse ne laissa rien passer, tel un mur infranchissable rendant stérile chaque tentative offerte par les cantusiens qui ne renâclait point à l'effort. Devant l'absence de solution, Hassan devint de plus en plus sollicité, lui dont le génie créatif et le caractère imprévisible avaient permis à tant de reprises de réaliser l'impossible. Mais ce soir, la magie n'y était pas. L'attaquant se montrait hargneux, peu en jambes, perdant fréquemment ses ballons, sans compter les innombrables fautes commises à son égard par ces germaniques ayant fait de lui l'homme à abattre. On lisait sur son visage le malaise qui le submergeait incontestablement. Tout à coup, à la soixante-neuvième minute, un corner de l'équipe adverse offrit l'occasion à un milieu de terrain rentré quelques minutes plus tôt de s'envoler dans les airs et flanquer une tête enragée au ballon qui fit danser les filets sous la stupeur des supporters locaux et des joueurs de bleu vêtus, observant les germaniques exulter leur joie en coursant joyeusement le buteur avant de se jeter sur lui avec fougue, pendant que Maelys se tourna vers Damien, les mains sur le crâne, l'expression désemparée que son grand ami partagea simultanément. Il était des signes qui ne trompaient guère, et l'expression d'Hassan à cet instant fut particulièrement éloquente. Flanquant un coup dans le vide comme pour le punir, hurlant un juron d'une voix enveloppée, le visage rougissant et peu avenant, le joueur sentit l'issue de ce match lui échapper. Son équipe tenta de réagir, déployant offensive sur offensive, tentant le jeu à gauche, puis à droite, avant de s'adonner au jeu long, que les germaniques contrèrent systématiquement, essayant alors de combiner de toute cette alchimie qui les unissait, mais rien n'y fit. Le milieu récupérateur s'adonna à une frappe lointaine, observant la balle atterrir largement au-dessus du cadre. Hassan en fit de même, cognant le ballon de toute cette rage qui le dévorait un peu plus à chaque minute qui s'écoulait, poussant le gardien à boxer du poing, sous les espoirs puis aussitôt la déception des supporters à l'unisson. Le temps s'écoula, approchant les dix dernières minutes de la rencontre, lorsqu'une énième faute commise à l'endroit du numéro dix le fit sortir de ses gonds. S'écroulant d'abord sur la pelouse face à la puissance du coup, à l'intention indéniablement malveillante, l'attaquant fut chahuté par le joueur adverse, l'accusant de simulation, l'observant d'un air belliqueux, empli de mépris, avant de lui adresser plusieurs mots dont il ne saisissait le sens, mais en percevait le message intrinsèque. Pris d'une colère noire, Hassan se redressa et répondit au germanique avec une profonde hostilité, n'hésitant point à le bousculer avec poigne, avant que plusieurs coéquipiers vinssent afin de stopper les échauffourées. Damien et Maelys exprimèrent leur ras-le-bol avec frénésie, enjoint par toute la tribune autour d'eux, sous une atmosphère des plus électriques, poussant le personnel de sécurité du stade à se tenir aux aguets. Le jeu reprit finalement, mais Hassan, en cet instant, prit la forme d'une bombe à retardement. La gestuelle enragée, il fonça sur ses adversaires tel un rouleau compresseur, livrant bataille avec une ardeur sans égale, totalement happé par ses émotions qui le rongeaient jusqu'à l'os. Chaque faute, chaque mot, chaque provocation reçue durant ce match avait créé en lui l'effet d'une brèche alimentant la flamme qui évoluait en un lieu secret quelque part dans sa psyché, d'une noirceur ténébreuse et envoûtante que les coups et les mots d'une grande violence de son père, des mots dévalorisants, cassants et dénués de quelconque compassion, eurent bâtit des années durant, pour ne plus jamais le quitter. Enveloppé par ce mal viscéral, il entendit soudainement la voix de cette figure paternelle lui cracher des « t'es qu'un faible, un fragile », « tu ne sais rien faire, t'es qu'une merde », « regarde tes bras, on dirait une gonzesse ! », « c'est ça, pleure, espèce de baltringue ! Tu fais pitié ! Grosse tarlouze, va ! » que cet homme lui envoyait fréquemment au visage du temps où Hassan n'était qu'un enfant. Sans compter ce regard de meurtrier, un visage terrifiant, qui pouvait se dévoiler des suites de faits insignifiants comme causer involontairement la chute d'un rouleau de sopalin sur le sol ; engendrer un bruit certes inattendu mais pour le moins commun en sentant la vaisselle glisser malencontreusement des doigts et heurter les bords de l'évier ; des regards et expressions accompagnés d'élans d'agressivité qui poussaient le jeune Hassan à s'échapper en panique, hurlant et pleurant d'une peur qu'aucun mot ne pouvait décrire, avant de se faufiler sous la table à manger, percevant les mouvements de son bourreau se montrant hors de contrôle, puis l'approche d'Aïssa cherchant à le raisonner, affrontant le monstre malgré la terreur qui la consumait, prête à sacrifier sa propre vie pour sauver celle de son fils, l'exposant presque systématiquement à des insultes, des bousculades et ce même regard digne d'un tueur psychopathe, froid et menaçant, lorsque les coups, d'une brutalité inouïe, ne plurent sur le visage de cette femme, sous l'effroi et les cris de détresse de l'enfant assistant à la scène, totalement démuni, fébrilement protégé par cette table faisant office de forteresse face à l'indicible. En cet instant de grande vulnérabilité durant cette fin de match éprouvante, l'œuvre de son père, de cette enfance gâchée, se déroula en son esprit. Il n'était plus question de football. Il lui fallait faire taire cette voix, ces mots, ces flashs qui apparaissaient sans discontinuer. L'œil de prédateur, le visage défiguré par cette haine dévorante, il aperçut le joueur germanique lui ayant adressé quelques moqueries trois minutes plus tôt, s'approchant de lui en trottinant, suivant le jeu avec nonchalance, ignorant totalement la présence du numéro dix cantusien à sa droite. Soudain, le ballon se dirigea directement sur le germanique qui l'accueilli d'un contrôle du buste avant de repartir vers la surface, déclenchant simultanément une décharge pulsionnelle des plus intenses dans l'âme et le corps de l'attaquant du FC Somnium, qui courut à pleine vitesse, l'attention happée par son ennemi du jour, avant de se jeter sur lui pieds et coude en avant de toutes ses forces, ce alors que le ballon s'était éloigné du germanique depuis une ou deux secondes, poussant ce dernier à voltiger plusieurs mètres en arrière et s'écrouler de tout son poids sur la pelouse face à la stupeur des joueurs et des supporters tout autour. Hassan le fixait tel un gladiateur galvanisé face au corps sans vie de son adversaire. Une masse de joueurs se rua alors autour de lui, le rudoyant, lui crachant des insultes, avant de se voir rapidement aidé de ses coéquipiers se joignant aux échauffourées frôlant le pugilat, dans une tension insoutenable. L'arbitre siffla et s'interposa avec autorité, pendant que le stade grondait et vociférait à l'envie. Damien et Maelys affichèrent leur effroi, comprenant la gravité du geste de leur ami. Ce dernier n'entendait ni les bruits, ni les mots violents, ni les huées. Il semblait évoluer au sein d'une réalité parallèle, perdu dans l'immensité. Il perçut les silhouettes des joueurs adverses l'encercler et le dévisager tel un véritable pestiféré, ses coéquipiers dévoiler leur stupeur, l'observant les visages ahuris, trouvant là un Hassan Bentia qui leur était totalement méconnaissable. Le joueur prodige sentit son cœur fracasser sa cage thoracique, sa vision rétrécir, ses mains trembloter nerveusement. En cet instant, ce qu'il percevait ne fut point ce milieu récupérateur germanique qui se tenait presque évanoui sur la pelouse devant ses yeux, non. Ce qui apparut en son esprit fut l'image de son père, vaincu et blessé, qu'il fixa d'un air de vengeance sans la moindre empathie, la moindre considération, l'expression impitoyable. Il se tourna finalement vers l'arbitre qui l'approcha, lui adressant un carton rouge d'un geste assuré, avant de lui indiquer la sortie du terrain, pendant que plusieurs de ses coéquipiers l'emmenèrent d'un pas pressé. Une équipe de premiers secours accouru alors en direction de la masse de joueurs entourant le germanique au visage ensanglanté. Hassan quitta la pelouse sous un brouhaha incessant, le visage fermé, le regard noir, fixant droit devant lui sans percevoir le visage de son coach qui sembla incrédule, ni ceux de Damien et Maelys, se tenant à la tribune au-dessus du banc de son équipe, suivant leur ami dans sa chute, littéralement subjugués.

Le numéro dix entra seul dans les vestiaires, subitement plongé sous un silence contrastant avec la cacophonie présente dans l'enceinte du stade. Le souffle court, l'adrénaline enveloppant l'intégralité de son corps, les yeux écarquillés, il tenta de revenir à la raison et prendre conscience de ce qui venait de se produire. L'image de sa violence apparut soudainement, puis l'affolement de l'ensemble des joueurs, les chahuts, le carton rouge de l'arbitre... il comprit la teneur de ses actes, réalisa les conséquences que cela allait engendrer auprès de ses coéquipiers, réduits à dix joueurs en étant mené d'un but, à moins d'une dizaine de minutes de la fin de ce match épouvantable. Il réalisa également la grande probabilité de lui voir attribué une suspension de longue durée en sanction de son geste. Suspension menaçant son intégration au sein de l'équipe de Cantus Silvae dont les matchs de préparation approchaient à grand pas, réduisant inévitablement ses chances de figurer parmi les soldats officiels du sélectionneur durant cette Coupe des Etats Indépendants à laquelle Hassan se voulait sans condition. Pris d'une profonde culpabilité l'enivrant de toute part, il enfonça son visage entre ses bras, avachi sur le banc du vestiaire, et pleura les larmes de la souffrance d'une vie, seul, dans cette pièce où l'ombre de ses regrets déchirants et de son immense désespoir accompagnèrent ce sanglot qui le terrassa d'une torpeur édifiante...

CHAPITRE 12

Les diverses sorties musicales et footballistiques de ces derniers temps permirent à Damien de retrouver cette vitalité qui l'eut totalement abandonné. Plusieurs semaines s'étaient écoulées et désormais, les choses étaient limpides. Il allait devoir quitter les planches des théâtres et gagner sa vie. Le système de la bourse d'aspirant-artiste obligeant ses bénéficiaires à justifier de leur activité afin de leur permettre de toucher les indemnités auxquelles ils ont droit ; si le jeune comédien arrêtait toute démarche artistique, alors la bourse allait bientôt toucher à sa fin. Il lui serait alors demandé de rembourser l'argent lui ayant été versé depuis la sortie de son école, par le moyen d'un prélèvement mensuel échelonné sur cinq à dix ans. Dès les mois qui approchaient, Damien allait devoir se montrer apte à payer son loyer, ses factures, sa nourriture et les dépenses annexes sans que le moindre centime ne lui soit offert. Il lui était alors impératif de trouver un emploi. Oui, mais lequel ? Lorsque l'on a consacré toute son énergie, ses espoirs et ses rêves à une activité durant la majeure partie de sa jeunesse, se voir contraint d'exercer un tout autre métier s'avère être un saut dans le vide des plus vertigineux. Alors le jeune homme décida de se promener dans la capitale, observer les entreprises, les vitrines et les travailleurs de tous bords, toutes les structures susceptibles d'éveiller un semblant d'intérêt. Il se tourna d'abord vers la vidéothèque à deux pas de son logement, dans une rue commerçante du Quartier des Artistes. En effet, cette boutique proposant une multitude de films, séries et pièces de théâtres à la vente ainsi qu'à la location comptait le jeune comédien parmi ses fidèles clients. Ce dernier pensa qu'à défaut de fouler les planches ou figurer à l'écran, travailler avec des gens partageant la même passion et évoluer dans un univers qui lui était des plus familiers pouvait être une idée judicieuse. Un moyen de lier l'utile à l'agréable, le matériel à la sublimation. Il franchit alors la porte qui déclencha l'action de la clochette annonçant sa présence, voyant approcher un homme particulièrement jeune qui le salua chaleureusement, attendant sa requête.

« Bonjour ! Voilà, je m'appelle Damien et je suis à la recherche d'un emploi. Je suis passionné par le théâtre mais aussi le cinéma, je suis diplômé de l'école Comedia, et je souhaiterais savoir s'il y avait une possibilité d'exercer chez vous ? » demanda poliment le jeune homme, se montrant souriant et avenant.

« Ah bah ça tombe bien, on cherche justement un vendeur ! Je vous amène le patron. Vous pouvez patienter ici ? » répondit l'employé, le ton amical. Damien acquiesça avec enthousiasme et attendit plusieurs minutes, profitant de cette occasion pour scruter les rayons, ressentir cette ambiance si singulière que savoure tout passionné lorsqu'il franchit les portes de son paradis. Soudain, le vendeur apparut de nouveau, accompagné par un homme aux abords de la cinquantaine, grand de taille, l'allure propre et commerciale, approchant alors le jeune comédien, léger sourire et main tendue.

« Bonjour ! Vous venez postuler, c'est bien cela ? » interrogea le patron, le ton assuré.

« Oui, oui, tout à fait ! Je souhaiterais travailler chez vous, ce serait pour moi une opportunité de… » déroula nerveusement le jeune homme, rapidement coupé : « d'accord, d'accord. Vous avez de l'expérience ? » demanda le patron, allant droit au but.

« Eh bien… comme j'ai dit à votre collègue, je suis diplômé de l'école Comedia, et je… » tenta-t-il de formuler, de nouveau coupé : « ok, mais… vous avez déjà travaillé en boutique similaire ? » insista l'homme.

« Non, mais… je suis comédien depuis l'âge de onze ans, j'ai joué dans plusieurs pièces, j'ai travaillé dans un théâtre pas très loin d'ici, j'ai une bonne culture dans le domaine… je suis persuadé que je pourrais vous apporter quelque chose, en m'adaptant à vos attentes. » se défendit le jeune homme, sous l'expression de son interlocuteur qui se referma subitement.

« Non, je ne pense pas. » affirma ce dernier avec fermeté. Damien le fixa sans répondre,

comme sonné. « Pour... pourquoi cela ? » parvint-il finalement à prononcer.
« Parce que je cherche un vendeur compétent et expérimenté. Un comédien raté, ça ne m'intéresse pas. Bonne journée. »
Le jeune homme se montra totalement abasourdi. Il resta figé devant la porte, observant le patron lui tourner le dos et disparaitre en arrière-boutique, sous le regard de pitié du vendeur au comptoir et de quelques clients le dévisageant en rayon. Il rebroussa chemin l'esprit hagard, comme désorienté. Une fois de plus, un professionnel du domaine auquel il s'était prédestiné ne lui eut offert que rejet et condescendance. Il ne parvint aucunement à saisir la raison d'une telle violence à son égard. Il continua son chemin, perdu dans cette solitude qui l'empara profondément. Quelques minutes plus tard, il tomba devant la devanture d'une petite école de théâtre destinée aux jeunes et aux débutants, dans le cadre du loisir récréatif. Il se dit que son diplôme et son expérience comme comédien et auteur lui permettrait d'être

pris davantage au sérieux. Il entra alors dans l'enceinte, et observa une jeune femme qui se tenait au guichet, l'accueillant d'un bonjour sans entrain, sans sourire.
« Bonjour ! Je m'appelle Damien, j'ai vingt-et-un an, et je suis à la recherche d'un emploi. Je suis comédien, diplômé de l'école Comedia, et je souhaiterais savoir s'il y avait une possibilité d'exercer chez vous ? » déroula de nouveau le jeune homme, tenant le même sourire et la même posture avenante qu'au sein de la vidéothèque. La femme le fixa d'un visage sans expression, annonça appeler la directrice du lieu. Damien patienta plusieurs minutes, non sans appréhension, pendant que la jeune femme pianota sur le clavier de son ordinateur sans lui adresser la moindre considération, offrant un silence de cathédrale. Une femme apparut finalement, la silhouette élancée et la démarche assurée. Le jeune homme récita de nouveau son texte de présentation, attendant la réponse de cette dernière qui ne se fit point attendre :

« Désolée, mais… vous n'avez aucune expérience dans l'enseignement, n'est-ce pas ? »
Damien ravala sa frustration, non sans mal, et rétorqua :
« Non, mais mes connaissances dans le domaine sont un atout qui pourrait vous être profitable. Je connais autant le registre comique que dramatique, le classique que le contemporain. Je pense que… » se défendit-il de nouveau, avant de se voir coupé :
« Je comprends, mais enseigner est un métier. Je vous conseille de plutôt vous diriger vers les clubs de théâtre ou les castings, vous serez plus dans votre élément. Merci et bonne recherche. »
Damien foula de nouveau le pavé de la rue la rage au cœur, pris d'un sentiment d'injustice enveloppant tout son être. Désemparé, il continua sa route sans énergie, l'esprit brumeux, désormais persuadé que ce milieu artistique, et du théâtre en particulier, se devait d'être considéré comme un ennemi, tant l'affront qu'il lui imposait dépassait l'entendement. Une haine profonde, ancrée jusque dans sa

chair, l'enivrait de toutes parts. Mais il ne pouvait se permettre de tout abandonner. Il était dans l'obligation de travailler et obtenir un salaire véritable s'il souhaitait continuer à vivre dans la capitale et par ses propres moyens. A l'évidence, le théâtre ne l'aimait pas, mais il existait bien un autre métier auquel il pouvait s'adonner. Damien était un jeune homme intelligent, doté d'une impressionnante capacité d'apprentissage et d'adaptation, tenait une condition physique tout à fait correcte et possédait un volume de travail que bon nombre d'employeurs apprécierait. Ce dont il avait foncièrement besoin était une chance. Une chance d'essayer, d'apprendre, d'intégrer une équipe, une structure, de se former à un métier et de se l'approprier. En traversant les rues piétonnes la mine mélancolique, semblant porter le poids du monde sur ses épaules, Damien observa tout à coup la devanture d'un magasin dévoilant un large choix de fruits et de légumes en de grandes tablées autour d'une porte coulissante menant à la boutique qui, de l'extérieur, attirait naturellement le regard. En hauteur était écrit « Coopérative des Artisans », de lettres de verdure, illuminées d'un néon de blanc. Le jeune comédien observa un long instant, hésitant d'abord, puis pensa qu'après les déroutes qu'il venait de subir, le plus douloureux fut traversé… alors il franchit le pas, vit la porte coulissante s'ouvrir, entra puis s'arrêta un instant. Une femme se tenait à la caisse, concentrée à la tâche devant une file de clients attendant leur tour, lorsque de nombreuses étales proposaient moultes variétés de produits alimentaires en tous genres, pendant qu'un long frigo longeait le mur opposé, empli de yaourts, de beurres, de bouteilles de lait en verre, agrémenté d'un large choix de fromages tous plus alléchants les uns que les autres. Damien traversa les allées, huma les effluves qui émanaient de ces cagettes où les aliments offraient des couleurs harmonieuses agréables à l'œil. En approchant les frigos, le jeune comédien observa un homme au crâne rasé, la gestuelle énergique, un tablier à l'effigie du commerce entourant la taille, déposant des bouteilles de lait une après l'autre, minutieusement, le visage concentré. Le jeune homme se râcla la gorge et l'aborda.

« Bonjour ! Pardon de vous déranger, je… je suis à la recherche d'un emploi, et je souhaiterais savoir s'il était possible d'exercer chez vous, éventuellement ? » déroula-t-il, s'attendant à se voir remballé une fois de plus, ne possédant aucune expérience dans le métier de commerçant dans le domaine alimentaire…

« D'accord. Vous avez déjà travaillé dans un emploi similaire ? » lui demanda d'abord l'homme.

« Non… mais je peux apprendre, je suis volontaire, motivé, et… » se défendit une fois de plus le jeune homme, peinant à camoufler son agacement.

« Ok. Vous êtes disponible tôt le matin et le samedi ? Cela ne vous pose pas de problème ? » interrogea l'homme, sous l'étonnement du comédien.

« Heu… non, pas du tout ! Je peux travailler toute la journée, le weekend… tant que je travaille, ça me convient ! » rétorqua-t-il le ton enflammé, créant un léger sourire sur le visage de son interlocuteur.

« Ok, ok. Vous pouvez venir demain matin ? A six heures ? » continua l'homme, sous l'expression incrédule du comédien.

« Oui ! Oui, bien sûr ! Aucun problème ! Je serai là ! » s'exclama-t-il alors, le visage soudainement ensoleillé.

« Très bien. Alors à demain ! » conclut l'homme, le regard assuré, lui offrant une empoignade virile, avant de s'atteler de nouveau à la tâche, les mains dans le frigo. Damien quitta la boutique le sourire rayonnant, saluant chaque personne qu'il pouvait croiser, prit d'une soudaine gaieté des plus savoureuses. Enfin, une porte s'était ouverte. Ce n'était point celle du théâtre ou de l'art, mais qu'importe. Il allait enfin pouvoir travailler. Certes, le monde au sein duquel il s'apprêtait à entrer lui était totalement étranger, mais lorsque le microcosme étroit du milieu artistique lui eut craché au visage pendant des années, celui-ci l'accueillit, le considéra, et lui offrit l'opportunité de quitter cette incertitude, cette dévalorisation et cette forme de précarité dans lesquelles il s'enfonçait chaque jour davantage depuis trois ans. Il allait devoir apprendre à se lever aux aurores, lorsque le spectacle s'épanouissait majoritairement en soirée. Mais la volonté du jeune homme fut telle que rien ne pouvait l'effrayer. Il n'était plus concevable de continuer à errer lamentablement, seul et perdu, courant péniblement après les misérables cachets que Monsieur Olivier eut bien voulus lui verser, ni loger dans cette chambre où tenait toute sa vie, se soumettant aux règles des Dumoulin - qu'il appréciait certes, sans toutefois partager un lien véritable – et dépendre de cette modeste bourse d'aspirant-artiste pour subsister. Il était temps d'avancer et composer avec ce que l'existence lui offrait.

Le réveil sonna à cinq heures sous une nuit de fin d'hiver enveloppant la ville encore ensommeillée. Damien peina à ouvrir ses paupières, son corps lui suppliant de poursuivre le voyage aux bras de Morphée, bien au chaud sur ce matelas moelleux et délicat, enveloppé sous cette couette fournie des plus rassurantes. Mais le comédien avait rendez-vous avec son avenir, alors il se fit violence et parvint finalement à se tenir hors

du lit. Lorsqu'il quitta l'appartement des Dumoulin trente-cinq minutes plus tard, il découvrit le Quartier des Artistes comme il ne l'avait encore jamais perçu. Plongé dans un silence assourdissant, les rues désertes illuminées de lampadaires sous ce ciel de plomb ; le jeune homme observa autour de lui et sentit une sensation quelque peu incongrue mais non moins agréable, ressentant, le temps d'un instant, comme si la ville lui appartenait. Lui qui ne possédait rien d'autre qu'un talent et des rêves brisés, cette idée égaya son trajet le menant, pour l'heure, à l'inconnu.
Il arriva devant le magasin à cinq heures quarante-huit, se tenant droit comme un « i », seul, attendant le patron et son équipe avec une certaine appréhension. Cinq minutes plus tard, la caissière aperçue la veille fit son apparition, le salua par politesse sans comprendre la raison de sa présence, rapidement suivie d'une autre femme approchant la devanture, petite de taille, les cheveux crépus, portant l'âge, à quelques années près, de la propre mère du comédien. Ce dernier vit finalement

approcher l'homme au crâne rasé, cette fois couvert d'un bonnet blanc, saluant tout le monde de sa poignée de main généreuse. Damien suivit la troupe et traversa l'arrière-boutique, découvrant la zone d'arrivage emplie de caisses, de cagettes, et cartons éparpillés le long des murs, une large machine dont il ignorait encore la fonction, puis un petit couloir étroit menant à des vestiaires encore plus étroits, où le jeune homme obtint un casier afin d'y déposer ses effets personnels. Il se dirigea ensuite vers la salle de pause où se tenait une petite table en bois rectangulaire autour de laquelle les deux femmes de l'équipe burent leur café matinal. En se tournant, il perçut le patron l'approcher sans prévenir afin de lui fournir le tablier blanc crème où était inscrit le nom du commerce d'un vert de jardin normand, avant de suivre l'homme sous sa demande en direction de son bureau, au bout du couloir, troisième porte à droite. Damien entra et resta figé.
« Bien. Alors, c'est moi Pascal Landier, enchanté. » commença l'homme, léger sourire aux lèvres, le ton énergique.

« Damien, enchanté ! » rétorqua le comédien, souriant.

« Voilà ton contrat. On va démarrer par une durée déterminée de trois mois, histoire de te former et te familiariser avec nos méthodes de travail, et on verra ensuite comment ça se passe. Si ça fonctionne, tu auras un CDI. D'accord ? » expliqua l'homme, sous le hochement de tête affirmatif de son nouvel employé.

« Voilà tes horaires. » continua le patron en lui offrant un autre document, où Damien découvrit s'adonner aux heures matinales en chaque jour ou presque, mais cela n'eut aucune importance à ses yeux. Il accepta sans broncher.

« Je t'ai mis dans la catégorie d'emploi alimentaire, pour ne pas te surcharger. A toi de me dire par la suite si tu veux évoluer vers une autre catégorie. C'est bon pour toi ? »

En effet, à Cantus Silvae, le nombre d'heures de travail effectué dépendait de sa catégorie, à savoir la place que l'emploi en question occupait dans notre vie. Pour la personne qui travaillait essentiellement pour subvenir à ses besoins sans chercher davantage, alors elle suivait la catégorie « emploi alimentaire », et bénéficiait d'un nombre de trente-deux heures hebdomadaires avec aménagements possibles. S'il s'agissait d'une passion, d'un engagement profond, une activité qui apportait un sens à l'existence, alors la personne exerçait dans la catégorie « emploi passion/vocation » et pouvait donc être amené à effectuer un nombre d'heures bien plus conséquent et potentiellement faire face à des situations difficiles dans l'exercice de ses fonctions. Pour celle cherchant à gagner en responsabilité, en prestige social et une situation économique des plus confortables, elle se devait d'évoluer dans la catégorie « emploi carriériste », ne comptant pas ses heures ni la hausse du niveau d'exigence qui lui était attribué. Ceci dans l'optique de permettre à chacun de trouver sa place, ne pas se sentir submergé à travers des journées inutilement longues et des charges de travail bien trop importantes, et permettre à celles et ceux taillés pour les postes à responsabilité et les emplois vocations nécessitant des sacrifices personnels de pouvoir progresser et s'épanouir pleinement.

A la suite de cette courte présentation, Pascal Landier lui offrit une visite du magasin, lui expliqua le rôle de la zone d'arrivage aidé par la présence d'un chauffeur-livreur emmitouflé dans ses vêtements, l'expression peu amicale, déposant sa cargaison de marchandise sans un mot ni le moindre regard avant de s'empresser de remonter dans son camion et disparaitre au loin dans la brume de cette matinée qui débutait à peine. La cargaison contenait trois piles de caisses emplis de fruits et de légumes provenant tout droit d'un producteur exerçant au nord de l'Etat, connu pour le goût si exquis de ses produits, mais aussi pour son trait de caractère plutôt intrépide lorsqu'il s'agissait de commerce. Damien s'empressa de suivre l'une des employées dans le traitement de la réception de marchandise, le tri des cagettes en fonction de leur nature, la mise en palettes, prêt à colorer le rayon dans les plus brefs délais. S'ensuivit deux autres livraisons, auxquelles Damien assista avec une certaine curiosité. Une fois la marchandise traitée et rangée, Pascal Landier lui enseigna les bases du réassortiment des rayons. Le comédien l'observa porter les caisses et remplir les étales avec une dextérité remarquable, un rythme des plus soutenus sans toutefois ne jamais sombrer dans la précipitation, prenant soin de ses produits, de l'agencement, de la cohérence et de l'harmonie visuelle de son rayon.

« Les règles, à travers cette tâche, sont très simples, mais il faut vraiment les respecter. C'est très important. » commença le patron, sous les hochements de tête du jeune homme se montrant à l'écoute, « tout d'abord, la rotation. Ne jamais mettre des nouveaux produits devant les anciens, des dates longues devant les courtes. Si tu fais cela, tu auras des périmés en rayon, chose inacceptable dans le commerce alimentaire. Des erreurs peuvent arriver, c'est humain, mais toujours surveiller les dates de consommation et l'aspect visuel des produits. » se lança-t-il, le ton professoral, la gestuelle pleine d'entrain.

« Ensuite, la règle des trois p. Propre, prix, plein. Ton rayon doit toujours être propre. Donc nettoyer les tâches, les vitres, les poussières et les restes le plus régulièrement possible. Le prix doit toujours être visible et correspondre au produit affiché. Dans le cas contraire, le client n'a pas accès au coût que l'achat du produit implique, et peut être induit en erreur, ce qui n'est pas bon du tout. Encore une fois, cela peut arriver, mais à éviter. Ensuite, le rayon doit être plein, autant que possible. Un rayon vide n'est pas attrayant, cela envoie un message négatif au client. On doit éviter au maximum les ruptures de stock et toute la marchandise présente en réserve qui peut être mise en rayon doit être faite, et ce, quelques soit les circonstances. Si la marchandise est stockée et que le rayon est vide, c'est considéré comme une faute car c'est une perte pour le magasin. D'accord ? »

Damien l'écouta sans prononcer le moindre mot, quelque peu intimidé devant toutes ces règles, ces palettes et ces caisses emplissant l'arrière-boutique et ses collègues qui ne cessaient d'aller et venir, de porter et ranger

sans le moindre répit. Il se démena à suivre la cadence exercée par monsieur Landier et les deux femmes qui s'occupèrent des deux autres zones du magasin, l'une au milieu des pains et des viennoiseries, tout droit venu de la meilleure boulangerie du Quartier des Artistes ; la seconde au frigo, emplissant les linéaires de produits laitiers représentant le savoir-faire des éleveurs ainsi que des fromagers cantusiens offrant leurs talents pour le plus grand plaisir des clients. L'ambiance était calme, aucun mot ou presque ne fut prononcé, excepté les leçons de monsieur Landier auprès de son jeune employé qui sentait déjà ses mollets brûler, ses avant-bras se congestionner, et de larges gouttes de sueur apparaitre sur son front.
« Le matin, c'est toujours intense. Il faut que tout soit prêt pour l'ouverture. Lorsque le client entre dans le magasin, tout doit être impeccable. Ensuite, on prend davantage le temps, on est plutôt dans l'entretien, dans le renseignement auprès de la clientèle, dans la gestion des stocks, des commandes, et on adapte les tâches ainsi que la cadence en fonction du contexte. » continua

d'expliquer le patron, suivi de près par le comédien buvant ses paroles.

« Qu'est-ce que tu faisais avant de venir ici ? Tu étudiais ? » demanda soudainement l'homme au crâne rasé, curieux.

« Non, je... j'étais comédien. Dans le théâtre. » avoua timidement Damien.

« Sérieux ? » lâcha le patron, fixant son employé d'un air de surprise. Ce dernier acquiesça, le sourire jaune. « Mais qu'est-ce qui s'est passé ? » s'étonna monsieur Landier, approchant les caisses de paiement.

« Eh bien... ça... ça n'a pas marché. »

Le patron afficha une mine empathique, déambulant à travers ses étales.

« J'suis désolé pour toi. T'as l'air d'être un bon gars. » répondit l'homme, dévoilant un franc-parler qu'apprécia déjà le jeune comédien.

« Ici, en tout cas, si tu bosses, que tu es sérieux et que tu fais tes preuves, tu auras ta place. C'est un bon travail. Ça ne fait pas autant rêver que le théâtre, mais c'est un métier passionnant, on fait de belles rencontres, il y a pleins de choses à apprendre, c'est très polyvalent, on travaille dans un environnement dynamique, on ne voit jamais le temps passer, et lorsque les clients repartent avec le sourire aux lèvres, on a le sentiment du devoir accompli. Ce n'est pas un métier facile, mais… ça vaut le coup. » se livra l'homme avec éloquence, sous la pleine attention de son employé, entendant là un discours qui le galvanisa d'autant plus.

Le patron avait raison, car durant cette matinée prolongée jusqu'au début d'après-midi, Damien n'eut, à aucun moment, senti le temps s'écouler. Bien entendu, il ne démontrait aucun acquis, découvrait absolument tout, de la mise en rayon en passant par la manipulation d'un transpalette manuel, sans oublier l'encaissement. Il était encore incapable de définir la nature spécifique de beaucoup des produits présents dans les étales, ni renseigner un client. Il était un novice, un aventurier arrêté au milieu d'un pays au langage et aux coutumes éminemment étrangères à ses yeux. Il s'efforçait toutefois d'apprendre, de mémoriser cette masse d'informations qu'il se devait d'ingurgiter

en un temps éclair, et montrer à cet homme, monsieur Landier, pour lequel il éprouvait déjà un profond respect, qu'il était digne de sa confiance. En rentrant chez les Dumoulin en cet après-midi ouvrant un ciel d'été en dépit des frigides températures, Damien remarqua en lui une sensation nouvelle l'enivrer sournoisement. Une sensation qu'il n'eut plus ressenti depuis l'obtention de son diplôme de comédien. Celle, si délicieuse, de se sentir enfin à sa place, malgré les épreuves qui lui restait encore à traverser. Il s'enferma dans sa chambre, l'énergie joviale, se tournant à peine vers le long poster dévoilant la scène du Théâtre des Rêves qu'il contemplait habituellement d'un œil triste, et s'assit derrière son bureau, un cahier de feuilles blanches sous les yeux, plume à la main, et rédigea :
« Aujourd'hui, pour la première fois, bien qu'éreinté et saisissant la mesure du défi qui m'attend, je me sens heureux. Je suis heureux de vivre, de respirer, et d'avancer. J'ai rencontré une personne remarquable et découvert un métier auquel je n'attribuais jusqu'alors aucun intérêt, qui, désormais,

me fascine. Je me suis senti utile. Je n'avais plus le temps de cogiter, de me poser mille et une questions, de m'apitoyer sur mon triste sort, non. J'ai travaillé comme jamais je l'ai fait auparavant et j'en éprouve une satisfaction déconcertante. Bien sûr que cet emploi ne remplira la fonction que l'art, l'expression et la création tiennent en mon cœur, je suis un artiste et je le resterai jusqu'à ma mort, mais peut-être ai-je enfin trouvé l'équilibre parfait entre ma juste place dans la matérialité de l'existence et cet espace de liberté qui m'est indispensable auquel je consacrerai ma créativité, quoi que ce cela puisse me rapporter ? L'art est à mes yeux un jardin fleuri devant la tristesse du réel. Mais devenir commerçant me permettrait de me sentir utile, de voir le monde, les gens et notre société sous un tableau bien plus grand, bien plus subtile, car j'ai découvert aujourd'hui que dans un magasin, la vie s'y déploie bien davantage qu'à travers le cercle étriqué du milieu artistique pour lequel je n'éprouve désormais que du dégoût et une inimitié sans retour possible. Le vrai monde

s'exprime là, dans les commerces, au milieu des honnêtes travailleurs et des gens du quotidien. On y rencontre de tout. Cela m'inspirera des œuvres qui me ravivent déjà d'enthousiasme ! Moi qui, quelques semaines auparavant, voulait disparaitre, aujourd'hui, mon envie de vivre ne s'est jamais montré si puissante ! J'ai hâte de revoir Maelys afin de lui raconter cela… quant à Hassan, je lui épargnerais mes aventures, tant son moral semble en berne. Je ne sais ce qu'il lui arrive, à vrai dire. Peut-être est-ce l'appel de son père qui continue de lui polluer l'esprit ? J'espère qu'il sortira de cette mauvaise passe. C'est un footballeur phénoménal et un ami de premier ordre. Enfin, je disgresse… quoiqu'il en soit, cette journée fut intense mais riche d'enseignement ! Je vais maintenant me reposer, mes jambes et mon dos me rappellent en chaque mouvement le degré de l'effort fourni… »
Il relut son texte et s'arrêta un long instant, figé à travers ses pensées. Il constata une certaine aisance, un style fluide et assez agréable. Il se souvint que par le passé,

plusieurs professeurs, ses parents ainsi que ses deux amis de longue date lui eurent déjà notifié cette remarque à la lecture de ses pièces de théâtres et de ses sketchs. Depuis l'âge de onze ans, Damien s'était focalisé sur l'activité de comédien, comprenant le jeu, l'incarnation, le rythme, le placement des mots, le ton, les nuances, sans oublier la façon de se tenir sur scène, la gestuelle, le regard, les expressions, les éléments primordiaux afin de maintenir l'attention de son audience tout le long de la représentation, chose extrêmement délicate. L'écriture était une activité secondaire censée valoriser la première, mais plus il eut grandi, mûri et évolué, plus écrire était devenu un plaisir sensationnel, un terrain de tous les possibles, l'accès à un niveau de conscience se situant à des kilomètres au-dessus de la vie matérielle et terre à terre du quotidien. Relisant de nouveau son texte, il pensa que travailler sa plume et s'aventurer à des registres plus littéraires ne serait point un projet incongru…

CHAPITRE 13

Les enfants prirent place au sein de la salle de classe au fond de ce couloir vert de menthe, leurs livres d'histoire délicatement posés au centre de chaque table, les regards rivés sur Maelys qui se tenait debout devant le tableau, prête à démarrer sa leçon du jour.
« Bonjour, les enfants. J'espère que tout le monde va bien ? » débuta-t-elle alors, scrutant l'ensemble de la classe qui lui répondirent d'un hochement de tête.
« Parfait. Alors, aujourd'hui, je vais vous demander d'ouvrir vos livres à la page 120. De quoi s'agit-il à votre avis ? »
Lola leva spontanément la main, gigotant le bras énergiquement dans les airs. La professeure stagiaire lui donna la parole.
« La création de Cantus Silvae ? » interrogea-t-elle avec intérêt.
« Oui, mais plus précisément ? » renchérit sa professeure. La jeune fille sembla réfléchir. Maelys observa la classe plongée dans le plus grand des silences.
« Personne ? »
Lucie leva la main à son tour.
« Peut-être savoir ce qui s'est passé entre le groupe d'Aurore Marchand et ceux qui

étaient là avant ? Genre, savoir comment elle a fait pour imposer ses idées alors que les autres n'étaient pas d'accords ? »

« Exactement ! Bravo Lucie ! Et Lola ! » félicita la jeune femme, sous les sourires satisfaits des deux élèves.

« En effet, bien qu'Aurore Marchand, Paul Brun et Vincent Cellini gagnaient en popularité au sein de la communauté, une partie de la population ne partageait pas du tout leur point de vue et comptait bien le leur faire savoir. Les tensions ont alors grimpé, jusqu'au point de rupture. Certains envisageaient même d'entrer dans un conflit armé, tant les deux camps étaient farouchement opposés ! » raconta mademoiselle Sanusi. Une main se leva.

« Oui, Lucie ? »

« Pourquoi l'autre camp était contre à ce point-là ? Les idées d'Aurore Marchand étaient cools, franchement, non ? » rétorqua la jeune fille sous les rires amusés du reste de la classe. Maelys sourit, avant de répondre : « ce ne sont pas tant les idées mais l'ambition et le changement qui se cachaient derrière. Les fondateurs initiaux de la communauté perdaient ce qui comptait le plus à leurs yeux, c'est-à-dire le pouvoir. A partir du moment où d'autres idées, d'autres visions naissaient et prenaient de l'ampleur, alors ils perdaient de leur emprise et cela ne leur plaisait pas du tout. C'est avant tout une histoire d'ego, plus que d'idées. » expliqua-t-elle en s'asseyant au bord de son bureau, jambes croisées, le ton posé, prenant soin d'employer un langage aisément compréhensible par sa jeune audience. Soudain, on toqua à la porte. Maelys s'arrêta, quelque peu surprise. Elle se tourna.

« Entrez ! » dit-elle alors, l'air intrigué. La porte s'ouvrit et apparut Pauline Alves, large sourire aux lèvres et le regard pétillant. Maelys l'interrogea du regard.

« Excuse-moi de t'interrompre, mais il y a quelqu'un qui est là et qui voudrait te voir. » annonça la directrice, le ton étrangement jovial.

« D'accord, mais je suis en cours, là… c'est vraiment urgent ? » demanda poliment la professeure stagiaire. Pauline Alves se tourna alors rapidement vers le couloir. Elle revint vers Maelys, hochant la tête sur l'affirmative avec entrain, sans ne rien perdre de son sourire.

« Elle peut entrer ? Ça prendra deux minutes, t'en fais pas. » continua la directrice. Maelys acquiesça, fronçant légèrement les sourcils, cherchant à comprendre ce qu'il pouvait y avoir de si important pour déranger son cours de la sorte… Pauline Alves se tourna de nouveau vers le couloir et fit signe de la main, encourageant la mystérieuse personne à approcher. Des bruits de pas surgirent, avant de voir apparaitre la silhouette d'une femme l'âge plutôt avancé, la taille modeste, le regard vif et la gestuelle dégageant immédiatement un tempérament de feu. Maelys la fixa les yeux presque exorbités, littéralement figée, comme le souffle coupé. Les enfants observèrent la mystérieuse inconnue avec curiosité, cherchant à l'identifier. Pauline Alves entra dans la classe, se délectant de la réaction de sa stagiaire, littéralement bouche-bée. La femme âgée, dont le gilet ample couleur argent attira naturellement l'attention, se tourna vers les enfants, leur sourit, et dit, le ton empli de vitalité :

« Bonjour tout le monde ! Aurore Marchand, enchantée ! »

Un soupir de stupeur enveloppa subitement la classe, pendant que Maelys fixait la femme les paupières emplies de larmes, les mots coincés dans sa gorge. Pauline Alves fit un geste aux enfants les poussant à se lever de leur chaise, ce que ces derniers firent avec l'énergie des grands jours, les regards incrédules.

« Enchantée ! Maelys, c'est bien cela ? » demanda la femme en approchant la professeure stagiaire qui hocha la tête en guise de réponse, l'émotion l'enivrant à un point tel qu'elle ne parvint à prononcer le moindre mot. Aurore Marchand lui tendit sa main, la gestuelle amicale. La jeune professeure hésita un court instant avant de l'empoigner énergiquement, se contenant de toutes ses forces pour ne point craquer ouvertement.

« Alors, tu es contente ? Qu'est-ce que ça te fait ? » lui demanda joyeusement la directrice, se tenant à l'angle du tableau près de la porte, les mains dans le dos, les yeux s'humidifiant à son tour.

« Je... c'est... je ne m'y attendais pas... » balbutia la jeune femme, la voix tremblante.

« Je suis désolée, c'était le plan de votre directrice, ahah ! C'est elle qu'il faut enguirlander ! Moi je n'ai fait que suivre les consignes ! » s'amusa Aurore Marchand, créant un sourire ensoleillé sur le visage rougissant de la professeure.

« Je m'excuse, c'est... c'est l'émotion... » dit cette dernière, essuyant le bord de ses paupières d'un geste de ses doigts.

« Ça va, ne vous inquiétez pas. On m'avait prévenue. » rétorqua la femme, le sourire taquin. Elle se tourna finalement vers les enfants. « Bah alors ? Vous allez rester debout comme ça toute la journée ? » lâcha-t-elle sans vergogne, poussant les élèves à se rassoir, les visages amusés. La jeune Lola la fixa d'un air d'admiration, des étoiles illuminant abruptement ses pupilles.

« Dites-moi, les enfants, qu'est-ce que vous étudiez en ce moment ? » demanda la femme au gilet argenté, percevant subitement plusieurs mains se dresser dans les airs.

« Oui ? » se tourna-t-elle en direction de Lucie qui ne tenait plus en place sur sa chaise.

« On apprend comment vous… comment vous avez fait pour créer Cantus Silvae alors que pleins de gens n'étaient pas d'accords et voulaient la guerre. » expliqua cette dernière, les yeux brillants derrière ses lunettes.

« Je vois. Et comment j'ai fait à votre avis ? » rebondit immédiatement madame Marchand, pendant que Maelys sembla plongé au pays des rêves, obnubilée par cette femme qu'elle idolâtrait depuis le jour où elle prit connaissance de son nom. Les enfants répondirent de leur silence. « Tout d'abord, j'étais bien entourée. Ça parait banal de dire cela, mais c'est extrêmement important. Paul Brun, paix à son âme, était un homme d'une grande rigueur et d'un courage sans égal. Il ne reculait devant rien. Vincent Cellini, lui, était l'homme le plus intelligent que je connaissais. Fin analyste, observateur, il savait toujours tirer parti des évènements et des gens autour de lui. » raconta la femme, le phrasé coloré, sous l'attention absolue de son audience.

« Avec des gens comme eux, tout est possible. On se sent immédiatement portés par quelque chose de bien plus grand que nous. C'est une sensation indescriptible. » continua-t-elle, l'enthousiasme contagieux.

« Ensuite, élément non moins primordial : j'y ai cru. J'avais une foi inébranlable en notre projet. Je savais que l'on tenait-là une chance inespérée de bâtir un lieu qui ne ressemblerait à aucun autre, et je savais que je pouvais y parvenir, quel que soit l'adversité. Croyez-moi, les enfants, la croyance, c'est fondamental. Sans croyance, vous pouvez être qui vous voulez, avoir toutes les qualités du monde… vous n'irez pas très loin. La foi, quel que soit sa forme, c'est un moteur incroyable. »

Lola, Lucie, Matteo et les autres l'écoutèrent, accaparés par cette aura qui émanait de sa personne.

« Le dernier élément, je dirais que c'est la combativité. Toute ma vie, je me suis battue. J'ai subi beaucoup de choses difficiles, j'ai rencontré beaucoup d'obstacles, dont certains me paraissaient infranchissables. Comme vous, des gens m'ont fait du mal alors que j'étais très, très jeune... J'ai vécu des désillusions, j'ai parfois pensé que tout était fichu, qu'il n'y avait plus aucun espoir. Mais quelque chose en moi me poussait à chaque fois à combattre davantage, à essayer, encore et encore, à aller au-delà des limites qui m'étaient imposées, vous comprenez ? » se confia madame Marchand, déambulant à travers les allées, la gestuelle affirmée, dévoilant un caractère de vie hors du commun.

« Vous aussi avez vécu des choses très douloureuses voir traumatisantes, ce qui vous a mené dans ce magnifique centre. » ajouta-t-elle, causant un sourire des plus lumineux sur le visage expressif de la directrice dans son dos. « Ces souffrances laissent des traces qu'il faut combattre tous les jours, sans exception, parce qu'au moindre relâchement, c'est la chute libre. C'est éprouvant, parfois, ça crée une forme de découragement, on a envie de tout lâcher, on a envie d'être enfin en paix ! » se confia-t-elle avec vigueur, sous le regard happé de Maelys, assise sur le bureau derrière elle.

« C'est très dur d'affronter nos souffrances, nos faiblesses. Ça demande beaucoup de force, d'abnégation. Et si vous êtes là, devant moi, à afficher des regards aussi pétillants, aussi vibrants malgré tout ce que vous avez déjà traversé, cela signifie que je n'ai rien à vous apprendre en ce qui concerne la combativité. Vous l'avez déjà. Ne la perdez jamais. Quoi qu'il arrive, il faut se battre. Vous tombez, hop, vous vous relevez. Vous retombez encore une fois, vous vous relevez de nouveau, et ainsi de suite. Jusqu'au jour où vous ne tomberez plus. Vous serez maître de votre vie, de votre destin, et c'est à ce moment que vous découvrirez ce cadeau magnifique qu'est le simple fait de respirer et d'être là, bien vivant. Vous serez à votre juste place, deviendrez des hommes et des femmes accomplis, et vous verrez d'autres enfants vous regardez comme vous le faites aujourd'hui. » se lança madame Marchand, le ton convaincu, sous le regard rêveur de la jeune Lola, le visage rayonnant.

« Vous y arriverez, j'en suis certaine. Mais pour cela, n'oubliez jamais les trois piliers : savoir bien s'entourer, avoir la foi et vous battre tous les jours à travers tout ce que vous entreprenez. Quel que soit votre but, vos aspirations, gardez toujours cela en tête. Et n'oubliez jamais également que vous n'êtes pas seuls. D'autres ont vécu les mêmes choses avant vous et d'autres le vivront après. Il y aura toujours quelqu'un vers qui vous pourrez vous tourner lorsque vous aurez besoin d'aide, parce qu'on en a toujours besoin à un moment ou à un autre. Tous et toutes, sans exception. Ici, vous êtes entre de très bonnes mains. Votre directrice effectue un travail admirable, et le personnel de cet établissement est remplie de passionnés qui donnent tout ce qu'ils ont pour vous, pour votre cause. Ce sont grâce à des gens comme eux que l'on peut avancer et croire en un avenir meilleur, et que ce rêve qui m'animait est rendu possible aujourd'hui. Vous êtes au bon endroit. Profitez-en. D'accord, les enfants ? » conclut-elle finalement, l'expression bienveillante.

Maelys l'écouta, fière et visiblement touchée par les mots de cette femme dont elle avait lu tous les ouvrages. Elle scruta l'ensemble de la classe et ressentit une profonde satisfaction en percevant l'ensoleillement soudain qui se lisait sur chaque visage.

A l'heure de la récréation, Maelys descendit jusque sous le préau du bâtiment des études et des thérapies, inspirant l'air à pleins poumons des suites à cette surprise pour le moins déroutante que lui aura réservé Pauline Alves. Se tenant au milieu des élèves chahutant et gesticulant frénétiquement, elle aperçut de nouveau Aurore Marchand une vingtaine de mètres plus loin, entourée de Victor Alves et son épouse, tous deux affichant des mines éclatantes, écoutant leur prestigieuse invitée à travers une discussion visiblement passionnée. Tout à coup, la professeure stagiaire perçut madame Marchand se tourner et poser son regard en sa direction plusieurs secondes durant. Figée, les yeux écarquillés, elle observa son idole quitter poliment le couple et approcher lentement, franchir la moitié du préau puis venir à elle, l'expression amicale et chaleureuse. Maelys retint sa respiration, semblant évoluer au sein d'un rêve éveillé.

« Alors, mademoiselle Sanusi, comment allez-vous ? » commença la femme, le ton vigoureux.

« Heu… je… ça va, merci ! Et vous ? » balbutia la jeune professeure, visiblement intimidée.

« Moi, impec' ! On m'a beaucoup parlé de vous, vous savez ? » rétorqua alors madame Marchand, entrant immédiatement dans le vif du sujet.

« Ah oui ? En bien, j'espère ? » sourit nerveusement la jeune femme.

« Oh en bien ou en mal, ça m'est égal ! Ce qui m'intéresse, c'est la singularité, et chercher à la comprendre. Dans votre cas, c'est très intéressant ! » répondit son interlocutrice avec ce panache qui la caractérisait.

« En quoi suis-je si intéressante ? » s'étonna Maelys.

« Tout de même ! Une histoire comme la vôtre, ça ne laisse pas indifférent ! Vivre un tel enfer pendant toute votre enfance, puis trouver un cocon rassurant, une issue véritable, réussir à surmonter toutes les épreuves qui se présentent, et devenir la jeune femme que vous êtes aujourd'hui ; c'est très inspirant ! C'est génial pour les enfants, ici, parce qu'ils ont directement quelqu'un sur qui prendre exemple, quelqu'un qui a traversé les mêmes difficultés, qui a souffert et qui s'en est sorti. C'est exactement ce qu'il faut. Félicitations à vous ! » s'exclama la femme, sous le regard humide de la jeune professeure. Elle hocha la tête généreusement en guise de remerciement.

« Ça me touche beaucoup qu'une femme telle que vous puisse penser cela de moi ! Pour ma part, c'est un véritable honneur de pouvoir vous rencontrer ! Vous êtes une femme extraordinaire, votre parcours est admirable et je ne peux que vous remercier pour tout ce que vous avez apporté. Vous avez permis à la jeune fille que j'étais de rêver et constater que c'était encore possible, et pour cela, je vous en serai éternellement reconnaissante. » se lança

Maelys, dithyrambique, un léger trémolo dans la voix. Aurore Marchand accepta le compliment et lui serra généreusement la main. Les deux femmes se tinrent soudainement côte à côte, scrutant la cour emplie d'enfants et d'adolescents savourant ce moment de liberté qui leur était accordé.

« Qu'est-ce que vous comptez faire à l'issue de votre stage et la validation de votre diplôme ? » interrogea madame Marchand, visiblement curieuse.

« Eh bien, il faut déjà que je l'obtienne ! » sourit alors la jeune professeure avant de poursuivre, « mais si c'est le cas, je veux commencer ma carrière et trouver la structure, le cadre qui me permette de m'épanouir et devenir la meilleure prof que je puisse être. »

« Quel genre de structure ? Pourquoi pas ici ? » demanda son interlocutrice.

« Vous avez lu dans mes pensées... » rétorqua Maelys, lui adressant un regard complice.

« J'ai l'impression que ce n'est pas uniquement l'enseignement qui vous passionne, mais davantage l'idée d'apporter un soutien à des jeunes qui en ont peut-être plus besoin que la moyenne. Je me trompe ? »

« C'est très juste, effectivement. Je veux pouvoir agir, à ma manière et à mon humble niveau, pour que ces jeunes reprennent goût en l'apprentissage, et plus généralement en la vie. Je veux que lorsqu'ils quittent ma classe, ils le fassent avec des bagages suffisants et surtout les idées claires, qu'ils surpassent les effets de leurs souffrances et qu'ils avancent vers le mieux. C'est vraiment ce qui m'anime plus que tout. » expliqua Maelys, habitée par son discours.

Aurore Marchand hocha généreusement la tête en signe d'approbation. Les deux femmes observèrent silencieusement les enfants tout autour d'elles un long instant.

« Je… je peux vous poser une question ? » demanda finalement la jeune professeure.

« Bien sûr ! Je vous écoute. »

« Je sais que vous avez vécu des choses similaires à ce que j'ai… j'ai subi étant enfant. » commença-t-elle, sous l'expression sérieuse de son interlocutrice.

« Je voudrais savoir comment vous avez fait pour vous en être totalement libérée ? » interrogea-t-elle, dévoilant une forme de vulnérabilité dans le ton et le regard. Aurore Marchand comprit immédiatement quelle était la question sous-jacente et répondit :
« Le viol ou l'abus, qui plus est durant l'enfance ou l'adolescence, c'est un mal dont on ne guérit jamais vraiment. C'est ancré en nous de manière indélébile, ça fait partie de nous. Ce qu'il faut c'est d'abord en prendre conscience, ne pas être dans le déni, l'admettre, en parler autour de soi auprès de gens de confiance, et ne pas hésiter à se faire aider si on en ressent le besoin. Ensuite, avec la prise de conscience et la verbalisation, les effets diminuent de mois en mois, pour finalement trouver une forme d'équilibre. Quand le mal est persistant... alors il faut l'affronter, voir un professionnel qualifié dans ce domaine et faire un gros travail sur soi. Ça prend du temps dans tous les cas. Mais c'est nécessaire parce qu'il s'agit de notre vie, vous comprenez ? Personne n'a le droit de nous l'enlever de cette façon, comme si ce n'était rien ! On

doit se battre tous les jours, tout le temps, pour pouvoir goûter aux joies de l'existence comme tout un chacun. C'est un combat, mais croyez-moi, il en vaut sacrément la peine ! » se lança Aurore Marchand, particulièrement inspirée, sous le regard obnubilé de Maelys, buvant ses mots. La récréation toucha soudainement à sa fin, la sonnerie résonnant dans l'enceinte, sous la déception manifeste de certains enfants.

« Ça aura été un plaisir ! Continuez ce que vous faites, battez-vous et tout ira pour le mieux. D'accord ? » conclut alors la femme, tendant de nouveau sa main, souriante.

« D'accord, c'est noté ! Ça aura été un honneur, un privilège ! Merci pour tout ! » s'émut Maelys, l'empoignant avec entrain, le sourire illuminé. Elle remonta jusqu'à sa salle de classe l'esprit envolé, se laissant envahir par cette euphorie qui l'enivrait insidieusement. Pendant que Lola, Lucie et les autres élèves furent en chemin vers le couloir de menthe, la jeune professeure en profita pour attraper son smartphone et envoyer un message vocal à l'un des êtres qui lui était le plus cher, prononçant :

« Maman, tu ne vas pas me croire ! Tu sais qui j'ai rencontré, aujourd'hui ? Aurore Marchand ! En personne ! Tu te rends compte ? Elle est venue dans ma classe ! C'était Pauline Alves qui m'avait fait la surprise ! J'en ai perdu mes moyens, je n'arrivais même plus à parler ! C'était incroyable ! Et par la suite, alors que j'étais dans le préau lors de la récréation, elle est revenue me voir et on a discuté ensemble ! J'en tremble des mains, maman ! Elle est géniale, t'as pas idée ! Aller, je vais devoir quitter, j'ai cours. Je te raconterai tout dans les moindres détails, ce soir, promis ! Bisous, maman ! »

CHAPITRE 14

Le verdict était tombé telle la lame du bourreau sur la nuque du condamné. Un véritable coup de hache cinglant et tranchant sans pitié. Aux yeux d'Hassan, trois mois sans jouer le moindre match, ni en club ni en sélection, signifiait l'effondrement probable de ses chances d'intégrer l'équipe type lors de la Coupe des Etats Indépendants. Six matchs de préparation furent prévus afin de former une équipe d'élite et la rôder pour la compétition tant convoitée, tant d'occasions pour d'autres jeunes affamés de gagner la confiance du sélectionneur et lui faire comprendre que la présence d'Hassan, bien que virtuose, n'était sans doute pas indispensable… alors des jours durant, le numéro dix avait ruminé, encore et encore, établi tous les scénarios possibles et imaginables, sans qu'aucun ne semble lui être favorable. Ce qui l'avait frappé avec davantage de fureur avait été la découverte des titres des trois journaux sportifs cantusiens au lendemain de cette demi-finale désastreuse ; le premier scandant « Une honte » écrit en grandes lettres noircies, au-dessus d'une photo du joueur se tenant devant son adversaire, le regard assassin, le visage fermé, pendant que le germanique gisait sur la pelouse, sonné, le sang dégoulinant, sous la panique de ses coéquipiers. Le second avait titré « Impardonnable », offrant un long article particulièrement acerbe à l'égard de l'attaquant ; et enfin le troisième s'était adonné à davantage de lyrisme avec « Une étoile déchue », agrémenté d'une photo du joueur quittant le terrain, seul, son nom Bentia et son numéro dix floqués le long de son dos. Ces mêmes journaux n'avaient cessé de lui adresser des éloges depuis qu'il était devenu professionnel, l'ayant qualifié de « génie », de « futur grand », ou même du « meilleur joueur que Cantus Silvae n'ait jamais connu ». Quelques secondes d'égarement avaient suffi à tout éclipser. Hassan réalisa alors ce à quoi une image pouvait tenir. Il avait également remarqué un changement dans le regard des gens lorsqu'il se trouvait en ville. Comme l'expression d'une rancœur profonde, le rendant coupable d'une faute le clouant aux piloris pour le restant de ses jours. Il avait eu la furieuse envie de leur rappeler, à certains, que malgré la laideur du geste, il ne s'agissait que de football, un sport populaire et transcendant les émotions avec grande aisance, certes, mais il n'était question que de cela. Face à cette tension qu'il ressentait de façon palpable à travers les regards et les attitudes des passants, il avait préféré garder le silence et éviter le cœur de la capitale, allant plutôt se ressourcer au Quartier de Verdure, une immense zone de plusieurs kilomètres peuplée de forêts, de lacs et d'un parc où les animaux évoluaient en semi-liberté. Un moyen pour lui d'éviter les conflits inutiles, de faire le point, tenter de comprendre ce qui s'était véritablement passé durant cette soirée cauchemardesque, loin du tumulte de la foule, du bruit et de ces titres de journaux dénués de toute mesure.

D'évidence, sa problématique n'était aucunement réglée. Il lui manquait les dernières pièces du puzzle qui lui permettraient d'entrer véritablement dans la psychologie et la personnalité de son père, comprendre pour parvenir enfin à accepter

et faire la paix avec son lourd passé. Sa mère aurait pu lui fournir ces informations manquantes, mais prise par la vive émotion que lui provoquait systématiquement l'évocation de cet homme, cette dernière s'était furieusement braquée contre son fils pour la première fois, et lui avait rétorqué cette phrase qui résonnait à l'esprit du footballeur en chaque instant de solitude et d'accalmie. Décevoir et blesser sa mère relevait de la faute ultime, la ligne rouge à ne jamais franchir. Cette peine le rendait de plus en plus renfermé, comme plongé dans un torrent chaotique que personne n'était apte à percevoir de leurs yeux. Même ses deux amis de longue date durent rester derrière la barrière que le jeune homme eut fabriqué entre le monde extérieur et lui, cadenassé dans une forme de mutisme et de rejet de l'autre auxquels il tenait la coutume de s'y réfugier chaque fois que surgissaient de nouveau ses maux que son enfance gâchée eut marqué d'un marteau enrobé de lave.
Il lui fallait achever son enquête. Coûte que coûte. Il lui fallait affronter et vaincre ce

monstre qui évoluait en son antre et lui empoisonnait l'existence depuis ce fameux coup de téléphone. Il le ressentait en chacun de ses mouvements, chacune de ses inspirations, chacune de ses nuits. Son corps lui implorait de continuer et de se diriger vers la source. Cela était devenu vital s'il souhaitait être en mesure d'avancer et partir à la conquête de sa destinée enfin libéré de ce poids des plus éprouvants qu'il se devait d'emporter depuis trop longtemps. Au milieu des bois, observant une famille de biches et de cerfs traverser la plaine avec insouciance, ressentant la pureté de cet air vivifiant lui emplir les poumons, Hassan prit une décision.

Était venu le moment de faire face à son père.

Dès les premiers pas dans l'enceinte de cette prison bétonnée et encerclée de barbelés, Hassan ressentit un malaise sidérant. Traversant la cour encore vide, observant les bâtiments ressemblant étrangement à ces tours grisâtres qu'il avait pu découvrir durant son séjour en région parisienne ; à la seule différence que chacune des fenêtres se voyait couverte de barreaux en taule, à travers lesquelles on y percevait, ci et là, quelques visages, de vagues silhouettes de prisonniers fixant le footballeur, une tension contenue l'enveloppant subitement.

En franchissant le hall d'entrée, un gardien le fouilla jusque dans les moindres recoins, avant de l'autoriser à atteindre le long couloir emplis de portes de cellules derrière lesquelles se faisaient entendre railleries, injures et provocations primitives en tous genres par ces hommes que la société cantusienne avait décidé d'exclure. Hassan afficha un air impassible, se tenant droit, le menton haut. Au bout du couloir, il tourna sur la droite et perçut d'autres gardiens, vêtus de leur uniforme noir aux bordures blanches, le dévisager un long instant avant de lui demander de s'assoir autour d'une des nombreuses petites tables que la salle des visites proposait, puis d'attendre quelques instants. Le jeune homme scruta la pièce, d'une laideur et d'une pauvreté édifiante, et sentit son pouls s'emballer, son estomac se tordre, à l'idée de voir à nouveau le visage

de cet homme qui alimentait l'écrasante majorité de ses cauchemars depuis son plus jeune âge. Gigotant sur sa chaise, la respiration haletante, il pensa qu'il était peut-être encore temps de faire machine arrière, quitter ce sombre lieu et fuir avant qu'il ne soit trop tard. Mais quelque chose en lui l'en empêcha. Était-ce du courage ? Ou simplement un tempérament combatif et téméraire que sa mère lui eut transmis et qu'il tenait à perpétrer en chaque occasion.
Les minutes s'écoulèrent et l'appréhension sembla à son paroxysme. L'air devint irrespirable. Tout à coup, une présence se fit entendre à l'extérieur de la pièce. Un gardien entra, cherchant Hassan du regard, avant de lui afficher un hochement de tête affirmatif, se tourner, et laisser entrer un homme dont la soudaine apparence subjugua le footballeur qui l'observait approcher les yeux exorbités, le souffle coupé. Ses muscles se raidirent. Il ressentit comme une violente oppression lui frapper la poitrine.
Devant lui se tenait Walid Bentia, les cheveux grisonnants, la barbe fournie

quelque peu négligée, la carrure imposante, vêtu d'une combinaison colorée d'un bleu marin profond, le visage pâle, marqué et vieilli, dévoilant un regard enveloppé de grisaille s'égayant de quelques bribes à la vue de son fils cinq mètres plus loin. L'homme approcha d'une démarche éreintée jusqu'à atteindre la petite table carrée le séparant de sa progéniture, escorté par deux gardiens dans son dos, et fixa le footballeur les larmes emplissant ses paupières, les lèvres tremblantes, pendant qu'Hassan sembla littéralement asphyxié par l'émotion qui l'enivra de toutes parts. Sans un mot, les deux hommes se tinrent face à face et se fixèrent de longues secondes durant, avant de se jeter fougueusement l'un contre l'autre, s'offrant une accolade nourrie, pendant que leurs sanglots coloraient les murs de toute leur souffrance. En cet instant, le footballeur devint à nouveau l'enfant qu'il fut, fragile et en peine, savourant la chaleur corporelle et la force de ses bras l'enveloppant généreusement, retrouvant malgré tout le mal subi des années durant, un père, un papa, qui était là et qui l'aimait. Cela valait à ses yeux tous les trophées du monde...

Les deux hommes s'assirent, tentèrent de reprendre le contrôle de leurs émotions, riant de gêne en percevant leurs regards humides et rougis, trahissant cette carapace que l'un comme l'autre s'évertuait depuis toujours à brandir par protection. Ils échangèrent d'abord quelques banalités, abordant la météo ou le trafic sur la route, avant qu'Hassan s'oblige à orienter l'échange vers davantage de profondeur.

« J'ai une question à te poser, papa... » débuta-t-il timidement, les yeux rivés sur la table, peinant à affronter ce regard qui l'eut tant terrifié. Un silence se posa. Il leva alors les yeux.

« Bah vas-y ! Tu attends quoi ? » lâcha l'homme, peu accoutumé aux formules de politesse. Hassan inspira profondément et se lança.

« J'aimerais savoir ce qui s'est passé pour que tu deviennes comme ça... qu'est-ce qui s'est produit durant la période où tu travaillais à l'entrepôt et commençait à fréquenter maman ? »

Walid le fixa d'un air perplexe, l'interrogeant du regard.

« Je ne sais pas ce qu'on t'a raconté mais c'est bidon ! » rétorqua-t-il sans détour, sous la surprise de son fils.

« Comment ça ? »

« Déjà, des boulots, j'en ai eu quelques-uns, et quand j'étais à l'entrepôt, je ne connaissais pas ta mère. Je l'ai rencontré bien plus tard. » avoua le prisonnier, sous la stupeur d'Hassan.

« Mais… pourtant… on m'a dit que tu avais rencontré une femme durant cette période et que c'était vraiment du sérieux… j'ai tout de suite pensé que c'était d'elle qu'il s'agissait ! »

« Ah non, non ! Pas du tout ! J'ai eu une histoire avec une femme qui a duré deux ans. C'était elle qui m'avait sorti un peu de… de mes… de mes problèmes, on va dire. » répondit l'homme, le regard nostalgique.

« Elle s'appelait Fatima, et… j'étais très amoureux d'elle. » se confia-t-il soudainement, le visage douloureux. « Elle était aide-soignante. » informa-t-il, le ton posé.

« Qu'est-ce qui s'est passé ? » interrogea simultanément le footballeur.

« Elle était un peu spéciale. Elle sortait beaucoup, elle avait pleins de copines et avait un comportement avec les hommes qui ne me plaisait pas. Je le lui ai dit, elle l'a mal pris, s'est énervée, et m'a quitté du jour au lendemain. »

Un silence pesant s'installa alors.

« Ça m'a brisé… » osa-t-il, l'expression mélancolique.

« Je suis retombé dans mes travers, l'alcool, les filles faciles, les bastons, les conneries, tout ça… et quatre ans plus tard, j'ai rencontré ta mère. » affirma-t-il, sous la pleine attention de son fils. « Les choses se sont faites très vite. Je n'ai pas vraiment réfléchi, pour te dire la vérité. Elle était gentille et tout, mais… » expliqua le père, coupé par le footballeur :

« Tu l'aimais ? »

Walid hésita un instant avant de répondre.

« Oui et non. Je l'aimais bien, on va dire. Elle était à fond, elle gérait tout, elle

organisait toutes les sorties… elle m'avait aidé à retrouver un travail, puis un appart'. Le mariage a découlé peu après, là encore, c'était elle qui l'avait demandé, puis j'ai appris qu'elle était enceinte et… et voilà. » résuma-t-il dans un haussement d'épaules.
« Tu le regrettes ? » rebondit le jeune homme, le visage grave.
« Oui. Tous les jours. »
Cette phrase fit l'effet d'un violent coup de poing dans l'estomac. Il se contint afin de ne rien dévoiler.
« Je n'avais jamais voulu me marier ni avoir un gosse, moi. Je voulais être une star, avoir plein de frics et avoir une vie qui sort de l'ordinaire, tu vois ? Mais pour ta mère, c'était vraiment obsessionnel. Elle disait tout le temps qu'à trente ans, elle devait avoir un bon boulot, un mari et au moins un enfant. C'était vraiment son truc… » continua l'homme, le visage dépité.
« Et qu'est-ce qui a chaviré ? » demanda alors Hassan, happé par sa quête. Walid sembla mal à l'aise, gesticulant, le regard fuyant.

« J'sais pas. C'est comme ça… au boulot, ça n'allait pas, on me mettait trop de pression, on m'en demandait toujours plus et ça me saoulait ! Je devais tenir parce que je n'étais plus libre, j'avais une famille à nourrir, tu vois ? Je n'avais rien choisi et… j'étais emprisonné dans toute cette merde ! » répondit Walid, le ton s'enveloppant soudainement, fronçant les sourcils. Son fils le laissa poursuivre.

« Tout m'énervait… j'étais vraiment à cran ! Le patron voulait me virer et cherchait à me pousser à bout pour que je parte de moi-même pour ne pas avoir à me payer, tu vois ? Je prenais tout le temps sur moi, mais c'était trop… Et ta mère, elle a toujours eu ce don de m'agacer ! Toujours à me faire des remarques, me dire ce que je devais faire, comment le faire, toujours à me reprocher le fait que je ne fasse pas le ménage ou la vaisselle et des conneries de ce genre… putain, ça va, au bout d'un moment ! Je passais toutes mes journées dans un taff de merde à me prendre la tête avec le patron et elle venait me casser les burnes pour des choses qu'elle était censée faire ! » haussa-t-il le ton, attirant le regard des gardiens. Hassan ne prononça pas le moindre mot.

« Dès fois, je regardais la télé, et rien que le fait d'entendre sa voix, ça me donnait envie de la foutre dehors et de ne plus jamais entendre parler d'elle ! Je n'en pouvais plus ! »

Un lourd silence prit place dans la pièce.

« Tu sais, Hassan, être coincé dans une vie qui ne t'appartient pas, entendre les autres te dire que tu aurais pu être un champion, et qu'au lieu de ça, tu trimes dans des boulots de chiotte pour une paie de misère, et que, du jour au lendemain, on t'impose des responsabilités, le tout en vivant avec une gonzesse pour qui tu ne ressens presque rien et qui change dès que tu lui as mis la bague aux doigts… c'est tout sauf un cadeau ! » se livra l'homme, le regard brumeux.

Hassan ravala son envie de lui flanquer son poing à la figure tant le fait d'entendre ce sombre personnage traiter sa mère de la sorte lui était insupportable. Il se contint et poursuivi.

« Tu t'es donc senti étouffé ? C'était trop pour toi, tu n'avais rien choisi, rien voulu, et on t'en faisait baver. Ça t'a fait péter les plombs. C'est ça ? » tenta-t-il, empathique.

« Exactement ! C'était un putain d'enfer, et j'avais beau réfléchir, il n'y avait rien à faire, aucune issue ! Au bout d'un moment, j'ai… j'ai vrillé. » avoua-t-il fébrilement.

Hassan le fixa, les yeux soudainement embués, cette phrase ravivant subitement de lugubres souvenirs enfouis dans les tréfonds de son être.

« Les seuls moments où j'étais heureux, c'était lorsque je te voyais jouer au foot, ou lorsque je parlais avec toi, qu'on jouait et qu'on rigolait ensemble … t'avais quelque chose que je n'avais jamais vu avant. T'étais tellement… en avance. C'était fou ! » sourit finalement Walid, le visage soudainement ouvert et lumineux.

Son fils sentit l'émotion se blottir dans sa gorge. Incapable de répondre.

« Je suis désolé, Hassan. Vraiment. » lâcha finalement l'homme, contre toute attente. Il fixa le footballeur le regard teinté de larmes, pendant que ce dernier luttait face à ce ras-de-marrée jaillissant au milieu de ses entrailles.

Par la suite, durant cet échange, le jeune homme écouta son père se plaindre de tout et de tout le monde, à quel point il détestait Cantus Silvae, un Etat qu'il méprisait sans la moindre retenue ; à quel point il détestait la politique mise en place et les personnes qui la défendait ; sans oublier de cracher son venin au sujet de la France et des français, pour se tourner ensuite vers l'équipe de Neu Welt contre qui Hassan avait perdu la demi-finale du Tournoi des Titans, insultant à foison avec virulence, la voix haute, le visage marqué par cette haine qui l'enveloppait depuis toujours, envers tout ce qui vivait et existait. Ce dernier acheva même sa diatribe en affirmant avec conviction que tout n'était que complot et mensonge, et que de toute façon, cela ne servait à rien d'espérer quoi que ce soit étant donné le fait qu'une bombe nucléaire allait bientôt décimer l'humanité. Hassan l'écouta ainsi pendant plusieurs dizaines de minutes, ne percevant désormais qu'un homme malade, souffrant de pathologies psychiques non traitées, un homme profondément seul et triste, esclave de ses traumatismes refoulés, un homme résigné, démissionnaire, fatigué et défait par une vie de misère, de violence et d'une souffrance omniprésente, grandissant d'année en année, jusqu'à lui faire oublier le goût de la vie véritable. Il se surprit même à ressentir une forme de compassion à son égard. Cet ancien enfant battu et malmené, grandissant dans l'adversité et le silence, sombrant peu à peu dans la marginalité, avant de se ranger sans ne jamais se libérer de ses maux, puis de rencontrer une femme qu'il n'a jamais aimé et qui l'aura emporté avec elle dans ses rêves de belle et heureuse famille lorsque ce dernier n'était qu'un jeune homme au double-visage, sans ambition, colérique, violent et incapable d'assurer la fonction ô combien exigeante de mari et de père. Il ressentit un certain chagrin pour son ancien tortionnaire, lui qui à l'aube de ses cinquante ans n'avait encore jamais connu l'amour ni la paix, ni le moindre accomplissement. Il réalisa à cet instant à quel point le fil qui le séparait de son père était mince. Il n'était composé que d'un élément. *Aïssa*.

A l'issue de cette rencontre bouleversante et révélatrice, Hassan ressentit le besoin pressant de rentrer, retourner à Somnium, au sein du quartier résidentiel des prolétaires de la ville, et rejoindre sa mère. Il ne pouvait s'écouler un jour de plus sans apaiser les tensions avec cette dernière, le jeune homme suffoquant à chaque instant dans lequel l'héroïne de son existence lui tournait le dos. Il lui fallait la voir et trouver les mots pour que leur relation renoue avec l'harmonie. L'ombre de son père ne planerait plus au-dessus de son chemin, le puzzle étant désormais pleinement constitué, il sentait subitement en son esprit qu'une page était sur le point de se tourner. Ses plaies autrefois béantes ne lui provoquaient plus la moindre douleur. Elles étaient là, elles existaient, mais ne s'inscrivaient plus aucunement dans l'histoire qu'il était sur le point d'écrire. Pour officialiser cette renaissance, rien de mieux qu'un échange à cœur ouvert avec la femme qui lui aura sauvé la vie et fait de lui ce jeune homme à l'avenir radieux qu'il était devenu.

Lorsqu'environ deux heures plus tard, la porte de l'appartement s'ouvrit, Hassan resta figé, fixant les yeux de sa mère qui se noyait dans les siens, les visages graves, chacun hésitant à franchir le pas. Puis l'amour prit le dessus, mère et fils se jetant généreusement dans les bras, relâchant subitement cette déchirure terrible que la dispute eut provoquée.

« Pardon, maman… » pleura alors Hassan tout contre son épaule.

« Je ne voulais pas… » continua-t-il, pendant qu'Aïssa laissa danser une larme le long de sa joue, contenant sa douleur dans son immense dignité.

« Ça va, ce n'est rien. Moi aussi je m'excuse. Je n'aurais pas dû réagir comme cela… » rassura-t-elle en lui adressant de tendres caresses tout contre le haut de son dos.

« C'est… c'est difficile… » se livra le jeune homme, sanglotant douloureusement.

« Je sais, Hassan, je sais… »

« Tu m'aimes toujours ? » osa demander le footballeur, regagnant soudainement les traits de cet enfant martyrisé qu'Aïssa eut élevé.

« Hassan, enfin… évidemment que je t'aime ! Je t'aimerai toute ma vie et même au-delà ! Tu es *mon fils*. Rien n'y changera. Rien ! » affirma la mère avec vigueur, l'œil humide. Le jeune homme la fixa d'un air vulnérable, avant de sourire de satisfaction, retrouvant finalement ce visage ensoleillé et plein de vie que les évènements récents avaient bien faillit faire disparaitre. Aïssa l'invita alors à entrer, cette dernière ayant préparé un repas copieux et des plus savoureux, empli de mets dont son fils raffolait, à travers une table où se conjuguait une part de culture marocaine, pays où la femme était née, d'une cuisine gourmande et généreuse, ainsi qu'une part de spécialités cantusiennes, composée à la fois de cuisine végétale et de produits du terroir que boulangers, fromagers, producteurs et viticulteurs s'adonnaient à sublimer ; une double culture qu'Hassan épousait naturellement. Tous deux dégustèrent ce repas à travers une quiétude retrouvée, libres et l'esprit léger.

« Bon… par contre, t'as pas intérêt à recommencer ce que tu as fait durant le dernier match. Tu vois un peu dans quel pétrin ça te mets, maintenant ? » reprocha Aïssa, l'index levé et les sourcils froncés. Hassan baissa le regard sans broncher.

« Tu es sur la liste, donc tu as encore une chance, mais il va falloir que tu mérites ta place dans le groupe. Essaie peut-être de parler au sélectionneur ? » continua-t-elle, concernée.

« Oui. Je vais aussi et surtout me battre. J'ai déjà prévu un programme d'entraînement intensif pour être à mon top niveau d'ici le début de la compétition. Je ne vais rien lâcher, maman. Tu peux me croire. » affirma le jeune homme, le regard de guerrier.

« Je te crois. Et je te soutiens. Mais par pitié, ne recommence plus ce genre de choses, d'accord ? Tu vaux tellement mieux que ça… »

Désormais, tout était des plus limpides. Hassan n'avait qu'un seul et unique objectif, faire partie intégrante de l'équipe de Cantus lors de la Coupe pour que sa vie change du tout au tout et devenir l'idole des enfants cantusiens pour toute une génération entière. Il voulait devenir *quelqu'un*. Un symbole d'espérance pour toutes celles et ceux qui n'y croyaient plus. Un roc que rien ne pouvait faire chavirer. Pas même une suspension qui s'achèverait à deux jours du début de la compétition la plus prestigieuse… il allait devoir livrer bataille aux deux entrainements journaliers qu'il était sur le point d'entamer, l'un axé sur le football, le jeu, la vitesse de déplacement et la qualité de ses passes, de ses centres et bien sûr de ses frappes face au but ; le second axé sur la condition physique, agrémenté de musculation intensive, de courses à pied en fractionné (accélérant la vitesse progressivement), de travail de l'agilité, de la solidité des appuis, et de sa force de percussion dans les duels. Dans trois mois, il serait prêt à terrasser les plus hautes montagnes qui se présenteraient à lui.

Dans trois mois, il allait écrire l'histoire et offrir à sa mère la maison de ses rêves. Sa détermination était désormais infaillible, ancrée jusque dans sa chair. Sa destinée tenait encore entre ses mains.

CHAPITRE 15

Voilà bientôt trois semaines que Damien s'adonnait à la tâche au sein de cette « Coopérative des Artisans ». Dans ce petit magasin de proximité, on y percevait un jeune homme métamorphosé. Le pas dynamique, d'une énergie débordante, s'accoutumant peu à peu aux règles du métier, passant d'un rayon à l'autre sans rechigner, gagnant en aisance dans la procédure d'encaissement ; Pascal Landier ne ressentait déjà plus le moindre doute quant à sa nouvelle recrue. Ce dernier s'amusait parfois à observer le jeune homme s'exercer au conseil client, tâche relativement exigeante et nécessitant, là encore, des règles à assimiler, que Damien s'appropriait en s'aidant de ses qualités de comédien. Le nouveau vendeur appréciait notamment la variété des tâches, auxquelles son patron le formait non sans plaisir, décelant instinctivement en son employé un goût du travail, une volonté d'apprendre et de progresser qui rappela à l'homme au crâne rasé les souvenirs de celui qu'il eut été, lui qui avait découvert le tablier et le commerce lorsqu'une femme au grand cœur l'eut arraché à la précarité pour lui offrir une chance de se relever et apprivoiser une vie digne, honnête et relativement pérenne. Alors âgé de vingt-deux ans, Pascal Landier s'était montré si impliqué, si brave et si volontaire que sa patronne d'alors l'eut promu au titre de gérant-adjoint. Enthousiaste, l'homme au crâne rasé eut embrassé cette tâche avec passion, mais son rêve fut plus grand. Il s'était voulu devenir le capitaine à bord. Grâce à l'organisme Savoir Entreprendre, Pascal eut perçu son songe s'incarner dans la réalité à l'âge de vingt-cinq ans. Les clés en main, s'étant tenu devant sa boutique qui allait bientôt devenir son temple, sa seconde maison ; le jeune homme qu'il fut eu ressenti un accomplissement absolument bouleversant. Il s'était promis de suivre les pas de son ancien mentor, et rendre à la vie ce qu'elle lui avait généreusement offert. Il aura composé son équipe d'hommes et de femmes aux parcours tumultueux, les extirpant des ténèbres, les choisissant simplement à l'instinct, ce dernier aimant percevoir les potentiels à travers les regards, les gestes, le ton dans la voix… saisir cette rage de vaincre, cette force magistrale qui naît à travers les blessures. Lorsque Damien était entré dans son commerce pour la première fois, sa conviction eut été limpide. Ce jeune homme dont il ne connaissait aucunement l'histoire lui eut immédiatement inspiré confiance. Monsieur Landier aimait sa gnaque, son énergie. Il était également sensible à sa personnalité discrète mais attachante. Quant à Damien, en certains moments d'accalmie, il éprouvait un profond bonheur à observer l'ensemble, la vie qui s'exprimait au sein de la boutique, et oser s'imaginer dans le costume de Pascal Landier. Devenir patron commerçant. Créer sa propre entreprise, lui apporter une âme, une identité à son image, choisir ses produits, son équipe, chercher constamment l'élément qui permettrait au commerce d'évoluer, de grandir et devenir aux yeux des gens ce genre d'adresses où l'on s'y dirige la confiance aveugle. Il ne pensait pas à un commerce alimentaire comme celui-ci, mais plutôt un lieu de vie et de culture où l'on s'y rendrait afin de déguster des plats inspirés de la « street food » revisitée sous la forme semi-gastronomique, accompagnée d'un bon café, le tout en lisant des livres proposés à travers des bibliothèques boisées emplissant l'ensemble, et où des artistes en herbe y dévoileraient leurs œuvres chaque soir ou presque à travers une petite scène au cœur du lieu. Cette image, cette idée lui caressait délicatement l'esprit jour et nuit. Ce projet l'emplissait d'entrain, le poussait à apprendre, à se surpasser, dans le but d'atteindre le niveau de compétence et de professionnalisme de monsieur Landier qu'il admirait sans retenue, et se lancer corps et âme dans l'aventure de l'entreprenariat.

Chaque après-midi, lorsqu'il quittait le magasin empli de cette savoureuse sensation du devoir accompli, la première chose à laquelle il s'adonnait en rentrant chez les Dumoulin, était de s'enfermer dans sa chambre, temple de la solitude et du silence qu'il aimait éperdument, et d'écrire. Amateur de littérature depuis que monsieur Alves lui eut offert l'un des ouvrages de

Jordan Kirsanov (auteur particulièrement apprécié à Cantus, ayant été bénéficiaire au Centre durant son adolescence) intitulé « Le Temps de l'Espérance », livre qui fut office de révélation pour l'enfant sensible, écorché et en recherche d'un moyen d'expression véritable qu'il fut durant cette période ; il s'était replongé ces dernières semaines dans ses meilleures lectures, rédigées de la plume de grands auteurs français, britanniques, américains, et enfin cantusiens. Des romans, bien sûr, mais également des essais pointus et détaillés traitant de thèmes sociétaux, d'histoire, de sciences, ceci afin de nourrir sa culture qu'il se voulait la plus riche. Damien aimait les mots comme on aime un être venu nous apporter réconfort lorsque s'abat sur nous le ciel tout entier. Les mots contenaient à ses yeux un pouvoir dépassant les lois du possible. Celui de guérir, de transmettre, d'œuvrer à une cause, de dénoncer et condamner, ou bien encore d'offrir à celui qui ne connait la vie qu'à travers le mur du chagrin, une expérience sensationnelle proposant par l'exemple une définition de la beauté le raccrochant à

l'existence. Les mots l'avaient sauvé. Alors seul dans sa chambre, les mains posées sur le clavier de son ordinateur, il tentait de rendre aux mots autant de lettres de noblesse que ses moyens lui permettaient. Peu importe la gloire, le succès ou la richesse. Il avait un emploi, de nouvelles ambitions, une vie matérielle dans laquelle il pouvait désormais s'épanouir. L'écriture se devait de le mener en des contrées bien éloignées que celle du marché, de l'art-métier et de ce cercle renfermé dans l'entre-soi et ô combien hypocrite de ce microcosme artistique qu'il détestait de tout son cœur.
Ce jour-là, il acheva son premier récit, à savoir une nouvelle d'environ dix pages racontant l'histoire d'un enfant rejeté par les autres et se sentant incompris par ses propres parents, enfant qui avait pour habitude de se tenir derrière le muret qui le séparait de la maison voisine où y vivait une jeune fille de son âge qui s'attelait à répondre aux exigences imposées par son éducation des plus strictes, mais dont il percevait une fêlure, un mal-être éprouvant lisible à son regard ainsi qu'en ses

expressions. Les deux enfants se liant d'une amitié profonde, s'apportant l'un à l'autre cette part d'innocence qui leur était volée, partageant des instants de rires, de bonheur intense, mais aussi des confidences quant à leurs rêves de liberté, de quitter cette cage et s'envoler vers une existence qui leur appartiendrait enfin, dans laquelle tout serait possible, où ils pourraient être qui ils souhaitaient véritablement sans que rien ne leur soit reproché. Cette amitié devenant une forme d'amour enfantin, s'exprimant à travers ce muret comme obstacle infranchissable, les deux enfants décidèrent alors de fuir, ensemble, d'abandonner cette prison dorée à laquelle ils étaient assignés, malgré l'attachement envers leurs parents, malgré les risques face à l'inconnu, pour enfin vivre leur vérité. La nouvelle s'achevant par une scène où les deux enfants partirent, baluchons à l'épaule, main dans la main, laissant derrière eux toutes les attentes familiales et les mensonges étouffants, s'évaporant au loin à travers les promesses d'un voyage déroutant. Une ode à la liberté, à la quête de sens et à l'amour authentique, dénué de tout raisonnement matérialiste. Il intitula son récit « Au-delà des murs ». Lorsqu'il le relut et le corrigea pour la douzième fois d'affilée, il ressentit enfin une certaine satisfaction quant à son œuvre, et s'empressa immédiatement de contacter Maelys afin de le lui partager au plus vite. Cette dernière lui exprima son enthousiasme et lui fit part de son avis dès le lendemain soir.

« Salut Damien ! » débuta-t-elle au téléphone, le ton jovial.

« Salut Maelys ! Tu vas bien ? »

« Ça va, merci ! Et toi ? »

« Très bien ! Un peu fatigué, mais ça va. » répondit le jeune homme.

« Oui, je me doute… dis, j'ai lu ta nouvelle ! » s'exclama-t-elle alors.

« Oui ? » rebondit Damien, attendant la suite avec une certaine appréhension.

« Ça m'a émue ! C'est vraiment beau ! » affirma la jeune femme, le ton coloré. Damien sourit de satisfaction. « Tu es doué pour ça, de toute façon… cependant, j'ai trouvé des petites erreurs, des petites choses que tu peux améliorer. »

« Ah ? Lesquelles ? » s'étonna l'ancien comédien.

« J'ai trouvé quelques fautes d'orthographes. Probablement des fautes d'inattention, mais voilà. Je te les ai notées dans un mail que je vais t'envoyer juste après. Tu pourras les corriger. Ça va ? » commença Maelys, faisant profiter de ses facultés professorales.

« D'accord, oui, pas de problème. Tu peux m'envoyer ça. Et tu as trouvé quoi d'autre ? »

« Eh bien, je dirais que tu as tendance à aller un peu vite. Essaie de mieux approfondir, de vraiment développer la problématique, tu vois ? Là, tu écris comme un film ou une pièce, mais dans le domaine littéraire, il faut prendre son temps, gagner en profondeur et faire en sorte que chaque évènement marquant soit suffisamment détaillé et développé tout le long du récit, tu comprends ? » expliqua la jeune femme avec précision.

« D'accord. Je note. » répondit Damien, gribouillant sur une feuille de papier.

« Ensuite, au niveau du style, c'est globalement bon, voire très bon, mais fait attention à l'équilibre. Tu as des moments où le style est proche du langage parlé, avec des termes un peu familiers et des facilités d'écriture ; lorsqu'à d'autres passages, ça devient très poétique et beaucoup plus soutenu. Essaie de mieux équilibrer. Tu peux intensifier l'aspect poétique dans les moments plus émotionnels, mais il faut que tout soit cohérent. Voilà. Sinon, à part ces quelques détails… c'est super ! Je pense qu'en le retravaillant un peu, ça va être excellent ! »

« Merci beaucoup pour tes conseils, Maelys ! » sourit généreusement le jeune homme.

« De rien, il n'y a pas de quoi ! Tiens-moi au courant si tu comptes la publier ou la lire quelque part, d'accord ? J'veux être là ! » s'enthousiasma la professeure stagiaire.

« Bah évidemment ! Tu seras la première informée ! »

Il perçut l'expression joviale se dessiner sur le visage de son amie de l'autre côté du téléphone.

« Aller, je dois te laisser, j'ai pleins de révisions à faire. Encore bravo pour ton texte, Damien ! A très vite ! Bisous ! »

« Ça marche ! Merci ! A très vite ! Bisous, Maelys ! »

Damien raccrocha le téléphone le sourire aux lèvres et lu ses gribouillis sur le morceau de papier extrait d'un document administratif posé dans un coin de son bureau, reçu simultanément le mail de son amie où furent indiquées huit fautes d'orthographe à corriger. Il retroussa ses manches et se lança avec entrain dans son treizième retravaille de texte, qui, celui-ci se voulait déterminant, grâce à l'apport du regard extérieur et des compétences remarquables de cette femme dont le simple son de sa voix lui provoquait un bien-être indescriptible, comme si aucun mal, aucune souffrance n'eut jamais existé.

Après cette réécriture approfondie lui ayant accaparé l'intégralité de son temps libre durant cinq jours, Damien redécouvrit sa nouvelle, la fierté lisible dans le regard. Il eut peine à se reconnaître tant l'œuvre dévoilait une certaine qualité qui le décontenança. Au sixième jour, sur le chemin entre son travail et l'appartement des Dumoulin, il tourna soudainement le regard vers ce qui semblait être un café, la petite terrasse encore vide, la devanture affichant « Club Littéraire » écrit à la craie sur une planche offrant l'illusion d'un tableau de salle de classe. Sur la vitre de la porte d'entrée était accrochée une feuille de papier, obligeant Damien à s'en approcher afin d'en lire le contenu. « Mardi soir 19h30, Scène Ouverte ! Venez nous faire profiter de vos talents, nous lire vos slams, vos poèmes ou vos nouvelles, ou simplement partager des lectures susceptibles de toucher l'audience. Entrée : 5 euros, une consommation offerte. » Intrigué, l'ancien comédien resta pensif un long instant. L'idée de remonter sur des planches devant un public alimentait en lui autant d'enthousiasme que d'appréhension, tant son expérience théâtrale lui aura été délicate. De plus, bien que conscient de son potentiel pour l'écriture, quelque chose en lui l'empêchait de se sentir pleinement légitime dans la peau d'un auteur à part entière. Comme craignant que le rejet dont il avait tant souffert au sein du métier de l'art dramatique allait continuer inévitablement à sévir sous toutes ses formes. Afin d'en avoir le cœur net, il prit son téléphone et sollicita nulle autre que sa grande amie en formulant ceci :

« Coucou Maelys ! J'espère que tu vas bien ? Je viens de tomber sur un club littéraire qui fait une scène ouverte mardi soir. Apparemment, on peut y venir avec nos textes et lire devant les gens qui y seront présents. Est-ce que tu penses que ça peut valoir le coup que j'y aille avec ma nouvelle ? »

Moins d'une demi-heure plus tard, la professeure stagiaire lui répondit :

« Coucou Damien ! Bien sûr que ça vaudrait le coup ! Ça serait l'occasion pour toi de tester un peu tes qualités d'auteur, voir en direct la réaction des gens, si ça procure des émotions, etc. Ça te permettrait aussi d'en parler, d'en débattre et partager un bon moment avec des passionnés, ce qui serait chouette ! Vas-y, Damien ! Et je viens avec

toi, également ! Je ne veux pas rater ça ! Ce sera à quelle heure ? »
Il n'en fallut point davantage pour pousser l'ancien comédien à s'inscrire à l'évènement. La simple image de la présence de Maelys dans le public, le fixant et buvant ses paroles, éveillait en lui l'incarnation de ses rêveries chaque fois que son esprit quittait la réalité matérielle. L'idée de causer en elle de la fierté et peut-être une légère forme d'admiration annihilait intégralement son manque de confiance et ce syndrome de l'imposteur que ce dernier ressentait chaque fois qu'il s'essayait à devenir autre chose que le travailleur prolétaire auquel sa lignée familiale, notamment paternelle, l'avait assigné. C'était décidé, il irait au club littéraire et offrirait la lecture de sa nouvelle. Si Maelys y était, alors rien ne pouvait lui arriver.
Le mardi soir, les deux amis se rejoignirent, s'enlaçant fougueusement, les visages radieux, avant de se dévorer du regard de longues secondes durant. Bras-dessus, bras-dessous, ils entrèrent dans l'enceinte et

prirent place autour d'une petite table ronde portée par un pied relativement haut, pendant qu'une minuscule scénette légèrement surélevée se tenait à l'angle, au milieu d'une ambiance agréable, les lumières aux allants dorés offrant une atmosphère feutrée. Les gens entrèrent à tour de rôle, des hommes et des femmes distingué(e)s, dont on devinait à leur posture ainsi que leur accoutrement une appartenance à un milieu social visiblement aisé et une certaine implantation au sein des métiers intellectuels. Damien observa cette trentaine de personnes prendre place, camouflant une certaine gêne à se tenir au milieu de ces êtres avec qui, de prime abord, il ne semblait rien partager. Lui le fils de villageois de classe moyenne, le comédien raté, rejeté de toute part dans sa vocation première, lui le simple vendeur exerçant dans un petit commerce de quartier ; l'élitisme de l'art littéraire lui dévoilait, en son esprit, déjà un message d'intrusion. Maelys, elle, affichait un large sourire agrémenté d'étoiles scintillantes au milieu de son regard bleu ciel dont Damien en fut subitement obnubilé. Il l'observait lui exprimer sa joie, son enthousiasme à l'idée de l'entendre réciter ce texte qui l'eut bouleversée dès la première lecture, pendant que ce dernier sembla chercher avant tout à se faire minuscule au milieu de ce paysage quelque peu mondain auquel il ne fut aucunement coutumier. La soirée débuta, voyant d'abord un homme aux allures de professeur de lettres ou de philosophie, les cheveux au vent, de minces lunettes délicatement posées sur le bord du nez, une écharpe en soie enroulée autour du cou, le regard vif ; se tenir sur scène et proposer une lecture de nul autre que Guy de Maupassant, à travers une des nombreuses nouvelles de l'auteur prodige, intitulée « La Vendetta », extraite du recueil « Les contes du jour et de la nuit ». Damien et Maelys partageaient tous deux un certain goût pour ce grand écrivain ayant marqué de son empreinte indélébile la littérature française, alors écouter ce texte leur sembla être une entrée en matière des plus douces et exquises. Après les applaudissements et quelques échanges autour de l'œuvre, s'ensuivit une femme, le début de quarantaine, la coiffe blonde volumineuse et des plus disciplinée, la taille haute, la silhouette relativement mince habillée d'une longue robe noire épousant parfaitement ses courbes. Cette dernière lut un poème de son cru, intitulé « Le temps », traitant de son rapport au temps s'écoulant inlassablement nourrissant en elle la crainte de cette fin qu'elle apercevait s'approcher, et une faim de vivre et de savourer davantage l'instant, se délaisser du futile et s'adonner au véritable sens de notre existence auquel nous accordons que trop peu d'espace. Des applaudissements sincères enveloppèrent la pièce, lorsque Maelys attrapa l'avant-bras de son ami, le secouant énergiquement, poussant ce dernier à se tourner vers elle, percevant son sourire irrésistible lui exprimer :

« Vas-y ! C'est à toi ! »

L'animatrice annonça alors l'ancien comédien qui se leva et avança timidement sous les regards de tous ces gens envers qui il semblait s'excuser d'avance. Il monta sur la petite scène, observa l'ensemble l'estomac retourné, le cœur palpitant. L'animatrice lui offrit un micro et, armé de son lot de feuilles de papier, il débuta.

« Bon...bonsoir. Je... je m'appelle Damien, et... je voudrais partager avec vous mon texte, qui est une nouvelle, et... elle s'intitule *Au-delà des murs*. Voilà... je... merci à vous... » balbutia-t-il péniblement, sous les visages quelque peu gênés d'une partie de son audience. Le jeune homme fixa Maelys qui n'eut d'yeux que pour lui, l'encourageant vivement, par une gestuelle endiablée, à prendre confiance, se détendre et laisser son œuvre s'occuper du reste. Ce dernier inspira plus profondément, lentement, reprenant peu à peu ses esprits, avant de poser le regard sur la première page de son récit, puis se lança.

Le style fluide, le verbe maitrisé, il présenta cet enfant que la solitude protégeait du mal de ses camarades, rejeté, moqué et violenté sous l'indifférence générale. Prenant refuge au coin du jardin où se trouvait une petite cabane vétuste mais rassurante, l'enfant y échappait également à cette vie de famille d'apparence heureuse, mais d'apparence seulement.

Le récit tourna finalement le regard vers cette jeune fille vivant au sein de la maison voisine, se montrant dans de magnifiques robes conçues spécialement pour elle, peignée avec le plus grand soin par une mère obsédée par la perfection affichée, pour qui tout devait être impeccable aux yeux des autres, pour qui l'autre était un adversaire et la vie une compétition permanente. Se sentant inexistante en tant qu'être à part entière, perçue uniquement telle un faire-valoir à exhiber au sein de dîners de familles ou d'amis dont le prestige social n'était plus à prouver, la jeune fille dévoilait une tristesse, un mal-être que le garçon lut en elle dès le premier regard.

Sentant l'attention pleinement accaparée par son récit, Damien relâcha quelque peu la pression et libéra le comédien sommeillant en lui, enveloppant le ton, offrant davantage de nuances, de couleur à son texte, pour la plus grande joie de Maelys dont les yeux s'humidifièrent légèrement, plongée par les mots à fleur de peau de son grand ami. En cet instant, lui-seul existait. Lui et sa voix grave, chaleureuse, l'emportant allègrement au voyage des sens, de l'indéfinissable et de l'impalpable. Bien qu'assise sur ce tabouret au milieu du club littéraire, son esprit se tenait aux côtés de ces deux enfants, séparés par ce muret mais dont les rêves, eux, ne souffraient d'aucune frontière.

Lorsque Damien acheva son récit, la plume lyrique et le ton vibrant, il leva le regard et scruta l'audience. Un silence se posa plusieurs secondes, avant que des applaudissements particulièrement énergiques l'enveloppèrent de toute son entièreté. Il perçut les visages happés, les yeux brillants et rougis, et ressentit cette vive émotion emparant le public que son œuvre eut provoqué. Une chaleur doucereuse et enivrante se déploya en son antre, avant que survienne aussitôt la plus majestueuse des sensations... celle de l'évidence.

CHAPITRE 16

En arrivant au Centre Alves ce matin-là, Maelys fut immédiatement appelée au bureau de la directrice, ce qui l'intrigua légèrement. Elle entra au bâtiment d'accueil, traversa le hall avant de tourner sur la droite, puis toqua à la première porte à gauche, recevant immédiatement l'aval de la femme de l'autre côté de cette porte faite de bois, peinte d'un blanc crème en adéquation avec ce couloir particulièrement lumineux. La professeure stagiaire entra alors et resta debout, fixant madame Alves qui était au téléphone derrière son large bureau. Lorsqu'elle raccrocha, elle offrit un sourire amical et prit la parole.
« Bonjour, Maelys. Je t'ai fait venir parce que j'ai une mission pour toi. »
La jeune femme afficha un air quelque peu songeur, curieuse de connaître la teneur de cette requête. Elle attendit la suite.
« Voilà. La jeune Lola, qui est dans la classe dont tu t'occupes, devrait quitter le Centre d'ici quelques mois, aux vues de l'amélioration de son état, constatée tant par sa psychanalyste que tous les éducateurs et moi-même. » expliqua d'abord la directrice

sous le hochement de tête affirmatif de sa stagiaire, avant de poursuivre, « c'est pourquoi il nous faut lui trouver une famille d'accueil au plus vite. Ses parents sont en réclusion et vont être jugés, ils n'auront plus aucun droit sur elle. L'organisme qui se charge de cela tient à ce que nous soyons présents lors des entretiens avec les différentes familles volontaires pour accueillir la petite. »
Maelys écouta attentivement, comprenant peu à peu où la directrice comptait l'emmener.
« Je voudrais que tu y ailles en tant que représentante de notre Centre, que tu rencontres les parents potentiels, et que tu me fasses un compte rendu, les pour, les contre, ton ressenti, tout ce qui peut m'aider à définir le bon foyer pour elle. Tu veux bien faire cela ? »
La jeune professeure fixa sa directrice les yeux écarquillés, surprise qu'une telle distinction lui soit proposée. Elle répondit sans la moindre hésitation d'un « oui » des plus affirmés, ce qui provoqua

immédiatement un sourire de soulagement sur le visage de Pauline Alves.

Maelys quitta le bureau la joie au cœur, le pas empli d'entrain, se dirigeant sans plus attendre vers le lieu de rendez-vous situé au nord de Lumius, où l'attendaient, dès son arrivée, deux membres de l'organisme Foyer d'Enfance, un homme et une femme, tout sourire, les poignées de main chaleureuses, l'invitant à entrer dans la salle de réunion aux couleurs modernes et impersonnelles où une immense table blanchâtre emplissait tout le long de la pièce. A l'extrémité gauche de cette table se tenait une femme aux cheveux crépus, se présentant comme conseillère en charge des dossiers de la Famille et de l'Enfance en lien direct avec la représentante élue de la ville de Lumius. Maelys s'assit deux chaises plus loin sur la droite, déposa sa pochette contenant une liasse de feuilles de papier blanc, stylo à la main, affichant non sans fierté le badge que madame Alves lui eut attribué, sur lequel était écrit « Représentante officielle Centre Alves », tenu autour du cou tel le Graal suprême, la première consécration de sa jeune carrière naîssante. Les membres de l'organisme entrèrent quelques minutes plus tard, dossiers en main, accompagnés d'un jeune couple qui salua tout le monde et s'assit côté droit de la table, peinant à masquer une pointe d'appréhension les enivrant sournoisement.

L'homme, en début de trentaine, les cheveux noirs ordonnés, le regard bienveillant habillé de larges lunettes arrondies, la peau mate d'un grain évoquant probablement des origines indiennes, le costume soigné, tenant tendrement la main de sa compagne de trois ans sa cadette, souriante, le visage sympathique, portant un ensemble fleuri et rosé. Maelys, la femme aux cheveux crêpus et les membres de l'organisme les fixèrent et les écoutèrent avec attention lorsque ces derniers prirent la parole, expliquant être ensemble depuis quatre ans, foncièrement désireux d'avoir un enfant mais empêchés par la stérilité de l'homme découverte il y a un peu plus d'un an, ce qui les eurent poussés à entamer les démarches dans l'optique de devenir famille d'accueil et ainsi réaliser leur rêve. Profitant d'une situation confortable, l'homme exerçant au sein d'une grande entreprise en tant qu'ingénieur informatique et sa compagne comme enseignante dans un collège de la capitale, ce qui attira inévitablement l'attention de Maelys, le couple vivait au sein d'un duplex situé aux abords du centre de Carmen. La jeune femme lut un extrait du dossier du couple, ne révélant aucune inquiétude des suites aux examens psychologiques effectués par deux praticiens experts, un casier judiciaire vierge, ni aucun antécédant de quelque nature que ce soit pouvant nourrir d'éventuelles craintes. La jeune femme commença alors à rédiger quelques notes pendant que le couple racontait à quel point accueillir un enfant leur serait une chance inespérée, probablement une source de bonheur leur manquant jusqu'alors au tableau d'une vie épanouie. Les professionnels autour de la table hochèrent la tête sur l'affirmative, semblant convaincus par la sincérité et la bienveillance qu'affichaient les prétendants.

Maelys leva alors le regard en leur direction et prit la parole.

« Vous a-t-on informé quant à l'identité et… disons… les caractéristiques de l'enfant qui vous serait potentiellement attribué ? »

Le couple hésita un instant, se regardant d'un air complice, cherchant à comprendre.

« C'est… c'est-à-dire ? » osa l'homme. Maelys se tourna vers les professionnels, les interrogeant du regard.

« Est-ce que l'on vous a expliqué le passif et les problématiques de l'enfant dont il s'agit ? » reformula la jeune femme. Le couple sembla hésitant, la gestuelle mal à l'aise.

« Eh bien… on nous a informé qu'il s'agissait d'une fille de onze ans qui a perdu ses parents et… c'est à peu près tout à notre connaissance. » répondit sincèrement la femme à l'ensemble fleuri. Maelys fit les gros yeux, se tournant de nouveau vers les membres de l'organisme, exprimant à son visage l'effarement qui l'emplissait aussitôt.

« D'accord… alors effectivement, c'est une fille de onze ans, mais elle n'a pas perdu ses parents. Elle a subi des viols et des attouchements pendant plusieurs années et a été prostituée par son père qui l'enfermait dans une camionnette, les mains ligotées, où des hommes venaient abuser d'elle. » informa la jeune femme sous la stupeur du couple. Un silence glaçant s'installa soudainement dans la pièce.

« Elle est bénéficiaire du Centre Alves depuis un an maintenant, et étant donné l'amélioration effective de son état, son séjour touchera probablement à sa fin d'ici cet été. » continua la jeune professeure.

« Le Centre Alves ? Qu'est-ce que… qu'est-ce que c'est, au juste ? » demanda timidement l'homme. Maelys se tourna de nouveau en direction des membres de l'organisme, les accusant du regard.

« Le Centre Alves est un établissement accueillant les enfants et adolescents victimes de violences scolaires, familiales ou sexuelles, afin de traiter leurs traumatismes et leur permettre de se reconstruire pour revenir ensuite vers un chemin de vie disons plus… plus paisible, plus optimiste. » expliqua-t-elle sous l'attention totale du couple, les visages graves.

« Lola est une jeune fille adorable, bourrée de qualités, très joueuse et très sensible, mais elle aura besoin de beaucoup d'affection, de sécurité, et d'une grande attention. Certains effets de ses traumas pourront potentiellement s'exprimer à tout moment, et il faudra réagir en fonction. Pensez-vous pouvoir gérer cette responsabilité ? » interrogea alors la jeune professeure, le ton assuré, se montrant particulièrement à l'aise dans son rôle.

L'homme se tourna vers sa compagne, le visage visiblement perplexe. La femme eut baissé son sourire depuis un long instant.

« On… on n'était pas au courant de… du passé de l'enfant… c'est… comment dire… cela change quand même la donne. » osa avouer l'homme, avant que sa compagne rebondisse simultanément « Ce serait toutefois un honneur de pouvoir lui apporter du réconfort et… nous ferons tout notre possible pour que cela se passe au mieux pour elle. », tentant de camoufler une certaine gêne que Maelys perçut immédiatement. Cette dernière offrit un sourire poli avant de noircir d'encre sa feuille de papier, pendant que les membres de l'organisme remercièrent le couple, leur signalant la fin de cet entretien. Lorsque la porte de la pièce se referma, la professeure stagiaire ne se priva pas d'effectuer une remarque à l'attention de l'homme et de la femme en charge des dossiers.

« Cela aurait été préférable d'informer véritablement les candidats du profil de l'enfant. » affirma-t-elle, le visage exprimant un certain mécontentement.

« Nous… nous préférons éviter de les effrayer. » répondit l'homme, le regard fuyant.

« Ah oui ? Et vous pensez qu'ils seront plus aptes à faire face aux exigences que nécessitent le fait d'éduquer un enfant avec un tel passif s'ils ne sont même pas au courant ? Un profil comme le sien demande un traitement particulier, ce n'est pas à prendre à la légère ! » renchérit la jeune femme, fronçant les sourcils, créant subitement un malaise palpable dans la pièce. N'obtenant aucune réponse, elle ravala sa colère et attendit le deuxième couple prétendant qui fit son apparition quelques minutes plus tard.

 Quadragénaires, ouverts et conviviaux, ces derniers plurent immédiatement à Maelys de part cette gaieté et une certaine générosité naturelle que le couple affichait dès les premiers échanges. Artisan boulanger et employée administrative, vivant au centre de Lumius, tests psychologiques approuvés, aucun antécédent judiciaire ni de quelconque nature que ce soit ; les prérequis furent cochés. Les professionnels les écoutèrent évoquer leur expérience parentale, ayant donné naissance à un enfant treize ans plus tôt, un garçon nommé Noah, tragiquement décédé des suites d'une maladie à l'âge de sept ans, maladie contre laquelle le petit bonhomme avait lutté à corps perdu pendant trois longues années avant qu'elle vienne achever un combat de la défaite la plus effroyable. L'évocation de cette histoire bouleversa profondément la professeure stagiaire qui fixait ce couple raconter pareil cauchemar, les voix tremblantes, les yeux humides, mais dont la force, le courage et la grande dignité marqua la jeune femme du trait que reconnaissent aisément les êtres ayant souffert jusque dans leur chair. Le couple expliqua vouloir désormais se tourner vers l'avenir et accueillir un enfant afin d'écrire une nouvelle page, une nouvelle chance de goûter aux bonheurs inestimables qu'offrent la parentalité, malgré les défis que « le métier le plus difficile au monde » implique indéniablement. Lorsque Maelys décrivit le profil de la jeune Lola, le couple prit immédiatement la mesure, et la femme répondit :

« Nous comprenons bien les besoins spécifiques que cela nécessite, et… ça ne me pose aucun problème, personnellement. Je ne sais pas ce que tu en penses ? », le ton calme et rassurant, se tournant vers son époux qui acquiesça spontanément sur l'affirmative.

« En nous inscrivant, on s'était préparé à accueillir un enfant ayant potentiellement subi des difficultés assez conséquentes, donc… on adaptera les choses en fonction de l'enfant, des éventuels soucis qu'elle pourrait exprimer, et on fera tout ce qui nous est possible pour qu'elle se sente bien, à l'aise et en sécurité. » ajouta l'homme, le ton volontaire, concluant son intervention d'un léger sourire en coin de lèvres.

« Vous avez dit qu'elle était au Centre Alves, c'est bien cela ? » interrogea alors la femme. Maelys répondit d'un hochement de tête. « Je connais cet endroit. C'est spécialisé dans le traumatisme à l'enfance, si je ne me trompe pas ? » continua-t-elle, provoquant un sourire de satisfaction sur le visage de son interlocutrice.

« Est-ce qu'il est possible d'effectuer un stage ou une formation en tant que parents dans ce centre ? Pour mieux agir face à certaines problématiques ? » demanda alors la femme.

« Bien sûr ! La directrice, madame Alves, offre des formations continues aux parents ou futurs parents à travers des thématiques spécifiques, ce qui peut être utile pour mieux comprendre les comportements des jeunes victimes, comme le fait de déceler les signaux, ou éviter certaines erreurs lorsque

les conséquences de leurs traumatismes s'expriment. Beaucoup de parents n'ont pas forcément conscience de cela et ces formations sont un bon moyen de pallier certaines interrogations ou parfois un sentiment d'impuissance qu'ils peuvent ressentir. » expliqua Maelys avec entrain. Le couple se croisa d'un regard, puis se tourna de nouveau vers la professeure stagiaire.
« Est-ce que l'on peut s'inscrire maintenant ? S'il y a une formation de prévue concernant les problématiques liées aux violences sexuelles, on est preneur. » dit spontanément l'homme.
« Oui, tout à fait ! Vous pouvez aller directement sur le site web du centre, chercher les formations proposées, et vous n'aurez qu'à vous inscrire. » répondit la jeune femme, le sourire radieux.
« Très bien ! On fera ça. Hein ? On fait ça ? » se tourna l'homme en direction de son épouse qui acquiesça sans hésitation. Le couple continua la conversation de longues minutes durant, posant de nombreuses questions au sujet de la jeune Lola,

dévoilant un intérêt sincère, une empathie palpable et offrait la délicieuse sensation d'aimer l'enfant sans même l'avoir rencontrée. Lorsque les membres de l'organisme clôturèrent l'entretien, Maelys se leva spontanément et leur offrit une poignée de main enveloppée, le visage conquis. Le couple quitta la pièce, la jeune femme rédigea quelques phrases sur la feuille de papier, d'une gestuelle ne laissant aucun doute quant à la teneur du propos. Elle en était pleinement persuadée. Venaient de se tenir devant elle les nouveaux parents de Lola. Les hôtes d'un foyer où l'amour, la bienveillance et la quiétude allaient bientôt remplacer cet enfer innommable au sein duquel la jeune fille eut expérimenté le commencement de son existence. Un foyer où Lola allait obtenir l'occasion inespérée de redevenir une enfant. Goûter à la vie en son sens le plus noble, renouer peut-être avec cette innocence arrachée des mains immondes de ces monstres ayant souillé ce corps juvénile avec lequel elle allait devoir se réconcilier. Maelys réalisa ce miracle qui attendait la jeune fille, et éprouvait un bonheur si intense à l'idée d'en être l'artisan qu'elle dut contenir l'émotion qui nageait à travers ses entrailles jusqu'à chatouiller délicatement sa gorge...

Au soir, lorsque Maelys prit place autour de la table au milieu de la salle à manger où se tenaient Hapsatou, Thibault et le jeune Arthus, remplissant joyeusement leurs assiettes respectives sous une atmosphère respirant la convivialité ; la jeune femme, encore prise par l'émotion provoquée par cette journée mémorable, observa ces êtres dont elle chérissait l'existence, et ne put s'empêcher de porter une pensée pour la jeune Lola qui allait bientôt goûter à pareil bonheur que celui que la vie lui eut offert depuis qu'elle avait croisé le chemin de cette femme au cœur grand comme l'univers tout entier qu'était l'ancienne éducatrice du Centre Alves. Maelys la suivait du regard, pendant que cette dernière riait généreusement devant les pitreries de l'homme de sa vie qui s'adonnait à un sketch improvisé, sous le visage jovial et amusé de son jeune fils assis en face de lui.

Les larmes emplissant ses paupières, la professeure stagiaire tapota délicatement sa cuillère tout contre son verre, attirant spontanément l'attention de la tablée. Silence.

« Je voudrais juste vous dire quelque chose… ça va peut-être vous paraître stupide ou un peu… enfin, je ne sais pas, j'ai juste besoin de le dire. » se perdit d'abord la jeune femme.

« Dis-nous, Maelys. Ne t'inquiète pas. On t'écoute. » rétorqua posément Hapsatou, de son ton d'une tendresse sans égal. Tous les regards furent portés sur la jeune femme qui se reprit un instant avant de se lancer.

« Voilà… aujourd'hui, madame Alves m'a confié une responsabilité qui est totalement sortie de mes fonctions habituelles mais… ça a été une excellente expérience ! J'ai eu à rencontrer des couples volontaires pour accueillir une des élèves de ma classe, Lola, je vous en ai beaucoup parlé… » expliqua-t-elle, sous les hochements de tête autour de la table.

« J'ai donc choisi la future famille qui la prendra en charge et l'élèvera à partir de sa sortie. » continua la jeune femme.

« Ah mais c'est super, ça ! Félicitations ! » s'exclama sa mère adoptive, large sourire aux lèvres.

« Merci. Ça m'a fait quelque chose, parce que... parce qu'en lui offrant cette chance, ça me rappelle celle que v... » se coupa soudainement la jeune femme, un sanglot enveloppant soudainement sa gorge, son ventre se tiraillant sans prévenir. Hapsatou et Thibault baissèrent spontanément leur sourire, saisissant son émotion.

« Pardon... je disais, cela me rappelle cette chance que vous m'avez offert en m'accueillant chez vous car... » s'arrêta-t-elle de nouveau, la voix fragile, les yeux brillants, avant de poursuivre, « cela m'a permis de me sentir aimée, d'appartenir à une vraie famille, et d'expérimenter la vie comme jamais je n'aurais pensé le faire... » se livra-t-elle, sous la pleine attention des trois protagonistes autour de la table.

« Je sais que je vous ai parfois causé des soucis, ça n'a pas dû être tous les jours facile d'éduquer une fille comme moi, mais... je ne vous remercierai jamais assez pour l'avoir fait avec autant de courage et... de ne pas m'avoir abandonnée... » lâcha-t-elle, la voix s'envolant dans les aigus, le teint rougissant. Hapsatou sentit son regard s'humidifier à son tour.

« On a facilement tendance à se plaindre, à s'arrêter sur le négatif, sur nos problèmes du quotidien, mais c'est bien parfois de s'arrêter et prendre vraiment conscience de la chance que l'on a, lorsqu'autour de soi on est entourés de gens tels que vous. » continua-t-elle, sous les visages émus des trois personnes concernées.

« Je vous aime de tout mon être, et je vous aimerai toute ma vie. Merci infiniment... » conclut-elle avant de sentir de chaudes larmes descendre le long de son doux visage. Hapsatou se leva alors de sa chaise et approcha d'un pas décidé, contenant son émotion comme elle le put, avant d'envelopper sa petite protégée de tout son amour que rien ne pouvait ébranler. Thibault fit de même, avançant les yeux rougis, perdant soudainement le contrôle de ses émotions, enlaçant sa fille adoptive avec ferveur, lui adressant à l'oreille « Nous aussi, on t'aime, Maelys… tu es notre fille, pour toujours… », sous le sanglot silencieux de la jeune professeure. Arthus se joint à la fête, profitant de l'occasion pour exprimer par un câlin nourri toute l'affection véritable qu'il ressentait à son égard, aimant à la fois rire à gorges déployées en sa compagnie, se confier, aborder les questions de la vie sans la moindre contrainte, obtenir ses précieux conseils quant à sa scolarité, et développer un goût pour la lecture que cette dernière lui eut transmis. Oui, Maelys était aimée, et autour de cette table se trouvait tout ce que la jeune fille traumatisée, qu'elle fut lorsqu'elle eut foulé le sol de cet appartement pour la première fois, pouvait espérer. Se tenait autour d'elle un rempart face à ses incertitudes, cette souffrance qui ne la quittait jamais bien longtemps, et ce conflit sévissant en elle chaque fois que ces violentes pulsions la possédaient amplement. Ces êtres étaient son bouclier face au Mal qu'elle eut apprivoisé à l'âge de l'insouciance. Hapsatou, Thibault et Arthus évoluaient, à ses yeux, dans le costume de ces héros ordinaires que le ciel envoyait afin de rappeler aux âmes malmenées qu'Espoir ne meurt jamais…

CHAPITRE 17

TROIS MOIS ET DEMI PLUS TARD

Le stade battait son plein, grondant de cette énergie des grands soirs. La ville de Somnium semblait à l'arrêt, les yeux rivés sur l'évènement. Les couleurs bleu ciel illuminaient la majeure partie des gradins, des milliers de supporters cantusiens donnant déjà de la voix, dansant, tambourinant, afin de célébrer la présence historique de Cantus à l'affiche de la finale de la Coupe des Etats Indépendants, grimpant héroïquement la dernière marche de la compétition pour la première fois depuis sa création. Pourtant, peu y avaient cru. Les matchs de préparation eurent été un supplice, l'équipe perdant lamentablement à trois reprises, pourtant contre des adversaires jugés prenables, avant de remonter doucement la pente en enchaînant une petite victoire et deux matchs nuls sans éclat. Les prestations furent tout autant laborieuses durant la phase de poule, des rencontres qu'Hassan eut assisté sur le banc, fraîchement revenu de sa lourde suspension. Ce dernier n'aura joué que vingt minutes durant cette phase, ne touchant que deux ballons… Il aura fallu attendre les quarts de finale pour observer l'équipe cantusienne se métamorphoser de façon spectaculaire, remportant leur qualification pour les demis sur un score renversant de cinq buts à un, affichant une immense volonté, une alchimie visible sur le terrain, un équilibre se développer, et le premier but du numéro dix sous le maillot de son Etat alors qu'il venait d'entrer quelques minutes plus tôt. La demi-finale eut été plus délicate, affrontant une équipe coriace et particulièrement stratège, mais Hassan et sa bande eurent gagné leur ticket grâce à un mental de gladiateurs et une ouverture du score durant les toutes dernières minutes. Cette fois, ils y étaient. Au cœur de la capitale, devant leur public, les athlètes aux maillots bleus apprivoisaient le sacre d'une vie. Damien et Maelys furent bien évidemment de la partie, enveloppés par l'accoutrement aux couleurs de Cantus comme ils en avaient la coutume, ressentant indéniablement cette tension pénétrante envahir le stade et l'Etat tout entier. Etant donné la teneur de l'évènement, les deux amis furent heureux de se voir accompagnés de visages plus que familiers, nuls autres que Victor et Pauline Alves, tout sourire, venus soutenir ce prodige que leur Centre eut révélé dix ans auparavant ; Hapsatou, Thibault et le jeune Arthus, tenus à la gauche de Maelys ; sans oublier Aïssa, le visage ensoleillé habillé d'un voile blanc fait de tissu, scrutant tous ces gens autour d'elle, ces hommes, ces femmes, ces couples, ces amis et ces familles réunies dans l'espoir de vivre un moment unique au sein duquel son fils, son « cadeau du ciel », était l'un des acteurs principaux. Tout à coup, après de longues minutes d'attente dans une ambiance déjà enflammée, Hassan et ses dix coéquipiers firent leur apparition sur la pelouse, les démarches assurées, les visages sérieux et les regards tournés vers l'horizon. A leurs côtés se tenaient leurs adversaires, des sud-américains redoutables venus de l'Etat se nommant Renascimento, signifiant « renaissance » en portugais, un état dont la superficie équivalait à celle de la ville de Paris, dont le mantra était la paix et la cohésion sociale, se voulant aux antipodes de la violence et de la criminalité hors de contrôle sévissant sur ce continent, et au Brésil notamment, pays officiel au sein duquel se trouvait ce mystérieux Etat. Se tenant tous en ligne, mains sur le cœur, les joueurs se préparèrent aux hymnes pendant qu'un petit orchestre composé de six musiciens fut visible au bord du terrain, une poignée de mètres devant Damien, Maelys et leurs acolytes. Un chanteur avança à son tour, la stature imposante, le smoking élégant, attendant le signal du chef d'orchestre afin de débuter l'interprétation de l'hymne des sud-américains d'abord, une œuvre emplie d'entrain, de couleur, de gaieté et d'abnégation, chantée à pleines voix par les joueurs que l'intense émotion de l'instant enivra subitement, pendant que leurs centaines de supporters présents dans l'enceinte se joignirent à cette union majestueuse que le football dessinait parfois de toute sa magie. Damien, Maelys et leur groupe applaudirent respectueusement lorsque les dernières notes furent jouées, avant que débute finalement l'hymne cantusien, sobrement intitulé « Le chant de la forêt ». Les violons s'engagèrent à travers le thème principal, à savoir une mélodie évoquant la rosée matinale d'un jour de printemps, le tempo relativement lent, les violoncelles offrant une harmonie agréable et lancinante. Soudain, Hassan, ses coéquipiers et le stade tout entier chantèrent d'une seule voix les paroles du premier couplet :

« *Ô jour de promesse d'un espoir ressuscité / Bravoure d'une jeunesse à l'étendard déchiré / Le vent souffle à l'oreille des enfants égarés / La symphonie de la prospérité...* »

Puis la basse se joignit à la partition, en de notes éparses et aériennes, offrant davantage de densité pour le second couplet :

« *Ô peuple, est venu le temps d'incarner notre étoile / Face à l'ordre tenu, le chant de la forêt dévoile / La force d'une dévotion ancrée jusque dans la moelle / Œuvrant à l'unisson...* » puis l'envolée, les voix enveloppées, lorsque vinrent les mots :

« *Pour notre idéal !* »

La basse gagnant en rythme, montant d'une octave, les violons annonçant le refrain auquel le stade s'époumona sans aucune retenue :

« *Pour que vive ce rêve éveillé / Pour que brille la ferveur d'unité / Que s'écrive dans l'écorce immortel / L'hymne à l'amour éternel...* »

Les violons se voulant plus sobres sur la dernière phrase, répétée deux fois, les accords évoquant un certain romantisme tout en nuance. Damien et Maelys chantèrent les poings dressés, emportés par l'engouement fabuleux d'une rencontre entre un peuple et son histoire. Hassan, debout sur la pelouse, la caméra de télévision braquée sur son visage comme à l'habitude, sembla plongé dans l'irréel. Convoiter le trophée le plus prestigieux, le maillot de Cantus sur le dos, devant les êtres pour qui son amour évoluait au-delà des mots ; le jeune homme survolait l'océan des songes. Il reprit un tant soit peu ses esprits et entendit les violons répéter le thème, ralentissant peu à peu, avant d'achever cet hymne poétique sous le tonnerre d'applaudissements et les visages plus étincelants qu'un ciel de nuit d'été.

Lorsque les premières minutes du match virent les deux équipes s'observer, tâtonnant malgré la haute intensité, le niveau s'éleva peu à peu pour laisser se déployer un jeu fluide, se voulant offensif, usant de combines et d'attaques placées pour le moins inspirées et agréables à suivre. Parmi les vingt-deux joueurs présents sur la pelouse, autant dire que les talents ne manquaient pas. Les sud-américains comptaient notamment sur les dribbles de Ricardo, un milieu de terrain dynamitant les défenses par ses gestes improbables et sa faculté à casser les lignes grâce à une lecture du jeu et une créativité sans égale ; ainsi que sur la vitesse et le sens du but hors-du-commun de leur attaquant ailier-gauche, Adriano Carlos, un joueur aux jambes de feu capable de semer la zizanie de façon fulgurante et de marquer quasiment à chaque match. L'équipe de Cantus, quant à elle, était davantage axée sur l'esprit collectif et un équilibre remarquable à chaque poste, mais lorsque son numéro dix se trouvait sur le terrain, alors plus rien ne pouvait l'effrayer. C'était la sensation que dégageaient les cantusiens au premier quart d'heure de jeu, se montrant adroits et incisifs en attaque, ayant déjà obligé le gardien à déployer ses ailes devant son but face à deux frappes dangereuses ; et solides défensivement, malgré le danger en état permanent qu'infligeait l'équipe adverse. Hélas, à la vingt-deuxième minute, sur un corner côté gauche, un léger cafouillage profita au défenseur latéral-droit sud-américain de récupérer le ballon se dirigeant directement sur son corps, contrôler avec justesse et envoyer une frappe en demi-volée à ras de terre passant entre les pieds et les jambes des joueurs tout de bleu vêtus, pour finir dans la lucarne opposée et faire trembler les filets, causant une explosion de joie vivement exprimée au sein de la tribune des latins. Le buteur courut jusqu'aux abords des gradins, contractant ses poings et hurlant d'un cri guerrier, avant que ses coéquipiers le rejoignent et se jettent littéralement sur lui, pris par cette adrénaline dévorante.

Damien, Maelys et l'ensemble de la troupe perçurent Hassan tenter de rebooster ses coéquipiers, frappant dans ses mains, scandant, vociférant, les sourcils froncés, déterminé à mener la plus grande bataille qu'il n'eut jamais vécu. La réaction ne se fit point attendre, les cantusiens profitant d'une perte de balle d'un milieu récupérateur adverse pour enclencher une attaque imparable qui leur permit d'atteindre les trente derniers mètres en une poignée de secondes, déborder sur le côté droit, feinter puis centrer avec précision devant le but où un certain Hassan Bentia sauta plus haut que tous les autres et flanqua une tête croisée pleine de rage, propulsant le ballon sous la barre transversale. C'est alors qu'on entendit le stade trembler tant l'hystérie enivra les milliers de supporters, criant à s'en arracher les cordes vocales, gesticulant d'excitation, pendant que le numéro dix exultait à l'arrière du but, l'expression transcendée, ouvrant grand ses bras en direction des tribunes, rapidement enjoint par ses coéquipiers survoltés. Victor Alves fit danser son drapeau cantusien à la main, le sourire généreux, pendant que son épouse se laissa posséder par la folie générale, envoyant un coup de poing dans le vide, hurlant sans aucune retenue, avant d'entamer quelques pas de danses qui causèrent des rires nourris auprès de ses deux anciens bénéficiaires se tenant à sa gauche.

Le reste de la première mi-temps ressembla à un combat de boxe, les deux équipes se rendant coup pour coup, attaquant sans relâche, poussant les deux sélectionneurs respectifs dans un état de tension invraisemblable. Lors de la trentième minute, Ricardo offrit une véritable frayeur, se débarrassant de trois joueurs adverses avec la facilité qu'on lui connaissait, approchant la surface de réparation, résistant face à la percussion d'un défenseur central, passant du pied droit au gauche, feintant une fois puis deux, avant de frapper d'une puissance magistrale en direction du but, un tir finalement stoppé de justesse grâce à un arrêt réflexe du gardien. Deux minutes plus tard, ce fut un milieu offensif cantusien qui causa un sursaut dans les gradins, grâce à un coup franc d'environ vingt-cinq mètres, parfaitement exécuté, le ballon frôlant le but d'un doigt. Particulièrement en jambes, Hassan délivrait une prestation de haut vol, enchaînant les courses destructrices, les gestes techniques d'une maitrise déconcertante, apportant une grande fluidité au jeu et incarnant une menace insoutenable chaque fois qu'il approchait les trente derniers mètres. Lorsque l'arbitre siffla la pause, ce fut sous les applaudissements de tout un stade que les vingt-deux athlètes quittèrent le terrain, proposant une finale des plus spectaculaires à ces milliers de personnes qui ne demandaient pas mieux.

La seconde mi-temps reprit quinze minutes plus tard, sous la même intensité et la même volonté d'offrir un football tant combatif que virtuose, passant d'un camp à l'autre à une vitesse affolante et laissant les artistes de chaque équipe révéler l'étendue de leur talent indiscutable. A l'issue de la troisième attaque consécutive, les sud-américains parvinrent de nouveau à tromper le gardien grâce à une action collective grandiloquente, et bien sûr le pied droit d'Adriano Carlos, en véritable renard des surfaces, luttant de manière acharnée pour s'extraire du marquage et offrir une frappe croisée imprenable. Les filets dansèrent dans le but, et la tribune adverse exulta, chanta en chœur, sous les mines tombantes de Damien, Maelys et toute la troupe. « Aller Hassan ! On y croit ! Ne lâche rien ! » scanda soudainement Aïssa, le regard rivé sur son fils qu'elle aperçut visiblement dépité, les mains sur les hanches. Hapsatou sourit tendrement, avant de l'enjoindre à son tour, suivie par toute la troupe, puis la tribune, puis le stade entier, reprenant des « Viva Cantus ! Viva Cantus ! » à l'unisson, les voix enveloppées, les poings levés vers le ciel. Galvanisés par le soutien des supporters, les cantusiens réagirent avec dévotion, la boussole inlassablement tournée vers le but, usant de combinaisons à n'en plus compter, tentant le jeu court, puis le jeu long, les frappes lointaines… sans succès. Alors, peinant à trouver la faille et craignant un contre des latins qui leur offrirait l'occasion de tuer le match et avancer à pas de géant vers la coupe, l'un des milieux de terrain cantusien offrit le ballon à Hassan, comme si, à travers ce geste, son coéquipier lui formulait sa volonté de lui laisser carte blanche, faire confiance en son génie pour renverser la situation avant qu'il ne soit trop tard. Le numéro dix prit le ballon, et, se situant à trente-trois mètres du but adverse, il se lança dans un slalom magistral, éliminant un joueur, puis un second, se dirigeant vers l'axe, attirant simultanément une meute de sud-américains à son endroit, dribbla à pleine vitesse, s'extirpa de nouveau vers l'aile-droite où s'y trouvait davantage d'espace, avança prestement, franchit la surface, perçut le gardien s'avancer et gesticuler de ses grands bras, feinta une première fois, décela un angle de tir particulièrement fermé, un défenseur accourant vers le but, prêt à s'y jeter corps et âme. Il tira sans plus attendre, la balle rebondissant sur le joueur adverse dans son dos, permettant à l'attaquant de pointe cantusien de jaillir avec ferveur et taper le ballon du genou, le propulsant dans les filets avant qu'une ribambelle de latins y perdirent l'équilibre tant l'effort fut prononcé. On y ressentit alors un effet de véritable déflagration dans le stade, tant l'expression de la joie des supporters fut incontrôlable. Damien et Maelys s'enlacèrent généreusement avant de se tourner vers Hapsatou, Thibault et le jeune Arthus qui sautillèrent et exultèrent allègrement ; Pauline Alves, de son énergie légendaire, agrippa le col de son mari des deux mains et le secoua frénétiquement en hurlant sa joie trépidante, sous le visage rieur du professeur. Aïssa, elle, ne dévoila qu'un sourire rayonnant, les pupilles dilatées, observant son fils célébrer auprès de ses coéquipiers, exprimant autant de joie que de rage profonde, que détenaient ceux pour qui la vie était un combat permanent. Le numéro dix sembla dans un état second, observant les silhouettes gigoter avec entrain au sein des tribunes, ses coéquipiers bondir de tous les côtés, se pensant vivre une réalité parallèle tant l'instant parut hors du temps.

Les douze dernières minutes du match virent les sud-américains user de leur dextérité remarquable pour tenter de marquer ce but leur assurant la victoire, pendant que les onze joueurs cantusiens, sans exception, bâtir un mur dans leur surface. Ricardo tenta une envolée, puis une seconde, aidée de ses coéquipiers, eux aussi particulièrement à l'aise balle aux pieds, avant de combiner avec Adriano Carlos aux abords des vingt derniers mètres, mais se virent inlassablement arrêtés par une jambe, un dos, ou une tête adverse. Les défenseurs cantusiens se cognèrent torse contre torse à chaque danger éliminé, se montrant tous affamés et intrépides. L'atmosphère fut étouffante, les sélectionneurs gesticulant sans cesse, l'ensemble des remplaçants et staffs techniques se tenant debout, vociférant à chaque faute, acclamant leurs coéquipiers à chaque avancée vers le but.

Soudain, à trois minutes de la fin de ce match dantesque, Hassan profita de la récupération du ballon grâce à un tacle impeccable de son milieu récupérateur, se projetant vers l'avant dans un sprint incroyable, suivi de près par un défenseur adverse sur sa gauche, poussant les deux équipes entières à s'agrouper au plus vite dans le camp des latins. Le numéro dix approcha, mètre après mètre, en direction du but, sans autre obstacle que le gardien à l'horizon. Le défenseur à sa gauche parvint finalement à lui agripper le bras, tenta de lui chiper le ballon, mais Hassan se défendit avec détermination, continuant sa traversée, entendant l'attaquant de pointe de Cantus lui indiquer sa présence dans son dos, d'un simple mot, la voix haute. Il sentit les autres défenseurs se rapprocher, ne lui restait plus qu'une à deux secondes pour se décider. Il fit le vide en son esprit, se débarrassa de toute peur de l'échec, toute incertitude, la moindre esquisse d'un doute camouflé quelque part dans sa psyché. Plus rien d'autre que le but n'existait. A moins de dix mètres du gardien, qui se tint aux aguets, Hassan se mit subitement en position et frappa d'un plat du pied millimétré, le ballon s'épanouissant dans la lucarne, roulant dans les filets, laissant l'un des joueurs adverses glisser dedans, pied vers l'avant, las et impuissant. Un vrombissement de voix humaines jaillit alors dans l'enceinte, à travers un instant d'hystérie collective comme rarement Cantus eut expérimenté dans son histoire. Le numéro dix courut jusqu'aux pieds des gradins, enlevant son maillot et le faisant danser dans les airs, hurlant à pleins poumons, les yeux écarquillés, les muscles contractés, avant que l'ensemble de ses coéquipiers, remplaçants compris, se jetèrent dans son dos, créant rapidement une masse de joueurs écroulés sur le sol, les uns sur les autres, exultant d'une joie gargantuesque. En tribunes, Damien pleura d'émotion, observé par Maelys qui ne tarda point avant d'en faire de même, toute la troupe se cajolant avec ferveur, les cris rendus quasiment inaudibles par le vacarme monumental partout dans le stade. Hapsatou enlaça son fils généreusement, lorsqu'Aïssa s'assit subitement sur son siège, posa ses mains tout contre son visage, sentant une vague de chaleur l'enivrer, son cœur battre la chamade, lorsqu'un sifflement fit étrangement son apparition, lui coupant furtivement l'ouïe. C'est alors que pour la première fois depuis tant d'années, elle sentit s'effondrer cette barricade qu'elle eut fabriqué du temps où les coups, les insultes et les rabaissements les plus exécrables furent tout ce qu'elle eut connu de l'amour ; du temps où hurler ne suffisait point à stopper la furie de ce monstre qu'elle eut compté comme mari, frappant de ses poings tout ce qui raccrochait cette femme à la vie sur Terre. Durant ces secondes où le temps semblait s'être arrêté, tout remonta, toute cette souffrance terrible, cette peur déchirante qui l'eut accompagné des années durant, cette solitude profonde, cette insécurité permanente, cette culpabilité ancrée jusqu'à l'os... Assise sur ce siège lorsque tout le monde autour bondit sans répit, Aïssa lâcha cette corde à laquelle elle s'agrippait depuis toujours et éclata d'un sanglot pénétrant, les gémissements douloureux, pleurant toutes les larmes de son corps. Maelys s'empressa d'approcher à son chevet, lui caressant tendrement le dos, avant que le reste de la troupe l'encercle à

son tour, tentant de lui offrir autant de réconfort qu'ils le purent.
Son fils était champion. Son cadeau du ciel avait vaincu le Mal et remporté le plus grand trophée qu'il pouvait apprivoiser. Entendant les milliers de supporters scander des « Hassan ! Hassan ! Hassan ! » avec passion, percevant ses amis lui exprimer leur soutien indéfectible ; Aïssa leva les yeux et l'âme enfin délivrée de ce fardeau qu'elle portait depuis bien trop longtemps, elle ressentit pour la première fois une paix profonde, dense et chatoyante, enivrer son corps jusqu'au moindre globule de son sang. Dans un instant de grâce, elle remercia Dieu comme elle en tenait la coutume, et réalisa qu'à compter de ce moment, le goût de la liberté était sur le point de caresser son palais pour l'éternité…

CHAPITRE 18

Au sortir du stade, l'ambiance fut, d'évidence, des plus festives. Les supporters envahirent la grande place par milliers, les sourires illuminant le lieu plongé dans une semi-obscurité, éclairé par des néons feutrés offrant un dégradé de couleurs vives tout le long des murets entourant ce grand axe reliant les différents quartiers de la capitale. Damien et Maelys se sentirent hors des lois de la gravité, comme volant légèrement au-dessus des autres, éloignés de toute question terrestre. Leur meilleur ami venait de remporter la Coupe, qui plus est en offrant une prestation extraordinaire, digne des plus grands joueurs que ce sport n'ait jamais connu à travers son histoire. En cet instant savoureux, une image revint à l'esprit de l'ancien comédien. L'image de leur rencontre, au fond du préau sous le bâtiment des études et des thérapies au Centre Alves, tous les trois s'entourant comme pour se rassurer face à tant de nouveautés et d'incertitudes, comme si leur simple présence, sans le moindre mot, pouvait déjà apaiser ces angoisses profondes enivrant leurs esprits juvéniles écorchés. Que de chemin parcouru… D'une nature particulièrement sensible, Damien ne put retenir ses larmes, revivant soudainement ces souvenirs gravés en sa mémoire telle la craie des dessins d'anciennes civilisations lisibles dans la pierre pour des millénaires. Le couple Alves se tenait derrière eux, main dans la main, les visages comme subjugués par ce qui venait de se dérouler sous leurs yeux. Hapsatou, Thibault et Arthus approchèrent à leur tour, tenant délicatement Aïssa par le bras, cette dernière semblant évoluer au milieu des cieux, observant le monde de toute sa hauteur, de toute sa sagesse. La troupe se sépara finalement, se donnant rendez-vous pour le lendemain au sein du domicile du couple Alves, dans un village rural aux abords de Lumius. Damien et Maelys prirent alors leur chemin, seuls, en direction du Quartier des Artistes, déterminés à célébrer l'évènement comme si demain n'existait pas.

En pénétrant le cœur du Quartier, Damien et Maelys furent immédiatement happés par la poésie se révélant tout autour d'eux. A la terrasse d'un café, de jeunes personnes se prirent chaleureusement dans les bras, chantant l'hymne cantusien à pleins poumons, lorsqu'à l'angle de cette longue rue piétonne, un enfant courut au milieu des nombreux passants, le maillot bleu ciel floqué du numéro dix de l'équipe, avant de s'arrêter, sautiller les bras en l'air, riant de joie, des étoiles emplissant tendrement son regard. Une quinzaine de mètres plus loin, un artiste-mime, maquillé de noir et de blanc, offrit son interprétation du bonheur, le visage expressif, dévoilant autant de lumière que de fragilité, les gestes racontant ce sentiment de liberté absolue, dénué du regard de l'autre, de la façade que l'on se construit en société, de ces innombrables règles qui nous cadenassent dans une illusion d'être et nous prive de l'essence de cette vie pulsant dans nos veines. Particulièrement sensible à la danse et plus largement au langage du corps, Maelys suivit cette prestation avec intérêt, ressentant cette délivrance envoûtante que l'artiste semblait vouloir exprimer. Plus loin, dans la même rue, aux abords d'un magasin de musique faisant office de véritable lieu de vie et de rencontres pour les passionnés, trois musiciens, un batteur, un bassiste et un guitariste, se tinrent en cercle et jouèrent un morceau de funk particulièrement endiablé, au groove palpable dès les premières mesures et faisant simultanément taper du pied contre le pavé, sous la danse improvisée de certains passants et les sourires conquis des instrumentistes. Damien et Maelys se laissèrent prendre par la couleur estivale du morceau et ce rythme enivrant, avant que la professeure stagiaire décide de s'enjoindre à la danse, gesticulant avec finesse, le sourire vissé jusqu'aux oreilles. D'abord riant de surprise, l'ancien comédien fixa la jeune femme comme l'on fixait une œuvre d'art définissant à nos yeux le sens véritable de la beauté. Il observa les mouvements harmonieux de ses hanches, l'allégresse avec laquelle elle sublimait la musique en racontant par ses gestes ce bonheur transcendé qu'elle éprouvait, un bonheur si pur, si dense, qu'aucun Mal ne pouvait effleurer. Damien fixa son sourire, si tendre, si communicatif, un sourire qui pouvait redonner vie à tout ce qui s'éteignait face à la désespérance du monde, un sourire qui pouvait réconcilier des ennemis et mettre un terme aux conflits les plus féroces, ou tout simplement permettre à un comédien raté, rejeté et incompris, d'aimer chaque seconde qui s'écoulait, d'aimer ces autres qui eux ne l'aimaient pas, et de croire malgré lui que tout pouvait encore changer. En observant sa muse danser, il en oublia cette dépression, lente et malicieuse, contre laquelle il se devait désormais de lutter depuis que le théâtre l'eut injustement refusé, reconstruisant jour après jour de nouvelles raisons de se lever à l'aube, l'esprit combatif, se tenant aussi près du précipice que des nuages, luttant inlassablement pour s'accrocher d'une poigne sévère au chemin de la paix qu'il convoitait de tous ses désirs.

Quelques rues plus loin, aux abords du fleuve longeant la capitale, les deux tourtereaux s'arrêtèrent devant une chanteuse lyrique accompagnée d'une jeune violoniste, interprétant une chanson connue du répertoire cantusien, une chanson racontant les retrouvailles d'un couple s'aimant éperdument, d'un amour gâché, d'un amour empêché, mais finalement galvanisé et plus vibrant que jamais grâce au dénouement d'une bataille éreintante, parce que l'amour, le vrai, mérite tous les sacrifices. Damien et Maelys écoutèrent l'artiste délivrer une performance remarquable, la voix sensible, à fleur de peau, incarnant la femme de cette histoire comme si ce rôle fut écrit pour elle. Des lumières rosées illuminèrent le fleuve sur lequel dansait déjà les doux reflets de la lune, des enfants se laissèrent portés par ce voyage fabuleux qu'est celui de la musique, un voyage débarrassé de toute matérialité, où les êtres se rencontrent enfin, où les rêves se cristallisent, où nos blessures s'évanouissent. En cet instant merveilleux, Damien ne put s'empêcher de tourner de nouveau le regard en la direction de son amie, observant ses yeux d'un bleu céleste captivé par cette aventure sensorielle, et ressentit alors une vague d'émotions envahir son antre de façon exponentielle. C'était le moment. Il lui fallait se lancer. Enfin. Prendre son courage avec ardeur et affronter sa vérité. Il en avait assez de reculer, de se trouver des excuses et laisser ce mal-être tirailler ses entrailles depuis des années. Le cœur fracassant sa cage thoracique, l'estomac déchiré, les yeux humides, il prit finalement la parole.

« Maelys ? » commença-t-il d'abord, cherchant à attirer son attention.

« Maelys ? » répéta-t-il, voyant le regard brillant de la jeune femme se tourner vers lui. Un silence se posa, dans lequel l'ancien comédien dut se faire violence pour que les mots parviennent à se frayer un chemin hors de sa trachée.

« Je… hum… je… » balbutia-t-il d'abord, le souffle court.

« Qu'est-ce qu'il y a, Damien ? Dis-moi. » s'inquiéta son amie.

« C'est… difficile à dire, mais… voilà… je… »

« Oui ? » l'empressa-t-elle, intriguée.

« **Je t'aime**… »

Ces deux mots firent l'effet d'une puissante gifle derrière le crâne pour la jeune femme qui fixa son ami les yeux écarquillés, incapable de répondre. Damien l'observa de longues secondes, avant de continuer.

« Je t'aime. Je t'aime tellement, tu n'as pas idée. Je suis fou de toi... » avoua-t-il fébrilement, les paupières emplies de larmes. Maelys continua de le fixer, totalement décontenancée.

« Tu es la plus belle femme du monde et... quand tu es avec moi, j'oublie tout, je ne connais plus la moindre souffrance et... tout prend sens. Je t'aime comme jamais je n'ai aimé quelqu'un auparavant. » livra le jeune homme, visiblement lancé, l'expression vulnérable.

Les artistes entamèrent le dernier refrain, empli de passion et d'espérance, sous les regards émerveillés des familles, des couples et de ces enfants savourant ce que l'art pouvait proposer de plus noble. Maelys n'eut d'yeux que pour l'ancien comédien, sentant une tempête sévissant soudainement en son être tout entier, chavirant le bateau de la raison qu'elle s'évertuait à maintenir sur pied coûte que coûte. Il ne lui était plus possible de fuir. Le mensonge avait suffisamment duré.

« Tu… tu ne dis rien ? » s'inquiéta son ami, contenant ses larmes non sans mal et dont la tension fut palpable à des kilomètres.

« Si… je… hum… c'est… » tenta de prononcer la jeune femme, perdant ses moyens.

« Tu ne m'aimes pas, c'est ça ? » interrogea l'ancien comédien, la tristesse se lisant déjà à travers ses pupilles.

« Ce n'est pas ça, Damien… c'est… c'est compliqué… » avoua finalement la professeure stagiaire, le regard tombant, luttant contre ce sanglot qu'elle sentait approcher. Le jeune homme attendit la suite, empli d'appréhension.

« J'ai… j'ai des problèmes… » se livra Maelys, la voix frêle, n'osant plus suivre son regard.

« Ah oui ? Et… pas moi ? » rétorqua le jeune homme, ironique.

« Je te parle d'autres problèmes, Damien… »

Un silence pesant s'installa, pendant que la chanson s'acheva et que le public applaudit avec entrain. Les deux acolytes se fixèrent alors dans le blanc des yeux, la jeune femme laissant une larme couler péniblement le long de sa joue.

« J'ai… j'ai des soucis dans un certain domaine et… ça m'empêche d'avoir… comment dire… une vie sentimentale normale, tu vois ? » tenta-t-elle d'expliquer, évasive. Celui-ci lut dans ses yeux comme dans un livre dont il en connaissait chaque page.

« Un problème lié à… ton enfance ? » demanda-t-il posément, l'air grave. Maelys sentit alors la tempête l'envelopper dangereusement, ne lui offrant plus d'autre choix que de la laisser s'épanouir et accepter les dégâts qu'elle causerait. Sa bouche trembla nerveusement, ses larmes dansèrent à foison, dévoilant ses failles, cette souffrance qui l'habitait, tel un compagnon de route toxique et insupportable mais auquel nous nous habituons et que nous acceptons dans une illusion de normalité. Touché par ses pleurs, Damien laissa exprimer sa douleur sur son visage, s'approcha délicatement, posa un genou au sol, attrapa doucement sa main et la fixa de ses yeux embués.

« Maelys… je te promets sur ma vie et celle de tous ceux que j'aime que je ne ferai jamais rien que tu ne veux pas faire, que je ne te toucherai en aucun endroit sans que tu m'y autorises, et que je ne t'obligerai à rien. Tu m'entends ? RIEN. Tu es la plus belle, tu es magnifique, tellement belle que les mots m'échappent… mais ce n'est pas ton corps, ta beauté, que j'aime autant. C'est TOI. J'aime la femme que tu es, à travers tout ce qui émane de toi, tout ce qui te constitue. » se confia-t-il alors, sous le sanglot silencieux de sa muse.

« Je sais que tu souffres… mais je suis là, Maelys. Je suis là pour toi et je le serai tant que je vivrai. On se battra ensemble. On affrontera tout, on fera tout ce que l'on pourra pour être enfin libres et heureux. Crois-moi, ensemble, on le sera. Si tu me permets de t'aimer et t'épauler, tu feras de moi le plus heureux des hommes, et j'aurais la plus grande des missions qu'est celle de

t'aider à devenir la femme que le monde ignore encore, la femme que j'ai perçu dès les premiers instants, du temps où tu n'étais qu'une jeune fille et moi un pauvre gamin à qui tu as offert ton amitié… Cette femme, que je vois toujours, se camouflant dans ton regard, cette femme exceptionnelle qui n'aspire qu'à s'épanouir, qu'à aimer, qu'à grandir et se révéler. Je t'aime, Maelys. Je t'aime de tout mon cœur, toute mon âme. Je n'ai qu'une question, et je te demanderai de me répondre le plus sincèrement possible, sans penser à quoi que ce soit d'autre, uniquement cette question : » se lança-t-il, le ton vibrant, sous l'attention happée de la jeune femme qui but chacune de ses paroles. Le comédien s'arrêta avant de poursuivre, « Est-ce que tu m'aimes ? Ne serait-ce qu'un peu ? »
La professeure sanglota de plus belle, submergée par son conflit intérieur qu'elle ne pouvait désormais plus ignorer. Elle sécha ses larmes d'un geste, pleurant dans le silence de cette douleur la consumant depuis ses plus jeunes années, chaque jour durant, malgré cette lutte incessante qu'elle menait

jusqu'à l'épuisement. Damien attendit, longuement. Il vit alors la jeune femme croiser son regard, puis prononcer, entre deux sanglots, la voix fragile :
« Oui… oui, Damien… je t'aime… »
Le jeune homme laissa alors apparaitre un visage ensoleillé, le sourire scintillant, avant de se lever, tenir les mains de sa muse et les envelopper de tous ses sentiments, approchant lentement son visage à quelques centimètres, tous deux se fixant et riant de gaieté. Les deux tourtereaux s'enlacèrent, s'embrassèrent d'un long et doux baiser puis s'offrirent cette chaleur avec laquelle toute épreuve de la vie semblait surmontable, nageant librement à travers leurs regards embaumés, les cœurs battants, le sang dansant frénétiquement dans leurs veines.
« On se battra ensemble, Maelys… on s'en sortira… je te le promets… » lâcha le jeune homme à l'oreille de sa promise, le ton assuré.
« Je t'offrirai tout ce que j'ai… tout… » pleura alors l'ancien comédien, pendant que la chanteuse et la violoniste observèrent la

scène, visiblement touchées, avant de lancer des applaudissements joviaux immédiatement repris par la foule tout autour. Dans un monde régné par la laideur, le vice et le mensonge, deux êtres blessés célébrèrent leur amour aux yeux de tous, sans ne rien craindre, découvrant sous ce clair de lune, ces lumières romantiques et cette musique pénétrante ; l'esquisse d'un nouveau jour.

CHAPITRE 19

Le lendemain après-midi, la joyeuse troupe se réunit au cocon du couple Alves qui se tint devant la porte de cette charmante demeure d'un blanc crème paisible, entouré d'une cour verdoyante où gesticulait d'une énergie déconcertante un jeune chien golden retriever, en percevant les invités approcher. Hapsatou, Thibault, le jeune Arthus, Aïssa, puis Damien et Maelys peuplèrent peu à peu le grand salon empli de meubles de bois massif à l'esthétique léchée, fait de la main d'artisans cantusiens pour qui chaque table, chaque chaise, chaque meuble racontait une histoire singulière. Des photos du couple, tout sourire, coloraient l'ensemble de part et d'autre, lorsqu'une large bibliothèque longeant le mur opposé dévoilait ce goût profond pour le monde des livres, la porte des émotions, du savoir et des idées que ces nombreux ouvrages proposaient tel un trésor caché. Les traits tirés causés par cette nuit de festivités, les sourires furent toutefois de la partie, heureux de se retrouver, tous ensemble, pour célébrer, plus posément cette fois, les exploits et le triomphe de cet ami pour qui les jours allaient inévitablement se voir chambouler de manière drastique. Tout à coup, un bruit jaillit au niveau de l'entrée de la maison, un glissement de porte, puis des pas, une présence approchant peu à peu. C'est alors qu'Hassan apparut aux yeux de tous, semblant déjà tenir cette aura que détiennent les vainqueurs, ces conquérants qui ne s'arrêtent devant rien et emportent avec eux les espoirs d'un peuple tout entier.

« Le héros est parmi nous ! » lâcha Pauline Alves, l'expression emplie de tendresse, avant que tous les autres se tournent et acclament le nouvel invité par de larges sourires et des applaudissements nourris. Hassan les observa, le visage serein, apaisé, comme si la guerre venait enfin de s'achever.

« Bravo mon pote ! Tu es incroyable ! » scanda Damien, riant d'émotion, en se jetant dans les bras de son ami. Le footballeur l'enlaça généreusement, lui tapotant le dos d'une main virile, de ces gestes exprimant cette amitié inébranlable unissant les deux hommes. S'ensuivit Maelys, puis toute la troupe, tour à tour, pendant qu'Aïssa restait

à quelques mètres, fixant son fils le visage empli de cette fierté indescriptible d'une mère devant la consécration de son protégé. Hassan l'observa de longues secondes, savoura l'expression colorée que dévoilait le visage de sa génitrice, avant de s'approcher lentement. Aïssa le laissa avancer, puis ouvrit grand ses bras, les larmes retenues aux bords des paupières.
« Bravo, mon fils. Tu es admirable. Maintenant, je veux que tu profites de la vie, que tu savoures chaque instant, que tu trouves celle qui saura te rendre heureux, et que tous les problèmes que tu as endurés ne soient bientôt plus qu'un mauvais souvenir. Je t'aime, Hassan. Du fond du cœur. » déclara alors sa mère, léger trémolo dans la voix, sous l'émotion palpable du reste de la troupe tout autour.
« On t'aime tous, Hassan ! » rétorqua alors Damien, observant son ami d'un regard empli d'admiration, avant de se voir rapidement acquiescé par les autres. Le footballeur tourna le regard, les yeux embués, percevant tout cet amour qui enveloppait la pièce autour de lui, puis

revint sur le visage de sa mère, décidé à lui dire enfin ce qu'il tenait sur le cœur.

« Je te remercie maman. Pour tout ce que tu as fait pour moi, pendant toutes ces années, tout ce que tu as traversé, tous les sacrifices, tous ces risques que tu as pris… si j'en suis là aujourd'hui, c'est grâce à toi. » commença-t-il d'abord, le ton ému.

« Sache que cette Coupe t'appartient, je te la déposerai dans ton salon, parce que c'est ta récompense. Tu le mérites. A partir de maintenant, ta vie va changer. Je te fais la promesse que tu n'auras plus à t'oublier, tu pourras vivre ta vie de femme et être heureuse, à ton tour. » continua-t-il, sous le sourire enjoué de son interlocutrice.

« Je vais te trouver une magnifique maison, plus grande, plus belle. Des gens viendront chaque semaine te l'entretenir, tu n'auras qu'à t'asseoir et profiter. Je t'offre un abonnement dans un salon de bien-être, où des professionnelles prendront soin de toi, où tu pourras te détendre et t'évader, respirer et faire le vide. Je t'offre également un voyage à la destination de ton choix, n'importe où dans le monde. Tu le mérites, maman. Accorde-toi ce repos. » annonça Hassan, laissant sa mère sans voix, totalement subjuguée. Pleurant sans un bruit, elle enlaça son fils, prise d'une joie profonde, d'un sentiment de délivrance galvanisant, sous les applaudissements et les visages rayonnants de ses amis assistant à la scène. Victor Alves s'approcha discrètement de l'oreille de Maelys, attirant son attention.

« Tu vois, quand je te disais que ce qui compte, c'est d'être dans l'action. Lorsque l'on agit, cela provoque des résultats, une évolution. Tu en as l'illustration devant tes yeux. » lui affirma-t-il, le sourire empli de bienveillance. La jeune femme lui rendit son sourire, saisissant à quoi son mentor lui faisait référence. « N'oublie jamais cela, Maelys. » conclut l'homme, avant de joindre les applaudissements emplissant la pièce sous l'expression de ce bonheur communicatif que dévoilaient une mère et son fils, unis à jamais.

Deux jours plus tard, ce fut l'esprit perplexe que la jeune Lola se vit emmenée hors du

Centre Alves par sa professeure stagiaire en direction des rues commerçantes et particulièrement fréquentées du cœur de la ville de Lumius, s'arrêtant devant un immeuble aux teintes jaunes et aux volets blancs, suivant du regard Mademoiselle Sanusi, comme elle la nommait, se raccrochant à son léger sourire coloré et son regard pétillant afin de ne pas laisser l'angoisse l'envahir face à la porte de l'inconnue qu'elle s'apprêtait à franchir. La professeure et sa jeune élève montèrent au premier étage, se tournèrent vers l'allée de gauche, jusqu'à la porte au fond du couloir, laissant la jeune femme y frapper avec entrain. Lola resta emmurée dans son silence, observant chaque détail, chaque signe familier auquel potentiellement se raccrocher, mais n'en reconnut aucun. Tout à coup, on entendit des pas de l'autre côté. La jeune fille tourna le regard vers sa professeure, pleine d'appréhension.

« Ne t'inquiète pas, Lola. Tout va bien se passer. » rassura la professeure, le ton posé.
La porte s'ouvrit et apparurent alors monsieur et madame Moreaux, couple que

Maelys eut sélectionné trois mois plus tôt, affichant des sourires radieux, l'homme dévoilant même quelques étoiles scintillant à travers son regard bleuté derrière ses lunettes. Tous deux se tinrent dans l'entrée, observant la jeune fille tel un présent inespéré venu rédiger d'une plume d'enfant une page autorisant toutes les plus belles promesses.

« Bonjour Lola. » commença l'homme, la voix emplie de tendresse.

Maelys scruta les expressions de la jeune fille dont la gestuelle trahissait un certain malaise qui l'enveloppait sournoisement.

« Je te présente tes nouveaux parents. » annonça soudainement la professeure. Un silence s'installa un long instant. La femme décida alors de s'approcher d'une expression des plus douces, puis lui tendit la main.

« On est très heureux de te rencontrer, Lola ! On a beaucoup entendu parler de toi ! Moi, c'est Virginie, et mon mari Alain. Entre, n'ai pas peur ! » se lança la femme, la gestuelle généreuse. Lola hésita, restant figée dans le couloir, enfermée dans son insécurité palpable. Maelys lui caressa délicatement le dos, ne la quittant pas du regard. Elle lui fit signe à son tour d'entrer. Son élève se fia à la jeune femme, osant finalement pénétrer l'appartement, observant tout autour d'elle, ressentant immédiatement la chaleur du cadre, cette atmosphère vivante émanant des murs. Virginie se dirigea dans la cuisine ouverte aux airs de comptoir de bar se trouvant face au salon relativement spacieux et agencé avec un certain goût moderniste, éclairé par une large baie-vitrée offrant une vue directe sur la cour faisant l'axe d'un groupe de petits immeubles dévoilant un dégradé de couleurs harmonieux.

« Tu veux boire quelque chose ? » demanda amicalement Virginie, dont l'entrain se lisait en chacun de ses pores. Lola scruta l'ensemble un long moment avant d'hocher la tête sur l'affirmative, ajoutant choisir un jus de fruit bien frais. La femme s'exécuta sans attendre, sous le regard attendri de l'homme, se tenant à quelques mètres de la jeune fille.

« Comme t'a expliqué madame Alves, tu vas pouvoir quitter le Centre, parce que tout le monde, y compris moi, pense que tu es prête. » commença Maelys, s'abaissant à son niveau, sous la pleine attention de la jeune fille.

« Je me suis chargé de la mission de te trouver le meilleur endroit pour toi, et je pense y être parvenue. Je sais que ce n'est pas simple, c'est un gros changement et je sais très bien ce que tu ressens, parce que je l'ai vécu également lorsque j'avais ton âge. Ça fait très peur, c'est un saut dans le vide, mais je peux t'assurer qu'une fois que tu te seras familiarisée avec ton nouvel environnement, tu comprendras que c'est la meilleure chose qui pouvait t'arriver. J'étais dans la même situation que toi, ai souffert des mêmes problèmes, et un jour, quelqu'un m'a accordé sa confiance, m'a aimée et m'a accueillie alors que rien ne l'en obligeait. Aujourd'hui, c'est ton tour d'obtenir cette chance. Je te l'offre, Lola. » expliqua-t-elle, sous le regard brumeux de la jeune fille dont la respiration sembla accélérer. Elle fixa sa professeure, les yeux écarquillés, incapable de prononcer le moindre mot.

« Ces personnes sont d'une grande gentillesse, vraiment dévoués, et vont tout faire pour que tu te sentes bien. Laisse le temps faire les choses et tu verras. Tu peux avoir confiance en eux, tu as ma parole. D'accord ? »

Lola tourna le regard en la direction de Virginie qui déposa un grand verre de jus de fruit sur le bord du comptoir, le sourire plein. Alain suivit la scène, restant à distance afin de ne pas brusquer l'enfant, lui laisser le temps de prendre confiance, se sentir suffisamment en sécurité pour faire le pas d'elle-même.

« Qu'est-ce… qu'est-ce que je… » balbutia la jeune fille, la mine fragile.

« Oui ? » réagit aussitôt Maelys, le visage concerné.

« Qu'est-ce que je fais si j'ai peur ou… s'il y a quelque chose qui ne va pas trop ? » demanda Lola, le ton empli de vulnérabilité.

« Je serai là. Je viendrai te voir d'abord toutes les semaines, et ensuite une fois par mois pendant la première année. Ça permettra de suivre ton évolution, voir si tout se passe bien, et réagir s'il y a un problème. Tu auras également mon numéro, donc, si tu te sens mal, si tu as besoin de parler ou s'il se passe quoi que ce soit d'anormal, tu m'appelles, d'accord ? Je suis là. Je ne te lâche pas. » affirma la professeure avec conviction. La jeune fille fixa Mademoiselle Sanusi les yeux embués, silencieuse, avant de se jeter dans ses bras, ressentir la chaleur réconfortante de cette femme pour qui elle vouait une confiance d'instinct, comme si au-delà des âges, leurs âmes étaient intimement liées depuis le premier jour. Cette dernière l'enveloppa généreusement, sous le regard ému du couple derrière eux.

« Tu seras bien, ici, Lola. Je te le promets. C'est une nouvelle vie qui commence. » dit alors la professeure à l'oreille de son élève. « Merci… » pleura soudainement l'enfant, le visage tout contre l'épaule de Maelys, ne parvenant à contenir davantage cette émotion puissante la submergeant alors. La professeure la serra fort tout contre elle, les mots coincés dans sa gorge.

Lorsque le moment fut venu, cette dernière quitta l'appartement, émue mais le cœur léger, heureuse de permettre à une jeune fille martyrisée de découvrir bientôt la somptueuse caresse d'une existence où l'amour seul en dessinerait les contours…

Au lendemain après-midi, sous un ciel bleu resplendissant, l'on y perçut l'ancien comédien traverser la rue Vincent du quartier résidentiel au sud de la capitale, s'arrêter devant un immeuble de cinq étages et y pénétrer avec enthousiasme. A l'intérieur s'y trouvait son premier appartement, sa bulle protectrice, son « chez lui », un lieu où seulement quelques meubles emplissaient l'espace, mais où la créativité du jeune homme permettrait bientôt d'y apporter une âme, une couleur et sa signature personnelle. Détenteur du fameux CDI au sein de la boutique de Pascal Landier, Damien avait finalement pu quitter cette chambre chez les Dumoulin et franchir un cap dans sa vie de jeune adulte. L'appartement ouvrait rapidement sur un grand salon blanc, frais et lumineux, jonchée d'une petite cuisine longeant le mur côté gauche. Ne s'y trouvaient pour l'instant qu'un canapé de cuir dont les traces de griffures signalaient un certain vécu, et un bureau noir déposé tout contre le mur quelques mètres devant, ce bureau sur lequel se tenait un ordinateur portable et quelques cahiers divers. Le jeune homme observa l'ensemble et ressentit une joie profonde, face à cette promesse de liberté que lui inspirait ce lieu. Sans tarder, il s'assit devant son bureau, ouvrit l'ordinateur, et débuta sa séance d'écriture du jour, dans le cadre de l'élaboration de son premier livre, un recueil de nouvelles dans lequel figurerait « *Au-delà des murs* ». Ce projet ressemblait à une véritable consécration, se livrant à corps perdu dans cette aventure qui en certains égards le dépassait, ressentant un Bien absolument magistral en chaque centimètre de son antre à chaque page qui se voyait noircir de ses mots, y exprimant à cœur ouvert ses fêlures, ses désillusions, ses souffrances enfouies, mais aussi ses rêves, ses désirs, et cet amour débordant de tout son être qu'il n'appelait qu'à offrir. D'abord thérapeutique, l'écriture fut aussi et surtout un exercice technique, un art que l'on se devait de respecter, le poussant à apprendre chaque jour, relire ses auteurs favoris, se corriger un nombre incalculable de fois. Jusqu'à la première satisfaction. Ce moment où il se relut et ressentit un sentiment de fierté en découvrant finalement ce qu'il venait de produire. Lucide, il se savait un auteur en construction, la littérature détenant à l'évidence encore moultes secrets à lui dévoiler, mais lorsqu'il acheva sa seconde nouvelle, il fut enveloppé d'un sentiment si revigorant, si délectable, qu'il se promit en cet instant de ne plus jamais arrêter d'écrire, quoi qu'il adviendrait à l'avenir. Il eut finalement une douce pensée à l'égard de sa dulcinée, l'imaginant tenir ce livre entre ses mains, et cette image lui engendra une ambition forte, pour que cet instant où l'amour de sa vie déposerait son regard céleste sur ses pages, que s'évapore instantanément en elle l'ombre de ses maux…

Au même moment, au centre de Lumius, Maelys avançait l'estomac serré, appréhendant ce qui était sur le point de se dévoiler. Elle se tint devant l'immeuble à l'adresse de son rendez-vous, se fixant dans le reflet de la vitre qui se dessinait à travers une large porte métallique, puis entra, traversa le hall, emprunta l'ascenseur jusqu'au sixième étage et s'arrêta devant une porte de bois poli, à côté de laquelle était écrit : « Docteur Stéphanie Ortega, psychanalyste ». Elle inspira profondément, la tension grimpant à chaque pas qui la rapprochait du moment fatidique, puis s'assit à la première chaise devant elle, tout près du mur. Elle attendit plusieurs longues minutes, le pied tapotant frénétiquement le sol, jouant de ses mains, lorsqu'une porte d'un blanc éclatant s'ouvrit sur sa gauche, et apparut une femme, les cheveux bruns ondulés et volumineux, le début de quarantaine, l'expression accueillante, la saluant généreusement avant de l'appeler à entrer. Maelys se leva timidement, hocha la tête, et pénétra la pièce où se tenait un large bureau en bois à la gauche de la fenêtre, bureau faisant face à deux fauteuils de cuir aux teintes caramélisées. Les murs étaient blancs, la décoration minimaliste. La psychanalyste s'installa derrière son bureau, observa sa nouvelle patiente avec grande attention, laissa le silence s'exprimer, avant de finalement prendre la parole sous le regard fragile de la jeune femme :

« Bien. Comme c'est la première fois que nous nous rencontrons, est-ce que vous pouvez m'expliquer la raison de votre venue ? »

Maelys se gratta nerveusement les mains, baissant le regard.

« J'ai… j'ai des problèmes que je souhaiterais régler… » débuta-t-elle, comme honteuse.

« Quels genres de problèmes ? » demanda posément la docteure.

Maelys hésita un long instant avant de répondre. La femme ne la quittait pas des yeux.

« Dans mon… dans mon intimité… » fredonna-t-elle finalement. Docteur Ortega afficha alors un visage grave, et poursuivit.

« Dans votre intimité ? Vous voulez dire que vous… vous avez un blocage pendant l'acte ? » interrogea la femme, sous le hochement de tête négatif de sa patiente.

« Comment il se caractérise, ce problème ? »

« J'ai… j'ai quelque chose en moi qui veut me détruire… et quand ça survient, ça se traduit surtout dans ma… dans ma sexualité. » expliqua la professeure stagiaire, le regard fuyant.

« D'accord. Et cette chose, quand elle survient, comment s'exprime-t-elle ? Est-ce une voix que vous entendez ? »

« Non, c'est… une force que je ressens et que je ne peux pas contrôler… ça devient une obsession, et ça me pousse à me tourner vers des hommes pour qu'ils… » s'arrêta soudainement la jeune femme, sous l'attention pleine de la psychanalyste.

« Pour qu'ils ? Qu'ils vous maltraitent ? Qu'ils vous violent ? » osa cette dernière.

Maelys ferma les yeux, le visage marqué, hochant la tête lentement.

Docteure Ortega saisit alors la problématique, prit un élan de recul. Elle observa soudainement sa patiente littéralement s'effondrer de sanglot, roulant le dos, les mains sur son visage, prise d'une douleur atroce lui déchirant les entrailles. Un lourd silence s'installa.

Quelques minutes plus tard, la tornade s'apaisa lentement grâce au soutien de docteure Ortega, lui offrant des mouchoirs, son regard empathique et ses mots rassurants. Alors Maelys parvint de nouveau à s'exprimer.

« Je viens ici principalement parce que j'ai promis à mon… à l'homme que j'aime, que j'allais me soigner. Pour lui. Pour nous. » se confia-t-elle, sous le léger sourire de la psychanalyste.

« C'est une très bonne source de motivation. Cela fait longtemps que vous le connaissez ? » s'intéressa alors la femme.

« Ça fait dix ans ! On s'est rencontré au Centre Alves. »

Le sourire de la psychanalyste s'effaça tristement, connaissant parfaitement le rôle de ce lieu.

« D'accord, je vois. »

« On est amis depuis toujours, et, récemment, il m'a avoué ses sentiments, m'a dit à quel point il m'aimait, qu'il voulait qu'on se batte ensemble… c'était à la fois grandiose et terrifiant ! »

« Pourquoi cela ? » interrogea la femme.

« Parce que l'entendre me dire tout ça, ça m'a touché. C'est un homme génial, je l'aime énormément ! Mais… ça m'a fait peur, parce que… il y a des choses chez moi qu'il ne connait pas et… je n'ai pas envie de le perdre… » avoua Maelys, se grattant continuellement la paume de sa main gauche. Docteure Ortega l'écouta assidûment puis prit des notes.

« C'est très bien que vous puissiez le verbaliser. » commenta-t-elle, souriante.

« Maintenant, je souhaiterais revenir, si vous le voulez bien, à la source. Quelle était la raison de votre séjour au Centre Alves ? »

« J'ai été envoyée là lorsque j'ai raconté à une professeure que j'aimais bien, ce que je vivais à la maison. J'avais onze ans. » répondit la jeune femme, le regard brumeux.

« Et… qu'est-ce qui se passait, à la maison ? » rebondit la psychanalyste, le visage grave.

« Mon père me violait. Mon oncle aussi, quasiment chaque fois que j'allais chez lui.

Il me violait et abusait de moi, me touchait… » se livra Maelys, les yeux fixant ses chaussures. La psychanalyste répondit de son silence.

« Cela a duré longtemps ? » osa-t-elle finalement interroger.

« Plusieurs années, oui… »

« Et… et votre mère ? »

« Ma mère était toxicomane, très instable, et… elle… elle n'était pas ce que j'appellerais une mère. » répondit la professeure stagiaire, levant soudainement les yeux, affichant un regard éteint. La psychanalyste comprit alors la gravité de la problématique, mais ne dévoila aucune surprise, aucune stupeur, cette dernière étant particulièrement engagée dans le traitement face aux violences sexuelles, ayant même publié plusieurs ouvrages et de nombreuses recherches à ce sujet.

« Est-ce la première fois que vous entrez dans un cabinet ? » demanda cette dernière.

« Non… j'ai commencé au Centre Alves, puis ai été suivie durant deux ans par une autre personne. J'allais mieux, c'est vrai. Mais… les choses se sont aggravées depuis

que je… hum… que je… » balbutia la jeune femme, rapidement aidée par son interlocutrice,
« Depuis que vous êtes active dans votre sexualité ? »
Maelys hocha la tête.
Durant l'heure qui suivit, la jeune femme exprima ce Mal lui rongeant les os chaque fois que ces pulsions jaillissaient, se devant de décortiquer, étape par étape, ces phases pulsionnelles, de l'élément déclencheur jusqu'à l'acte et même l'après. Plus le temps s'écoulait, plus les mots gagnèrent en fluidité, lui offrant finalement un sentiment de délivrance en verbalisant pour la première fois ce qu'elle appelait « cette autre Maelys » prenant vie à l'abris des regards. Elle se sentit écoutée, comprise et aucunement jugée. La psychanalyste lui expliqua même :
« Rassurez-vous, en termes de sexualité, tous les goûts sont dans la nature. Il n'y a rien de grave à aimer les rapports un peu… comment dire… intenses, avec de la soumission ou de la domination. Il y a des femmes qui aiment être attachées, ou les

yeux bandés, et aller parfois très loin dans leur pratique. Des femmes mais aussi des hommes. Ce n'est pas mal en soi. Il n'y a pas qu'une seule façon de vivre sa sexualité. Ce qui compte, c'est d'en être satisfait, et d'être en phase avec cela. Dans votre cas, vous le vivez très mal, parce que c'est motivé par un besoin de violence, une pulsion de destruction, envers vous-même, mais aussi envers les hommes, que vous jugez coupables, inconsciemment peut-être, du mal que vous avez subi lorsque vous étiez jeune fille. Vous dites que ces actions proviennent d'une autre Maelys. C'est là où c'est problématique. On doit pouvoir vivre sa sexualité en étant pleinement soi, pleinement présent. Le partager avec son ou sa partenaire dans une idée d'échange, d'affection, qui s'exprime d'une certaine manière, qu'elle soit douce ou plus pimentée, peu importe, mais ce qu'il faut, c'est d'abord le consentement, et ensuite, un état d'esprit fluide, sans conflit. C'est sur cela qu'il va falloir travailler. Parce qu'effectivement, vous avez un conflit entre ce que vous êtes et ce que vous faites. Il faut rééquilibrer ce que l'on appelle, en psychanalyse, le rapport entre votre « sur-moi » et votre « ça ». Le *sur-moi*, c'est, pour simplifier, tout ce que l'on enrobe autour d'une idée, d'une pensée, d'une pulsion, tout ce qui nous permet de la raisonner, de la placer dans l'action concrète ou au contraire de s'en éloigner. Le *ça*, c'est la pulsion, c'est la primitivité. C'est l'envie sans raisonnement. Par exemple, je suis devant la vitrine d'un excellent pâtissier. Je vois un magnifique gâteau rempli de crème et de chocolat absolument somptueux. Je vais penser : ah, je veux manger ce gâteau, il a l'air tellement délicieux ! Il faut que je l'achète tout de suite et maintenant ! C'est le *ça*. Ensuite, je vais penser que ce n'est pas très raisonnable si, par exemple, je suis en train de suivre un régime alimentaire ayant pour objectif de perdre du poids ou si je suis une sportive ayant bientôt une compétition à laquelle me préparer. Je vais peser le pour et le contre, et finalement me raviser. Là, c'est le *sur-moi*. Dans votre cas, le *ça* est très puissant. Il vous domine totalement. On va donc axer le travail dessus et effectuer un

rééquilibrage. Cela vous permettra de vivre votre sexualité et votre vie amoureuse bien plus sereinement. »
Elle quitta le cabinet de docteure Ortega le cœur empli d'espoir, se sachant épaulée et guidée par une professionnelle passionnée et investie par sa cause, posant des mots sur l'indicible et lui offrant une compassion des plus sincères. Elle eut soudainement une pensée pour Damien, ce jeune homme avec qui elle comptait désormais vivre jusque son dernier souffle, s'imaginant s'enrouler dans ses bras et lui chuchoter tendrement à l'oreille qu'elle était enfin guérie, que l'autre Maelys avait rendu l'âme une bonne fois pour toute, et que leur amour allait pouvoir éclore et s'épanouir à jamais sans la moindre crainte, sans la moindre rature. Cette image en son esprit lui provoqua une sensation si exquise, si enivrante, qu'elle se promit avec conviction que ce désir s'incarnerait bientôt dans sa réalité, et que rien ni personne ne l'en empêcherait. A présent, elle était maîtresse de son existence, plus déterminée que jamais,

faisant de sa vérité le plus grand des combats.

Pendant ce temps, tout au nord de l'Etat, au fond d'une grande pièce vétuste, Hassan se tenait assis, attendant nul autre que son père, qu'il entendait déjà approcher dans le couloir. L'homme apparut, offrit un visage subitement ouvert et lumineux, avança avec entrain et enlaça son fils le plus généreusement possible. Il s'assit, n'ayant d'yeux que pour « son champion », comme il l'appelait, engageant la conversation le ton énergique, se montrant dithyrambique quant à la dernière performance footballistique de sa progéniture. Hassan l'écouta, le sourire heureux, celui d'un fiston faisant la fierté de son papa, puis profita d'un court silence pour prendre finalement la parole.

« Voilà… si je suis venu te voir, c'est parce que j'avais quelque chose d'important à te dire. » annonça-t-il alors. Walid acquiesça, attendant la suite.

« Ces retrouvailles m'ont beaucoup chamboulé, ça m'a perturbé, ça a réveillé des choses disons… compliquées, des choses que j'essayais de faire disparaître de ma mémoire, et qui, tout d'un coup, sont revenues plus vivantes, plus présentes qu'elles ne l'ont jamais été. Ça m'a poussé à la réflexion et à tenter de mieux te connaître, mieux te comprendre. » expliqua le footballeur sous la pleine attention de son paternel.

« J'ai appris beaucoup, à ton sujet, ce qui me permet aujourd'hui non pas d'excuser, encore moins de cautionner ce que tu as pu nous faire, à maman et moi… mais le fait de savoir ce que tu as vécu, ce que tu as traversé, et comment tu es devenu celui que tu étais ; trouver des réponses m'aide à percevoir les évènements sous un autre angle, à t'humaniser, malgré tout. » continua-t-il, sous le visage grave de Walid. « Je sens que ça m'apporte, je suis plus paisible, plus serein. Je sens que cette colère, cette rage que j'avais en moi en permanence est en train de s'atténuer. Alors pour cela, je te remercie, et… » s'arrêta-t-il soudainement, le regard fuyant, hésitant un court instant.

« Sache que *je te pardonne*. » lâcha-t-il alors, sous la sidération du prisonnier. Un profond silence se posa. L'homme sembla se décomposer intérieurement, fixant son fils sans la moindre réaction. Figé. Estomaqué.

« Je suis très bien entouré, je suis aimé par des gens bienveillants qui me soutiennent et ne m'apportent que du positif. Je suis donc navré de te dire que je ne souhaite pas renouer contact de manière quotidienne et plus prononcée avec toi. » asséna finalement le fils, avant de poursuivre, « mais je ne coupe pas les ponts pour autant. Je viendrai te voir et je prendrai de tes nouvelles. »

Walid afficha subitement un regard humide, retenant péniblement ses larmes, emmuré dans un profond silence. Hassan continua.

« Prends mon pardon comme une chance pour toi de faire la paix avec le passé et… d'aller de l'avant. Il n'est jamais trop tard, tu sais ? »

Sous l'absence de réponse de son père, le jeune homme se leva, lui tapota amicalement l'épaule, lui sourit posément, avant de conclure :

« Je t'aime, papa. Prends soin de toi. »

Hassan lui tourna alors le dos et s'évapora dans les couloirs, laissant Walid seul dans la pièce, totalement retourné par ce qu'il venait d'entendre, fixant l'horizon l'air hagard. Tout à coup, l'homme sentit le poids de sa culpabilité et de cette souffrance qu'il trainait aux pieds depuis toujours, l'envahir avec fracas, jusqu'à ce que glisse sur sa joue une première larme qui lança un flot de détresse se dessiner douloureusement sur son visage meurtri. Du bourreau, il n'en restait plus grand-chose désormais. Se dévoilait en cet instant les traits d'un enfant triste, pour qui l'amour n'existait que dans les contes…

Merci à toutes les personnes qui m'aident à rendre les jours plus lumineux, qui me soutiennent dans ma démarche littéraire, et qui m'offrent leur amour, leur amitié, ou tout simplement leur gentillesse. Vous m'êtes indispensables.
Merci à toutes les personnes qui me lisent et me font part de leurs retours. Cela me touche particulièrement.
J'ai écrit cet ouvrage durant une période de chamboulement, de douleur et de perte dans ma vie professionnelle, et, malgré la difficulté que cela a engendré, m'échapper de mes tourments pour consacrer du temps à ce roman fut une bouffée d'air frais, une catharsis des plus vivifiantes. Ce projet de suite me tenait profondément à cœur, c'était primordial pour moi de l'achever malgré les circonstances, et je suis fier d'y être parvenu. J'espère que le résultat vous aura plu, vous aura touché et vous aura offert une porte d'évasion agréable.

Merci.

DU MÊME AUTEUR :

ROMANS

« Un homme heureux » (BoD) 2024
« Le temps de l'espérance » (BoD) 2024

RECUEILS DE NOUVELLES

« Sous les étoiles » (BoD) 2023
« Rupture » (BoD) 2022